U0594011

古代怀乡诗词三百首

中华好诗词主题阅读

林 静 编著

中国国际广播出版社

前　言

　　故乡，是多么温暖、美好的字眼，令多少离家在外的游子心头发热，眼泛泪光。试问世间有谁不依恋自己的故里家园？即使有一天我们不得不远离故乡，可无论身在何方，恐怕我们都难以忘怀自己曾生于斯长于斯的地方。怀乡，是人世间最为真挚美好的情感体验之一，古今中外也有不少表达这种情感的文学作品问世，我国古典怀乡诗词就是其中的一抹亮色。千百年来，数不尽的文人墨客留下了大量思乡念亲的诗词佳篇，引发历代读者的强烈共鸣。

　　怀乡乃生命之本性，是世间最为朴素真挚的情感。《古诗十九首》有云："胡马依北风，越鸟巢南枝。"陶渊明也曾感叹："羁鸟恋旧林，池鱼思故渊。"然而，如今诸如重阳登高、中秋望月、闻笛望乡这些古人常见的怀乡场景，已湮没在历史时空中。大文豪苏轼有言："此心安处是吾乡。"丢失了故乡的人们，也随之失掉了一个心灵得以安放的家园。这也许是如今很多都市人常常陷入焦虑抑郁情绪的原因之一。是静下心来，好好梳理一下我们躁郁不安情绪的时候了。

　　中华民族素来为礼仪之邦、重情族群，华夏儿女自古便有寻根认祖、念旧怀乡的深厚情结。"怀乡"作为中国传统文学的一个母题，可谓渊源有自、由来已久。从先秦时代《诗经》里征人思妇的反复歌咏，到现代诗人余光中"乡愁是一湾浅浅的海峡"的轻吟，乡愁一直是古今游子吟唱不尽的主题。绵延两千多年的中国文学史上产生了难以计数的怀乡

思归的优秀诗篇。翻阅《诗经》,那些被迫远行的游子征夫们在旅途中因思乡念亲而发出的吟唱,如《扬之水》、《东山》、《采薇》,等等,千载之后读来仍具感发人心的艺术魅力,这既说明当时的诗歌创作在艺术上所达到的高度,同时也体现出怀乡主题本身所具备的强大的情感力量与崇高的文学价值。

说到古代怀乡诗词,便无法绕开一个佳作迭出的时期——唐代。众所周知,唐朝是我国古典诗歌发展的黄金时代,大唐文士于盛世下所蓄积的丰沛才情如火山般喷涌,而"怀乡"无疑是涌动情感的源头之一。唐朝又是漫游之风盛行的时代,大量文人墨客怀揣"读万卷书、行万里路"的理想游走四方,他们往往自幼便读书山林寺院之间,成年后有些怀着报国立功的满腔热血从军边塞,有些因公务在身而宦游异乡,抑或是历经宦海沉浮后退隐而浪迹四方,笑傲烟霞……总之,唐人的游历经验相比历史上任何时代都显得格外丰富。充满"少年精神"的大唐文士们拥有敏感的心灵、细腻的感受力以及超凡的想象力。这一切促成了唐代诗坛成为古典怀乡诗的巨大宝库,荟萃了怀乡诗的精华。

翻开《全唐诗》,满纸是道不尽的相思别离之苦,写不完的怀乡羁旅之愁。离家在外,牵动游子乡愁的除了异国他乡迥异新奇的自然景致、风土习俗之外,节日往往是游子们倍感孤独思乡之时。所谓"每逢佳节倍思亲",每当漂泊异乡的游子要独自面对本该亲人团聚的传统佳节之时,怀乡之思往往会愈发活跃。因此,古代的传统节日如寒食、重阳、中秋、除夕,等等,都是唐人怀乡诗中的常见诗题。与此同时,明月、冷霜、笛声也都是牵动诗人怀乡情绪的外部因素,尤其经过唐人的反复吟咏,已成为古典怀乡诗中的经典意象。遥想千年前的某个夜晚,透过窗棂倾泻满地的月光,引得大诗人李白举头望月,只见月色如霜,不由思念起遥远的故乡而黯自神伤。而面对相似的月色,一样被乡愁萦绕的杜甫则发出了"露从今夜白,月是故乡明"的感慨。又一个孤寂凄清的夜晚,皓月当空,独自登上受降城的诗人李益听闻阵阵悠扬凄婉的笛声从遥远的地方传来,搅动诗人心头无限乡思,眼前浮现出"一夜征人尽

望乡"的画面。这一幕永远定格在其生花妙笔之下，千载后读来，仍觉栩栩如生。

随着大唐王朝的覆亡，进入五代十国之后，时局愈加板荡，连年战乱，不少文士离家逃亡，流离失所，越来越多的人选择以词的文体形式来抒发心头挥之不去的亡国恨与思乡愁。其中五代与南唐词人的成就最为突出。特别是南唐后主李煜，身为亡国之君，却在词的创作上展露出卓越才情，留下了诸如《虞美人》、《望江南》、《浪淘沙》等大批抒写亡国之殇与故国之思的词作，用情深挚且手法高妙，成为词学史上不得不提的一位大家。作为皇帝的李煜无疑是失败的，但这位工书擅画、精通音律又爱好诗词文赋的一国之君，"词中之帝"的称誉却当之无愧。正是这种身份与才情上的错位，使得他每当回首故国往事，便会勾起无尽的愁绪——"问君能有几多愁？恰似一江春水向东流！"遭遇亡国变故的李煜将日夜纠缠于心间、深重到无法承受的乡愁都倾注在了词里。

宋代以后怀乡羁旅之愁依然是诗词吟咏的核心主题。相对于唐人，宋代文士更擅长用词来抒发怀乡思绪。知名的宋代文学家几乎人人都有怀乡词。无论是范仲淹的《渔家傲》、欧阳修的《青玉案》、柳永的《八声甘州》，还是苏轼的《蝶恋花》、《临江仙》，秦观的《梦扬州》、《阮郎归》，贺铸的《望长安》，周邦彦的《兰陵王》，抑或是陆游的《渔家傲》、辛弃疾的《念奴娇》、《菩萨蛮》，李清照的《添字采桑子》、姜夔的《清波引》、吴文英的《唐多令》、蒋捷的《瑞鹤仙》，等等，无不是怀乡词作中的上乘之作，集中体现了宋代文人深厚的怀乡情结。

毋庸置疑，在我国古代众多的抒情诗词作品中，有相当数量的作品出自游子行人之手。这些人或为了寻求功名，或为了服徭役，或为公务所累，或为游历天下，长期远离故里，客居异乡。每当季节变换或佳节来临，他们往往因时感伤，睹物思乡，以诗词的形式来表达他们深切的怀乡愁思。这本小书便撷取了其中的精品之作，试图打开一扇通向古典诗词的门，引领读者去探索古代游子精神世界之一隅，体味萦绕他们心头对故乡与亲友无尽的眷恋与思念，以找寻我们自己蕴藏心底的那份久

违的乡愁。

对于时下在匆忙生活中几乎淡忘了故乡的人们而言，"怀乡"二字乍看也许是陌生而奢侈的。也许您便是这忙碌人群中的一员，在繁忙的工作之余，不妨找个安静的角落坐下来，轻轻打开这本小书，相信您会在品味古人的乡愁中使心灵得以安放，从而使内心得到片刻真正的安宁。若果真得其所愿，这本小书便实现了最大的价值，作为编著者，深感欣慰。

林　静

2013 年 12 月于晚樱斋

目 录

目 录

目 录

目 录

目 录

目 录

目 录

目 录

目 录

目 录

目 录

目录

目　录

目 录

目 录

河　广

《诗经·卫风》

谁谓河^①广，一苇杭^②之。
谁谓宋^③远，跂^④余望之。
谁谓河广，曾不容刀^⑤。
谁谓宋远，曾不崇朝^⑥。

【题解】

　　此诗本事为宋桓公夫人日夜思归宋国。《毛诗序》曰："《河广》，宋襄公母归于卫，思而不止，故作是诗也。"郑玄《笺》云："宋桓公夫人，卫文公之妹，生襄而出。襄公即位，夫人思宋，义不可往，故作诗以自止。"此诗写宋桓公夫人被逐出宋国，只能回到娘家卫国，她从此日夜思念着被黄河阻隔在另一边的宋国。全诗用十分夸张的手法想象黄河不广易渡，但又总是没有办法归去，只得翘首以望。作者通过呈现主人公这种心情与行动上的矛盾之处，表现了主人公日夜期盼渡河返乡的迫切心情。

【注 释】

①河：指黄河。
②一苇：指一束芦苇。杭：通"航"。
③宋：宋国，故址在今河南商丘县东南。
④跂：踮起脚尖。
⑤曾：乃，竟。刀：通"舠"，指小船。
⑥崇朝：终朝，一个早上。这句是说从宋国到卫国来回不过一个
　早晨。

黍 离

《诗经·王风》

　　彼黍离离①，彼稷②之苗。行迈靡靡③，中心摇摇④。知我者谓我心忧，不知我者谓我何求⑤。悠悠苍天，此何人哉！

　　彼黍离离，彼稷之穗。行迈靡靡，中心如醉。知我者谓我心忧，不知我者谓我何求。悠悠苍天，此何人哉！

　　彼黍离离，彼稷之实。行迈靡靡，中心如噎⑥。知我者谓我心忧，不知我者谓我何求。悠悠苍天，此何人哉！

【题解】

　　本诗出自《诗经·王风》。周公营建洛邑，是为东都。后来周幽王失掉了西周，其子东迁洛邑，称为东周，此时的周国已近同诸侯国的地位。所以迁居洛邑王城的诗称为"王风"，即王国的诗，同诸侯国的诗一样。此诗本事为周大夫行役至西周，只见曾经的宗庙宫室变为田地，有感周王室的倾覆而作此诗，表达了离家远行的主人公对逝去王朝的无限追怀。

【注释】

　　①黍：黍子，草本植物，籽实为淡黄色，去皮后叫做黄米，煮熟后有黏性。
　　离离：形容黍子茂盛的样子。
　　②稷：高粱。
　　③行迈：远行。靡靡：行动迟缓的样子。
　　④摇摇：心神不安。
　　⑤此句是说，知道我的人说我心中惆怅，不知道我的人问我有什么要求。
　　⑥噎：气逆不顺。

【名句】

知我者谓我心忧，不知我者谓我何求。

扬之水

《诗经·王风》

扬①之水，不流束薪②。彼其之子③，不与我戍申④。怀哉怀哉，曷⑤月予还归哉！

扬之水，不流束楚⑥。彼其之子，不与我戍甫。怀哉怀哉，曷月予还归哉！

扬之水，不流束蒲⑦。彼其之子，不与我戍许。怀哉怀哉，曷月予还归哉！

【题 解】

本诗由激扬翻腾的河水起兴，抒写的是在外戍边的士卒思念故乡亲人，渴盼早日回家的思归之情。激扬的河水就像是在外戍边的丈夫，而流不走的柴草就像是独守家中的妻子，二者总也无法厮守一处，自然会生发出强烈的思念之情。《毛诗序》曰："《扬之水》，刺平王也。不抚其民而远戍于母家，周人怨思焉。"郑玄《笺》云："平王母家申国，在陈、郑之南，迫近强楚，王室微弱而数见侵伐，王以是戍之。"可见此诗的本事是讥刺周平王出兵戍申，致使大量士兵长年戍守他乡，承受着漫长的怀乡思亲之苦。此诗是《诗经》中众多表达将士久役思归情绪的抒情诗中具有代表性的一篇。

【注释】

①扬：激扬。

②束薪：一捆柴。束：量词，小把，小捆。薪：柴。

③其：或作"己"。此句意为那个自己乡里的人，暗指妻子。

④戍：守卫。申：与下句中的"甫"、"许"都是古地名。

⑤曷：疑问代词，相当于"何"。

⑥楚：一种矮小丛生的木本植物，也叫荆。

⑦蒲：指蒲草。

陟岵

《诗经·魏风》

陟彼岵兮，瞻望父兮。父曰："嗟予子！行役夙夜无已^①。上慎旃哉^②！犹来无止^③！"

陟彼屺^④兮，瞻望母兮。母曰："嗟予季^⑤！行役夙夜无寐。上慎旃哉！犹来无弃^⑥！"

陟彼冈^⑦兮，瞻望兄兮。兄曰："嗟予弟！行役夙夜必偕^⑧。上慎旃哉！犹来无死！"

【题解】

本诗出自《诗经·魏风》。诗题"陟岵"是登山的意思。陟，意为登、上。岵，指有草木的山。朱熹《诗集传》论魏国地域与民风特点曰："其地狭隘，而民贫俗险，盖有圣贤之遗风焉。"关于此诗的主旨，《毛诗序》曰："《陟岵》，孝子之行役，思念父母也。国迫而数侵削，役乎大国，

父母兄弟离散，而作是诗也。"可见此作的主题是表现征人思念故乡的亲人。诗中描述了登山望乡的征人想象着家人对自己的挂念，表达了他对于久役于外的强烈不满，以及动荡漂泊境遇下的思归念亲之情。

【注释】

① 这句的意思是，在外服役，一天到晚都没有休息。

② 上：通"尚"，盼望的意思。慎：保重。旃：之，语助词。哉：相当于"啊"。

③ 犹来：还是能回来才好。无止：不要长期在外面耽搁。止：停留。

④ 屺（qǐ）：指没有草木的山。

⑤ 季：小儿子。

⑥ 无弃：不要流落在他乡。

⑦ 冈：指山脊。

⑧ 必偕：指与同行者一起作息，不要随便休闲。

匪 风

《诗经·桧风》

匪风发兮①，匪车偈②兮。
顾瞻周道，中心怛③兮。
匪风飘兮，匪车嘌④兮。
顾瞻周道，中心吊兮。
谁能亨⑤鱼，溉之釜鬵⑥。
谁将西归⑦，怀之好音⑧。

【题解】

本诗出自《诗经·桧风》。桧，是一个诸侯国的名字，朱熹《诗集传》认为，其领地为今之郑州。关于此诗的本事，《毛诗序》曰："《匪风》，思周道也。国小政乱，忧及祸难，而思周道焉。"此诗的作者当为桧人，而亲友在西方，他日睹官道上的车马往来奔驰，引发了对故乡亲友的怀念，故作此诗以抒怀。从他望周道而伤悼来看，此诗当作于西周末年犬戎侵周之时，明显有感伤周王朝衰微的况味。余冠英先生认为，此作是旅客怀乡的诗，诗人离国东去，看见官道上车马急驰，风起扬尘，想到自己有家归不得，甚至离家日趋远，不免伤感起来。这时，他希望遇着一个西归的故人，好托他捎带个平安家报。

【注释】

① 匪：通"彼"。发：犹"发发"，风吹声。

② 偈（jié）：疾驰貌。

③ 怛（dá）：悲伤。

④ 嘌（piào）：飘摇不定。

⑤ 亨：同"烹"，煮。

⑥ 溉：洗。釜（zèng）：大锅。

⑦ 西归：回到西方的故乡去。此言是以桧国人客游东方的口吻诉说，"西"指桧国。

⑧ 怀：意为"遗"，送给。以上四句是说，若有人能煮鱼，我就给他锅子请他煮；若有人西归，我就请他向家里报个平安。

采　薇

《诗经·小雅》

采薇①采薇，薇亦作止②。
日归曰归，岁亦莫止。
靡室靡家，猃狁③之故。
不遑启居，猃狁之故。
采薇采薇，薇亦柔止。
日归曰归，心亦忧止。
忧心烈烈，载饥载渴。
我戍未定，靡使归聘④。
采薇采薇，薇亦刚止。
日归曰归，岁亦阳⑤止。
王事靡监，不遑启处。
忧心孔疚，我行不来。
彼尔维何⑥，维常之华。
彼路斯何？君子之车⑦。
戎车既驾，四牡业业。
岂敢定居？一月三捷。
驾彼四牡，四牡骙骙⑧。
君子所依，小人所腓⑨。
四牡翼翼，象弭鱼服⑩。
岂不日戒？猃狁孔棘⑪。
昔我往矣，杨柳依依⑫。
今我来思，雨雪霏霏。
行道迟迟，载渴载饥。
我心伤悲，莫知我哀。

【题 解】

本诗出自《诗经·小雅·鹿鸣之什》。关于此诗的本事，《毛诗序》曰："《采薇》，遣戍役也。文王之时，西有昆夷之患，北有猃狁之难。以天子之命，命将率遣戍役，以守卫中国。故歌《采薇》以遣之，《出车》以劳还，《杕杜》以勤归也。"全诗共六节，模仿一个戍卒的口吻，以采薇起兴，前五节着重写戍边征战生活的艰苦、强烈的思乡情绪以及久久未能回家的原因，从中透露出士兵既有御敌胜利的喜悦，也深感征战之苦，流露出期望和平的心绪；第六节以痛定思痛的抒情结束全诗，感人至深。此诗所运用的重叠句式与比兴手法，集中体现了《诗经》的艺术特色。最后一节的"昔我往矣，杨柳依依。今我来思，雨雪霏霏"等句，言浅意深，情景交融，历来被公认为《诗经》中脍炙人口的名句。

【注 释】

① 薇：野豌豆。

② 作：初生。止：语助词。

③ 猃狁：古代北方的少数民族。

④ 聘：问候。

⑤ 阳：阳历十月。

⑥ 尔：通"薾"，花盛貌。维何：是什么。维：语气助词。

⑦ 路：大车。此句是说，那个大车是谁的？是将军的车。

⑧ 骙骙（kuí）：马强壮的样子。

⑨ 腓：掩护。以上四句是说，驾车用那四匹雄马，四匹雄马都很强壮；战车是将军所依靠的，士兵隐蔽也靠它。

⑩ 翼翼：娴熟。弭：弓末弯曲处。鱼服：鱼皮制的箭袋。

⑪ 棘：紧急。

⑫ 依依：犹"殷殷"，柳枝随风轻拂貌。这两句是说，从前我去参军时，杨柳殷殷，情意绵绵。

【名句】

昔我往矣，杨柳依依。
今我来思，雨雪霏霏。

艳歌行

汉·乐府古辞

翩翩①堂前燕，冬藏夏来见②。
兄弟两三人，流宕③在他县。
故衣谁当补？新衣谁当绽④？
赖得贤主人⑤，览⑥取为吾绽。
夫婿从门来，斜倚西北眄⑦。
语卿且勿眄，水清石自见⑧。
石见何累累⑨，远行不如归⑩。

【题 解】

　　这首汉乐府最早见于《玉台新咏》，也被《乐府诗集》收录，属《相和歌辞》。诗题中的"艳"，指正曲之前的序曲。此诗记述了远离家乡出门在外的游子所经历的一些日常之事，看似平常，却也流露出游子生活的辛酸。诗里讲述了远赴异乡的游子有幸遇见了一位善良贤惠的女主人，愿意为他缝补衣服，在生活上对他多加关照。然而这却引起了女主人丈夫的猜忌，从而引发了游子的乡愁，发出"远行不如归"的感叹，表达了漂泊他乡的游子倦于漂泊而思归的感伤心绪。

【注 释】

① 翩翩：形容飞得轻巧。

② 见：同"现"。此处用燕子的冬去夏来比喻游子的漂泊生涯。

③ 流宕：流浪。宕：同"荡"。

④ 这两句是说出门在外的人生活上缺乏照顾。当：任。补：缝补衣服。绽：把开线的衣服缝补好。

⑤ 赖：多亏。贤主人：此处指贤惠的女主人。

⑥ 览：通"揽"，与"取"同义。

⑦ 斜倚：倾斜着身体。眄：斜着眼看。

⑧ 这两句是女主人的话，大意是女主人告诉丈夫，不要斜眼看人，总会有真相大白的一天，就像水落石出一样。水清石自见：比喻真相大白。

⑨ 累累：石头堆积得很多。这句是起兴，也是比喻，指事情的来龙去脉已弄清楚。

⑩ 这句是游子自说自话，意思是出门远行不如早点回家。

涉江采芙蓉

东汉·《古诗十九首》

涉江采芙蓉，兰泽多芳草^①。
采之欲遗^②谁，所思在远道。
还顾望旧乡^③，长路漫浩浩^④。
同心^⑤而离居，忧伤以终老^⑥。

【题 解】

这首五言诗是《古诗十九首》中的作品，最早见于《昭明文选》卷

二十九"杂诗"类。此诗的主人公显然是位女子，全诗所抒写的，乃是独守闺房的妻子思念丈夫的深切忧伤。但倘若把此诗的作者也认定是这女子，那就错了。马茂元先生认为："文人诗与民歌不同，其中思妇词也出于游子的虚拟。"所以此诗本质上是游子思乡之作，只是在表现游子的苦闷、忧伤的心绪时，采用了模拟思妇口吻的虚拟方式，表现了游子在穷愁潦倒的客愁中，通过自身的感受，设想到家室的离思，因而把同一性质的苦闷，从两种不同的角度呈现出来，使得所抒思归念亲之情显得更加真切动人。

【注 释】

① 兰泽：生长有兰草的沼泽之地。芳草：此处指兰草。

② 遗：赠给。

③ 还顾：回头望。旧乡：故乡。

④ 漫浩浩：形容无边无际。

⑤ 同心：指夫妻感情很好。

⑥ 终老：终其一生到老。

去者日以疏

东汉·《古诗十九首》

去者日以疏①，来者日以亲②。
出郭门③直视，但见丘与坟。
古墓犁为田，松柏摧为薪④。
白杨⑤多悲风，萧萧愁杀人。
思还故里闾⑥，欲归道无因⑦。

【题 解】

　　这首五言古诗是《古诗十九首》中的第十四首，最早见于《昭明文选》卷二十九"杂诗"类。此诗的主人公显然是位离家在外的游子，全诗记述了他路过城郊，看到墟墓，有感于世路艰难、人生如寄，思考了死生大限、世事无常等人生的终极问题，抒发了身在乱世的创痛空虚之感，以及怀乡思归却不可得的悲愤心绪。

【注 释】

　　① 去者：逝去的事物。疏：疏远。
　　② 来者：意同"生者"。亲：亲近。
　　③ 郭门：外城的城门。
　　④ 这两句是说，古墓已被人犁成田地，而墓上的柏树已被人砍断，当做柴烧。
　　⑤ 白杨：树名。古代墓地一般多种杨树。
　　⑥ 故里闾：故乡的住所，即故居。里：古代一种居民组织形式，先秦以二十五家为一里。后来泛指居所。闾：里巷的大门。
　　⑦ 因：依靠，凭借。

明月何皎皎

东汉·《古诗十九首》

明月何皎皎①，照我罗床帏②。
忧愁不能寐③，揽衣④起徘徊。
客行虽云乐，不如早旋归⑤。
出户独彷徨，愁思当告谁。
引领⑥还入房，泪下沾裳衣。

【题解】

　　这首五言古诗是《古诗十九首》中的最后一首，最早见于《昭明文选》卷二十九"杂诗"类。此诗的主旨是写游子的怀乡羁旅之愁。全诗塑造了一位久客异乡、愁思满怀、夜不能寐的游子形象。他的乡愁是由皎洁的明月引起的，更深人静，举头望见那千里与共的明月，怎能不勾起奔波异乡的旅人对故乡深深的思念！此作通过描述游子在失眠之夜的具体行动，一层深似一层，细致地刻画出其欲归不得的心理活动过程，真挚动人。

【注释】

　　① 皎皎：洁白明亮。
　　② 罗床帏：罗帐。
　　③ 寐：睡着。
　　④ 揽衣：披衣，穿衣。
　　⑤ 旋归：回归，归家。旋：归，回。
　　⑥ 引领：伸颈，意为伸长脖子远望。

步出城东门

东汉·佚名

　　步出城东门，遥望江南路。
　　前日风雪中，故人从此去。
　　我欲渡河水，河水深无梁①。
　　愿为双黄鹄②，高飞还故乡。

【题解】

　　这首五言古诗选自明代冯惟编的《古诗纪》，作者已佚，最早的出处亦不详。此诗的主旨是抒写游子的客思。从全诗的内容与风格来看，都与《古诗十九首》相近，应当也是东汉末年的文人作品。此诗的开头便刻画了一个失意彷徨的游子形象，他所徘徊的"城东门"，当为洛阳城的东坡门。诗人客寓他乡，百无聊赖中想到城门外走走。然而由于城门连着通往家乡的"江南路"，因此不但没能缓解其苦闷，反而更平添了思乡念远的愁绪。加之联想到异乡送客的情形，境况愈发凄然。篇末诗人在极度苦闷中生发出奇妙的想象，幻想自己变成一只大鸟，跟随故人一起返回故乡。这自然是不可能实现的，不过是无可奈何的感慨，自然也不能使其摆脱当前的困境。全诗便在这种无限的忧伤愁闷中结束了，诗人所呈现的那种真挚的思乡之情与强烈的羁旅之苦充溢在字里行间，感人至深。

【注释】

　　① 梁：桥。
　　② 黄鹄（hú）：鸟名，即天鹅。此处用鸟的自由飞翔比喻实现人生理想。

李陵录别诗二十一首 二十一首选一

东汉·佚名

其　九

　　烁烁三星列，拳拳①月初生。
　　寒凉应节至，蟋蟀夜悲鸣。
　　晨风动乔木，枝叶日夜零。

游子暮思归，塞耳不能听。
远望正萧条，百里无人声。
豺狼鸣后园，虎豹步前庭。
远处天一隅^②，苦困独零丁。
亲人随风散，历历如流星。
三萍离不结，思心独屏营。
愿得萱草^③枝，以解饥渴情。

【题 解】

这首五言古诗最早见于《文选》卷三七李密《陈情事表》，李善注引此诗"远处"二句，谓出李陵《赠苏武诗》，与《古文苑》以"李陵录别诗"收录此篇相类，是唐人根据流传于晋、齐时李陵的众多作品而得出的看法。这种看法并不可信，旧题《李陵赠苏武诗》历来受到质疑，有学者如洪迈判定其为伪作。此处据逯钦立辑校《先秦汉魏晋南北朝诗》中整理的版本，他对题为李陵所作的诗歌采取审慎存疑的态度，既不认定是李陵之作，同时也不认为是六朝拟作，而是把这些作品均归入东汉卷，并系之于"李陵录别诗二十一首"。有一点可以肯定，此诗作为东汉末出现的大量游子思归主题诗中的佳篇之一，诗人将景物描写、气氛渲染、感情抒发三者融合一体，自然流转中又带质朴蕴藉，体现了汉诗典型的风格特点。

【注 释】

① 拳拳：弯曲貌。

② 隅：角落。

③ 萱草：植物名。古人以为种植此草，可以使人忘忧，故又称其为忘忧草。

苦寒行

东汉·曹操

北上太行山，艰哉何巍巍^①！
羊肠坂诘屈^②，车轮为之摧。
树木何萧瑟^③，北风声正悲。
熊罴^④对我蹲，虎豹夹路啼。
蹊^⑤谷少人民，雪落何霏霏。
延颈^⑥长叹息，远行多所怀。
我心何怫郁，思欲一东归^⑦。
水深桥无梁，中路^⑧正徘徊。
迷惑失故路，薄暮无宿栖。
行行日已远，人马同时饥。
担囊行取薪，斧冰持作糜^⑨。
悲彼东山诗^⑩，悠悠使我哀。

【题 解】

诗题"苦寒行"是乐府《相和歌·清调曲》的名字。建安十年（205），袁绍甥高干叛离曹操，据守壶关（今山西壶关县）。次年春天，曹操自邺城（今河北临漳县西）率军越过太行山攻打壶关。本诗约作于这次征途当中。

【注 释】

① 太行山：山脉名，起自河南省北部，沿山西、河北边境折入河北省北部。巍巍：形容高峻的样子。
② 羊肠坂：地名，在壶关西南。坂：斜坡。诘屈：盘旋纡曲。

③ 萧瑟：萧条冷落。

④ 罴：一种熊，也叫马熊。

⑤ 蹊：通"溪"。山居人家多靠近溪谷。

⑥ 延颈：伸长脖子眺望远方。

⑦ 怫郁：忧愁不安的样子。东归：指归故乡。曹军当时为西征，所以返回故乡叫做"东归"。一说曹操的故乡谯郡（今安徽亳县）在太行山的东南面。

⑧ 中路：途中。

⑨ 斧：意为"砍"。糜：粥。

⑩ 东山诗：《诗经·豳风》有《东山》篇，旧说《东山》是赞美周公出征归来犒劳将士的诗。此处曹操用《东山》诗的典故有自比周公的意味。

杂诗二首

三国魏·曹丕

其 一

漫漫秋夜长，烈烈北风凉。

展转①不能寐，披衣起彷徨。

彷徨忽已久，白露沾我裳。

俯视清水波，仰看明月光。

天汉回西流②，三五③正纵横。

草虫鸣何悲，孤雁独南翔。

郁郁多悲思，绵绵思故乡。

愿飞安得翼，欲济河无梁。

向风长叹息，断绝我中肠。

【题 解】

　　以"杂诗"为诗题，最初见于《文选》所选汉魏人诗。这些诗原先大都有题目，后来题目佚失，便将这些作品为归入"杂诗"。曹丕的这两首杂诗都是以抒发游子怀乡思归之情为主旨的诗，均为拟古乐府或古诗之作。

【注 释】

　　① 展转：翻来覆去睡不着的样子。展：同"辗"，也是转的意思。
　　② 天汉：指天上的银河。此句意为银河由西南指转向正西，表示夜已深了。
　　③ 三五：指星星。《诗经·小星》云："三五在东"，其中"三"指参星，"五"指昴星。这里泛指群星。

其　二

西北有浮云，亭亭^①如车盖。
惜哉时不遇，适与飘风^②会。
吹我东南行，行行至吴会^③。
吴会非我乡，安得久留滞。
弃置勿复陈^④，客子常畏人。

【题 解】

　　此诗作为曹丕杂诗的第二首，采用比喻象征的艺术手法，以浮云的意象作比喻，表达了远游外在的客子思念故乡的感伤心绪。其中前六句描写孤独无依、飘荡不定的浮云遭遇大风时的无奈，暗示游子生不逢时、无所依托的人生困境。而最后两句则以浮云不愿滞留他乡来点明主旨，生动地表达出漂泊异地的游子深切的思乡之情。

【注释】

① 亭亭：遥远而无所依靠的样子。

② 飘风：突然刮起的大风。

③ 吴会：指吴郡与会稽郡。吴本是秦朝时的会稽郡，后汉时分吴和会稽为两郡。

④ 此句大意是，搁在一边不要再谈了。此为乐府诗的套语。

情　诗

三国魏·曹植

微阴翳阳景^①，清风飘我衣。

游鱼潜绿水，翔鸟薄^②天飞。

眇眇客行士^③，徭役不得归。

始出严霜结，今来白露晞^④。

游者叹黍离^⑤，处者歌式微^⑥。

慷慨对嘉宾，凄怆内伤悲。

【题解】

此诗《文选》、《玉台新咏》都有收录，《文选》所录诗题作"情诗"，而《玉台新咏》题为"杂诗"，今从《文选》。诗题中"情"，指离情。本篇的主旨是叙写游子久客归来，见到家园残破景象后的感慨，抒发徭役思归之情。在微阴蔽日，"一年容易又秋风"的季节转换中，自然界万物各得其所，鱼鸟安然游翔之景，引发出诗人对役夫久戍他乡，有家难归的联想与感叹。曹植生活在战乱频繁的时代，对民生疾苦有一

定的了解和体察，因景感怀，发而为诗，情与景会，因此具有感动人心的艺术力量。

【注释】

① 阴：云。翳：遮蔽。阳景：日光。
② 薄：迫近。
③ 眇眇：形容渺茫遥远。客行士：游子自指。
④ 晞：干。此句意为春日初暖，白露已干。
⑤ 游者：诗人自指。黍离：《诗经·王风》篇名，旧说是周大夫经过故都，见宗庙宫室都变为田地，生发感慨而作。此处借以表达游子见到家园残破后的感慨。
⑥ 处者：指故乡的亲友。式微：《诗经·邶风》篇名。据《毛诗序》载，此篇是讲黎国诸侯被狄人所逐，寄居卫国，他的臣属劝他回国而作此诗。此处借以表示亲友劝游子返归故乡，不要再离去。

七哀诗 三首选一

三国魏·王粲

其 二

荆蛮非我乡，何为久滞淫①？
方舟溯②大江，日暮愁吾心。
山冈有余映③，岩阿增重阴④。
狐狸驰赴穴，飞鸟翔故林⑤。
流波激清响，猴猿临岸吟。

迅风拂裳袂^⑥，白露沾衣襟。
独夜不能寐，摄^⑦衣起抚琴。
丝桐^⑧感人情，为我发悲音。
羁旅无终极，忧思壮^⑨难任。

【题 解】

此诗写的是诗人王粲久客荆州，日暮凭眺，怀乡思归，独夜不寐，悲愁盈怀。当时的王粲正处于人生低谷，他到了荆州之后，刘表嫌弃他貌丑体弱，根本不重视他，王粲因此郁郁不得志。此后王粲滞留荆州长达十几年，始终不能认同其地，以客居者的身份饱受思乡之苦。随着对荆州厌倦情绪的加重，王粲返回北方中原的愿望愈加强烈，因此在荆州时期的诗文创作中常常流露出无限乡愁。此作无论是内容还是风格都体现出王粲荆州时期诗歌创作的主要特点，因此堪称其怀乡诗中的代表作。

【注 释】

① 滞淫：滞留，长久地停留。
② 溯：逆流而上。
③ 余映：夕阳余晖。
④ 阿：曲隅。增重阴：更加阴暗。
⑤ 此二句取意于《楚辞·哀郢》："鸟飞还故乡兮狐死必首丘。"这是诗人带着思乡之情写眼前之景。
⑥ 裳：下衣。袂：衣袖。
⑦ 摄：整理。
⑧ 丝桐：指琴。桐木是制琴的上等材料。
⑨ 壮：盛大，这里指忧思深重。

赴洛道中作 二首选一

西晋·陆机

其 二

远游越山川，山川修且广。

振策陟崇丘①，安辔遵平莽②。

夕息抱影寐，朝徂衔思往③。

顿辔④倚高岩，侧听悲风响。

清露坠素辉⑤，明月一何朗。

抚枕不能寐，振衣⑥独长想。

【题 解】

此诗作于陆机三十岁时应诏赴洛阳途中。太康十一年（289）陆机离开故乡吴郡前往洛阳，途中写下两首诗，此为第二首。当时诗人初涉仕途，虽然夙愿得以实现，但辞别故土亲人，不免生发悲情。旅途中所见山川明月，野途孤兽，更平添寂寞乡思的情绪。诗中呈现的景色物象丰富，寓意真切，虽篇幅不长，却颇具感染力。

【注 释】

① 策：马鞭。陟：登上。崇丘：高冈。

② 安辔：按下缰绳。安：通"按"。辔：马缰绳。遵：沿着。平莽：平坦的原野。

③ 徂：往，这里指启程。衔思往：怀着深切的乡思踏上旅程。

④ 顿辔：驻马停下来。

⑤ 素辉：指月光。

⑥ 振衣：指难以入眠而穿衣起身。

拟明月何皎皎 十四首选一

西晋·陆机

其 六

安寝北堂^①上，明月入我牖^②。
照之有余晖，揽之不盈手。
凉风绕曲房^③，寒蝉鸣高柳。
踟蹰感物节^④，我行永已久。
游宦会^⑤无成，离思难长守。

【题解】

此诗为陆机模拟东汉《古诗》所作十四首（今存十二首）中的第六首。古诗《明月何皎皎》原诗与此拟作都是抒发客子怀乡思归之作。陆机在对前代文学的模拟方面投入了很大精力，有仿汉乐府、仿古诗、仿建安诗等，今存四十余首，超过其今存诗歌总量的一半。与"三曹"、"七子"等人拟作注重抒写现实感受不同，陆机模仿古诗主要以模仿形似为主，目的是表现其模仿技巧。但此作由于诗人对游宦漂泊境遇下的怀乡思亲心绪有深切的感受，因此本诗的创作融入了一定的生活体验，堪称其拟古诗中的代表作。

【注释】

①北堂：北屋，指寝室。
②牖：窗子。
③曲房：深邃的房间，指"北堂"。
④踟蹰：徘徊。物节：物候季节。此句讲客子由"凉风"、"寒蝉"
等感受到深秋已至。
⑤会：当，预料到。

始作镇军参军经曲阿作

东晋 · 陶渊明

弱龄寄事外^①，委怀在琴书^②。

被褐^③欣自得，屡空常晏如^④。

时来苟冥会^⑤，宛辔憩通衢^⑥。

投策命晨装^⑦，暂与园田疏。

眇眇孤舟逝，绵绵归思纡^⑧。

我行岂不遥，登降千里余。

目倦川途异，心念山泽居。

望云惭高鸟，临水愧游鱼。

真想初在襟，谁谓形迹拘^⑨。

聊且凭化迁，终返班生庐^⑩。

【题 解】

此诗为陶渊明开始出任镇军参军时所作。镇军参军，指镇军将军之参军。宋武帝刘裕曾任镇军将军。曲阿，古县名。本是战国时楚云阳邑，秦时置曲阿县，治所在今江苏丹阳。三国吴时改名为云阳，晋又改回曲阿。陶渊明就任镇军参军是在元兴三年甲辰（404），一年后改任建威将军刘敬宣参军。此诗即作于陶渊明刚刚进入刘裕幕之时。当时的陶渊明已经四十岁，为生计所迫出任镇军参军一职，赴京口（今江苏镇江）上任。诗人对官场的黑暗现实已经有深入了解，明知与自己本性相违背，还是带着这种矛盾苦闷的心情赴任了，他在赴任途中行经曲阿时，写下了这首诗，叙述诗人旅途所思所感。刚出发时他的心情还比较平静，但随着行程渐远，归思渐浓。行至曲阿，计程已千里有余，此时诗人的怀乡思归之情达到了极点，同时也表现出对此行的厌倦以及自责情绪。

【注 释】

① 弱龄：年少时。寄事外：托身世事之外，指不做官。

② 委：安置。琴书：陶渊明《与子俨等疏》："少学琴书，偶爱闲静。"

③ 被：穿。褐：粗布衣服，贫穷百姓所穿。

④ 屡空：指贫穷。晏如：安然，快乐自足的样子。

⑤ 时：时机，运数。苟：假如。冥会：默会。

⑥ 宛辔：曲辔，意为回驾，枉道。憩：止息。通衢：大路，这里借指仕途。

⑦ 投策：舍弃手拄之杖。命晨装：命令人整理清晨出发的行装。这句是说诗人舍掉策杖，一早准备启程。

⑧ 眇眇：遥远的样子。纡：萦绕。这两句是说孤舟行得愈远，归思愈加萦绕在心头而连绵不断。

⑨ 这两句是说，只要始终将人的自然本性存于心间，虽进入仕途，形迹也不会受到拘束。真想：发自内心、合乎自然的真淳思想。真：与世俗礼法相对立，指人的自然本性。初：全部，始终。在襟：在心间。形迹：身体与形迹。形迹拘：被身体与形迹所限制住，这里指做官。

⑩ 这两句是说既然时运来了，就当顺遂时运的变化，但是终将要返回故里园田。化迁：自然时运。凭化迁：听凭时运的变化，与时推移。班生庐：用东汉班固典。班固《幽通赋》曰："终保己而贻则兮，里上仁之所庐。"这里借以指仁者隐居之处。

七里濑

南朝宋·谢灵运

羁心积①秋晨，晨积展游眺②。

　　孤客伤逝湍③，徒旅苦奔峭④。

　　石浅水潺湲，日落山照曜。

　　荒林纷沃若⑤，哀禽相叫啸。

　　遭物悼迁斥⑥，存期得要眇⑦。

　　既秉上皇心，岂屑末代诮⑧。

　　目睹严子濑，想属任公钓⑨。

　　谁谓古今殊，异代可同调⑩。

【题 解】

　　此诗作于永初三年（422）秋谢灵运赴永嘉任职途中。旅途中的诗人目睹七里濑一带的急流峭岸，荒林哀禽，联想到自己遭遇贬逐，如今成为孤客徒旅，不免伤怀。然而当他看到严陵濑，想到严光隐居富春山，耕渔以终老，又找到了自己的精神寄托。诗题"七里濑"是地名，又名七里滩，今当地人称为七里泷，泷是急流的意思。此地是浙江（今富春江）的一段急流，距离吴郡桐庐县城二十里左右，因两山夹峙，江流湍急，连亘七里，故名七里濑。由于当时谢灵运不为权臣徐羡之、傅亮所容，而被贬为永嘉太守，心情自然是低落郁闷的。此诗即表达了诗人在这种心境下的羁旅之思与身世之感。

【注 释】

　　①羁心：羁旅之心。积：积聚，意为心情沉重。

　　②展：舒展开。此句意为远眺风景使心情舒畅。

　　③逝湍：指急流。

　　④徒旅：与"孤客"同义，都是指孤独的游子旅人。苦：悲伤。奔峭：形容崖岸险峻如奔。

　　⑤纷沃若：指落叶缤纷的情景。沃若：此处指代树叶。

　　⑥迁斥：贬谪。此句大意是讲遭遇贬谪的人又碰上秋天这样的景致，

内心更加悲伤。

⑦ 要眇：语出《庄子》："此之谓要眇也。"原意为"道"是不可捉摸的，但又无时无处不在，它是一切事物的本原。存期：《文选》李善注为"存我幽隐之期。"此句用道家义，语意艰涩，大意是讲身处尘世而善于保存自己的高洁品质，这就算领会了道的妙旨。

⑧ 秉：持。上皇心：上古三皇的淳朴之心。屑：顾。末代：后代，指诗人所生活的时代。诮：责备。这两句是讲自己已抱定了听任自然，无为而治的主意，不管他人如何责备。

⑨ 严子濑：即严陵濑，从七里滩上溯数里即是。严光：东汉人，字子陵。据《后汉书·逸民传·严光》载，严光曾与刘秀同游学。刘秀称帝后，严光改换名姓，隐身不见。刘秀派人访得，授以谏议大夫，严光不授，归耕富春山，垂钓江滨。后人为了纪念严光，将其钓鱼处命名为严子陵钓台，又称严陵钓坛，还把附近的一段急流命名为严陵濑。想属：联想。任公：即任国公子，《庄子·外物》篇里的人物。此篇说他用大钓巨绳钓鱼，以五十头牛为饵，蹲在会稽山上，将钓竿伸进东海，一年后得到一尾特大的鱼，将其剖开晒干，供浙江以东、苍梧以北广大地区的人们饱餐一顿。此处用任公典，当仅取垂钓之意，与《庄子》原旨无关。这两句表明诗人想要像严光一样当隐士。

⑩ 异代：不同时代。同调：指古今达人志趣相同。此处表达诗人的隐逸之志。

道路忆山中

南朝宋·谢灵运

采菱调易急，江南歌不缓①。
楚人心昔绝，越客肠今断②。
断绝虽殊念，俱为归虑款③。

存乡尔思积，忆山我愤懑④。

追寻栖息时，偃卧任纵诞。

得性非外求，自己为谁纂⑤？

不怨秋夕长，常苦夏日短。

濯流激浮湍⑥，息阴倚密竿⑦。

怀故叵新欢⑧，含悲忘春暖。

凄凄明月吹，恻恻广陵散⑨。

殷勤诉危柱，慷慨命促管⑩！

【题 解】

此诗一题为《忆山中》，作于永嘉九年（432）春谢灵运赴临川郡途中。写的是诗人在旅途中听到楚越歌曲，不禁悲从中来。他联想到屈原被放逐的遭遇，也勾起了诗人强烈的思乡之情。接着诗人回忆起在故乡始宁隐居时的惬意生活，对比当前的现实处境，欢趣全无，只好把满腔的悲愤诉诸促管急弦。此作呈现了贬谪境遇下的谢灵运在旅途中生发出的怀乡之情与羁旅之思，表达了他对宦海浮沉的厌倦和对隐居的向往。

【注 释】

① 采菱：古时楚地流行的歌曲名。江南：歌曲名，属乐府《相和曲》，又名《江南可采莲》。

② 楚人：此处指屈原。越客：此为诗人自称。这两句是说自己现在赴临川，与屈原被放逐时的沉痛心情一样。

③ 归虑：即归思。款：扣，冲击。这两句是说自己和屈原生活的时代虽然不同，但思归之情却是完全相同的。

④ 存乡：心存故乡。尔：你，此处指屈原。思积：心中充满苦闷。愤懑：愤恨抑郁。

⑤ 得性：适合其天性，不受约束。自己：取足自止。纂：取。这两句

语义都从《庄子》出，是讲适性之理不是从外界所能获得的，须领悟取足自止的道理。

⑥ 濯：洗。激浮湍：溅起浪花来。湍：急流。

⑦ 息阴：休息乘凉。密竿：指密竹。

⑧ 怀故：怀念过去。叵：不可，此处指无。这句讲回忆过去的生活并没有给眼前带来欢乐。

⑨ 凄凄：形容曲调悲凉。明月吹：笛曲名，原名《关山月》，是伤离别的诗，故又名《伤别离》。恻恻：犹"凄凄"。广陵散：古琴曲名。三国魏嵇康于景元三年被杀，临刑前索琴奏此曲。可以想见其曲调之悲凉伤感。

⑩ 殷勤：感情深切。危柱：犹"急柱"，指急速的琴声。柱：本为架弦的码子，此处指琴。慷慨：指情绪激昂。促管：犹急管，指激越的笛声。此二句表明诗人内心的悲愤情绪已经达到极点。

入彭蠡湖口

南朝宋·谢灵运

客游倦水宿，风潮难具论①。
洲岛骤回合②，圻岸屡崩奔③。
乘月听哀狖，浥露馥芳荪④。
春晚绿野秀，岩高白云屯。
千念集日夜，万感盈朝昏⑤。
攀崖照石镜，牵叶入松门⑥。
三江事多往，九派理空存⑦。
灵物吝珍怪，异人秘精魂⑧。
金膏灭明光，水碧辍流温⑨。

徒作千里曲，弦绝念弥敦^⑩。

【题解】

此诗一题为《彭蠡口》、《入彭蠡口》，作于永嘉九年（432）春谢灵运赴临川郡途中。诗题中的"彭蠡"，即今江西鄱阳湖，通长江。湖口，地名，在今江西湖口县一带。诗的前半部分记述诗人连日乘船，旅途劳顿的境况。谢灵运是从建康（今江苏南京市）乘船行长江，因是逆水而上，且路途遥远，故颇费时日，身心疲乏。好不容易抵达湖口，只见这里一片春色，别有天地，本应心情欢畅。然而由于诗人想到自己背井离乡，此次为贬谪之行，因此眼前的美景也无法缓解失意惆怅的心情。诗的后半部分写诗人强打精神，登高远眺，联想到世事沧桑，更加深了失落郁闷的情绪。此作熔纪行、写景、说理、抒情于一炉，是谢灵运羁旅诗中的上乘之作。

【注释】

① 客：诗人自指。开篇两句讲诗人连日乘船，已颇感疲乏，而沿途所遇到的风波艰险一言难尽。

② 骤：屡次。这句是描述江上洲屿很多。

③ 圻岸：指曲折的崖岸。崩奔：形容崖岸耸峙江边的状态，仿佛要崩塌下来，又像要飞奔起来。

④ 狖：猿猴之类。沺：沾湿。馥：香。荪：香草名，即荃。这两句是描述诗人在月光下听到猿猴的叫声，闻到挂着露珠的芳草散发出香气。

⑤ 这两句是讲诗人在旅途中度过日日夜夜，百感交集。

⑥ 石镜：山名。为庐山的一峰。传说庐山东面悬崖上有圆石，明净可照见人形。牵叶：意为攀枝。松门：山名，在今江西都昌县南。这两句是叙述诗人一路走来经过的山水历程。

⑦ 三江：语出《尚书·禹贡》："三江既入，震泽底定。"关于三江的具体所指，有不同说法。九派：又名九江、九水。古指长江中游一带的九条支流。关于九江的具体所指也有多种不同说法。这两句是讲由于古今地理变迁，关于"三江"、"九派"的种种说法无法确考。

⑧ 灵物：灵异之物。指后面所言金膏、水碧之类。吝：吝惜。异人：不同于凡俗之人，指神仙。秘：隐藏。精魂：灵魂。这两句是讲传说中的灵物、异人，如今都看不到了。

⑨ 金膏：神话传说中的一种宝物。水碧：又称水玉、水精，即水晶石。古代认为是稀世珍宝。这两句是讲传说中的金膏、水玉等珍宝现在也看不到了。

⑩ 徒：徒然。千里曲：指琴曲《别鹤操》，又名《千里别鹤》。弦绝：曲终。念：指对故乡的思念。弥：更加。敦：深切。最后两句是说，诗人本想借琴曲以解闷，哪知反而勾起更加深切的思乡之情。

北使洛

南朝宋·颜延之

改服饬①徒旅，首路跼②险难。
振楫发吴州，秣马陵楚山。
途出梁宋郊，道由周郑间。
前登阳城路，日夕望三川。
在昔辍期运，经始阔圣贤。
伊瀍绝津济③，台馆无尺椽。
宫陛多巢穴，城阙生云烟。
王猷升八表④，嗟行方暮年。

阴风振凉野，飞雪瞀穷天⑤。
临途未及引，置酒惨无言。
隐悯徒御悲，威迟良马烦。
游役去芳时，归来屡徂愆。
蓬心既已矣，飞薄殊亦然。

【题 解】

此诗为颜延之出使洛阳途中所作。晋安帝义熙十二年（416），刘裕北伐，攻下洛阳，这是东晋对北方用兵最成功的一次。颜延之奉命作为特使前往前线庆贺，途中作《北使洛》。洛阳曾屡次失陷，如今一战而捷，得以收复，然而颜延之在奉使赴洛途中却没有欣喜之情，即目所见多残破之景，故国之思加之行役的艰辛，形成了本诗悲凉沉重的气氛。此作呈现了屡经战乱的中原地区"宫陛多巢穴，城阙生云烟"的丧乱景象，亦借以抒发诗人由旅途中的见闻所生发出的家国之感与羁旅之思。这是颜延之现存最早的诗作，作为"元嘉三大家"之一的颜延之的代表作，此诗已显现出元嘉诗风的主要特点，摆脱了自东晋以来诗坛上玄风炽盛的羁绊，面向社会和人生，体现出现实主义的创作倾向。

【注 释】

①饬：通"敕"。告诫，（帝王）命令。

②蹐：本义是屈曲，引申为小心畏惧。

③伊瀍：二水名。伊水是洛水的支流，在今河南西部。瀍水，也在河南境内。这句话是说，伊水、瀍水两岸无渡口可以过河。

④王猷：王道。八表：八荒，远方。此句是说，昔日的王道已被隔绝于八荒之外。

⑤瞀（mào）：眼睛昏花。穷天：季冬时节。

上浔阳还都道中作

南朝宋·鲍照

昨夜宿南陵①，今旦入芦洲②。

客行惜日月，崩波③不可留。

侵星④赴早路，毕景逐前俦⑤。

鳞鳞夕云起，猎猎晓风遒⑥。

腾沙郁黄雾，翻浪扬白鸥⑦。

登舻眺淮甸，掩泣望荆流⑧。

绝目尽平原，时见远烟浮。

倏忽坐还合，俄思甚兼秋⑨。

未尝违户庭，安能千里游？

谁令乏古节，贻此越乡忧⑩。

【题 解】

　　此诗《文选》题为《还都道中作》，约作于元嘉十七年（440）鲍照从刘义庆在江州为擢国侍郎之际。刘义庆于元嘉九年（432）镇荆州，八年后改授江州，引鲍照为佐吏。此诗即鲍照作为随从赴江州任职途中所作。诗题中的"浔阳"为地名，即今江西九江市。古代称到官位就职为"上"。"上浔阳"即到浔阳为官。都，指都城建康。诗的前六句纪行，表现出旅途中的诗人归心似箭。此后是白描眺望景观，进而抒情言志，呈现出诗人畏途思归、去国怀乡的游子心绪。诗人对旅途夜色的观察感受细腻入微，融入了诗人孤寂凄清的心境。篇末的两个问句表现了诗人对当初选择出仕异乡的反悔心情，也反衬出他对故乡的无限眷恋怀念之情。

【注释】

① 南陵：即南陵戍，位于今安徽繁昌西北江边。

② 芦洲：长满芦荻的沙洲，在南陵戍之南。

③ 崩波：奔腾的波涛。

④ 侵星：犹"戴星"，形容晨起出发之早。

⑤ 前俦：先行者。这两句形容诗人在途中起早歇晚，日夜兼程，归心似箭。

⑥ 鳞鳞：形容云朵的状貌。猎猎：形容风声。此二句描述诗人登高远眺之所见所闻。

⑦ 白鸥：一种水鸟。

⑧ 舻（lú）：船前头刺棹处。淮甸：淮河流域，指繁昌以下一带地方，东晋曾于当涂设置淮阳侨郡。荆流：指长江。这两句写诗人登上船头远眺时感伤的心绪。

⑨ 倏忽：一会儿。俄思：与"倏忽"同义。此二句是写诗人只眺望了一会儿便暮云四合，雾霭沉沉，感觉比秋天还要凉。

⑩ 古节：指古人高尚的操守。越乡：背井离乡。结尾二句表达了诗人对当初选择离乡游宦的反悔。

秋晨羁怨望海思归

南朝齐·沈约

分空临澥雾①，披远望沧流②。

八桂暖如画③，三桑眇④若浮。

独鹤凌空逝，双凫出浪飞。

烟极希丹水⑤，月远望青丘⑥。

【题 解】

　　这首五言八句的短诗作于沈约出任南清河太守任上,代表了沈诗清新之气中往往透露出哀怨感伤情调的特点,钟嵘《诗品》概括其诗歌风格为"长于清怨"。此作从写景入笔,勾勒出一幅水天一色、烟波浩渺的海天图景,境界阔大高远。而空旷辽远的海天正反衬出"羁怨"之深与"思归"之切。诗人巧妙地使眼前之景与内心之情自然呼应,融为一体。不言怀乡,却字字怀乡,代表着沈约山水羁旅诗所达到的艺术高度,在整个南朝诗中亦不失为上乘之作。

【注 释】

① 澥(xiè)雾:澥常与河海名连用。澥雾,意为海雾。

② 沧流:青色的水流,此处泛指海水。

③ 八桂:《山海经·海内南经》:"桂林八树,在番隅东。"郭璞注曰:"八树而成林,言其大也。"暧:昏暗,蒙眬。

④ 三桑:《山海经·海外北经》:"欧丝之野在大踵东,一女子跪据树欧丝。三桑无枝,在欧丝东,其木长百仞,无枝。"三桑亦言树木之壮大。眇:通"渺",意为遥远,深远。

⑤ 烟极:云烟之极处。丹水:传说中的水名。《山海经·南山经》:"丹穴之山,其上多金玉。丹水出焉,而南流注于勃海。"

⑥ 青丘:传说中的山名。《山海经·南山经》:"青丘之山,其阳多玉,其阴多青腹。"

循役朱方道路诗

南朝齐·沈约

分缡^①出帝京，升装奉皇穆。
洞野属沧溟^②，联郊溯河服。
日映青丘^③岛，尘起邯郸陆。
江移林岸微，岩深烟岫複^④。
岁严摧磴草，午寒散乔木。
萦蔚夕飙卷，蹉跎晚云伏。
霞志非易从，旌躯信难牧。
岂慕淄宫梧^⑤，方辞兔园^⑥竹。
羁心亦何言，迷踪^⑦庶能复。

【题 解】

诗题中的"朱方"为地名，即今江苏镇江，此诗为沈约出使镇江京口一带时所作，是写景与羁旅情怀融合无间的成功之作，代表了沈约写景清新自然，尤其善于捕捉景物的微妙变化的特点。此诗营造的诗境深婉含蓄，富有很强的艺术感染力。"江移林岸微，岩深烟岫複"等写景之句令人耳目一新，体现了沈约作为永明体领军人物在刻画动态景物方面的深厚功力。全诗不言"羁心"，而字里行间却始终流宕着羁旅之愁，堪称南朝羁旅诗中的精品。

【注 释】

①分缡（rú）：缡：古代一种作通行证用的帛。分缡为汉制，裂缯帛为符信，凭以出入关隘。
②沧溟：大海。

③青丘：传说中的山名。《山海经·南山经》："青丘之山，其阳多玉，其阴多青䨼。"

④岫：峰峦。複：繁复、重复。

⑤淄宫梧：梧宫，战国齐宫殿名，故址在今山东淄博市境内。汉代刘向《说苑·奉使》云："楚使使聘于齐，齐王飨之梧宫。"此处借指皇宫。

⑥兔园：苑囿名，也称梁园，在今河南商丘县东。汉梁孝王刘武所筑，为游赏与延宾之所。此处借指皇家园林。

⑦迷踪：迷失道路。

之宣城郡出新林浦向板桥

南朝齐·谢朓

江路西南永①，归流东北鹜②。
天际识归舟③，云中辨江树。
旅思倦摇摇④，孤游昔已屡⑤。
既欢怀禄情，复协沧州趣⑥。
嚣尘自兹隔，赏心于此遇⑦。
虽无玄豹姿，终隐南山雾⑧。

【题解】

这首五言排律作于齐明帝建武二年（495）春天，谢朓外任宣城太守，从建康（今江苏南京市）乘船，逆长江西行，此诗即在乘船时写就。诗题明确透露出诗人此行的路线，目的地是宣城，从新林浦出发，向板桥方向走。宣城，在今安徽宣州市。新林浦，建康附近地名，据《景定建康志》载："（新林浦）在城西二十里，阔三丈，深一丈，长十二里。"板桥，即板桥浦，在今江苏南京市西南方。《文选》李善注引《水经注》：

"水上经三山，又湘浦（一作幽浦）出焉，水上南北结浮桥渡水，故曰板桥浦，江又北经新林浦。"此作叙述了诗人在赴任途中的见闻与感受，流露出去国怀乡之情和避祸全身之思。

【注释】

① 江路：长江上的水路。永：长，远。此句是点出诗人逆水向西南而行的路线。

② 骛：奔驰。

③ 天际：天边，此处指水天相接之处。归舟：返航的船，此处指驶向京城的船。

④ 摇摇：心神不定的样子。

⑤ 屡：多次。

⑥ 怀禄情：怀恋俸禄之情。沧州趣：指隐士的志趣。扬雄《檄灵赋》曰："世有黄公者，起于沧州。精神养性，与道浮游。"

⑦ 嚣尘：指喧嚣的尘世。赏心：心情欢畅。此二句是讲从此与喧嚣的尘世隔绝开来，在此地感觉到心情欢畅。

⑧ 此句用《列女传》载陶答子妻典故。《列女传·陶答子妻》："南山有玄豹，雾雨七日而不下食者，何也？欲以泽其毛而成文章也，故藏而远害。"这里是以玄豹为喻，暗示自己外任宣城，远离京城是非之地，可全身避祸。

暂使下都夜发新林至京邑赠西府同僚

南朝齐·谢朓

大江流日夜，客心悲未央^①。
徒念关山^②近，终知返路长。

秋河曙耿耿，寒渚夜苍苍。

引领见京室，宫雉正相望。

金波丽鳷鹊，玉绳低建章。

驱车鼎门外，思见昭丘阳。

驰晖不可接，何况隔两乡？

风云有鸟路，江汉限无梁。

常恐鹰隼击，时菊委严霜。

寄言罻罗者，寥廓已高翔。

【题解】

这首五言排律作于永明十一年（493）秋，谢朓从荆州随王府被召回都城建业之时。谢朓曾为随王萧子隆文学。萧子隆好辞赋，对谢朓深加赏爱，却为长史王秀之所嫉。萧子隆敕令谢朓还都。谢朓在返回都城途中作此诗以寄西府同僚，述说对往昔旧情的眷念以及独自跋涉于旅程之上的羁旅之思。全诗融情于景，开篇二句所呈现出的壮阔境界与浩荡情思历来备受称赞。而白描景物的"秋河曙耿耿，寒渚夜苍苍"等句勾勒出了一幅"秋夜江行图"，诗人孤寂凄凉的心境也自然地融进画面之中。

【注释】

①央：已，尽。
②关山：古乐府有《度关山曲》。

【名句】

大江流日夜，客心悲未央。

休沐重还道中

南朝齐·谢朓

薄游①第从告，思闲愿罢归。
还邛歌赋似，休汝车骑非。
霸池②不可别，伊川难重违。
田鹤远相叫，沙鹢忽争飞。
云端楚山见，林表吴岫微。
试与征徒望，乡泪尽沾衣。
赖此盈罇酌，含景望芳菲。
问我劳何事？沾沐仰清徽。
志狭轻轩冕，恩甚恋重闱③。
岁华春有酒，初服偃郊扉。

【题 解】

　　谢朓一生，常有怀才不遇的感喟。"岂不思抚剑，惜哉无轻舟"（《和江丞北戍琅邪城》），"霸池不可别，伊川难再违"（《休沐重还道中》），这类愤懑之情每每流露在诗的字里行间。但是，每当他沉湎于清丽明净的自然山水的时候，那种功名事业之心便显得不那么强烈、急切了，浸浸而起的是一种归隐的意绪。于是，入隐与出仕，便成了谢朓心中一个突出的矛盾，或隐晦、或显豁地反映在他的诗歌之中。

【注 释】

　　① 薄游：薄为游宦，即做小官。
　　② 霸池：池名。故址在今陕西西安市。
　　③ 重闱：代指妻室。

京路夜发

南朝齐·谢朓

扰扰^①整夜装，肃肃戒徂两^②。
晓星正寥落，晨光复泱漭^③。
犹沾馀露团^④，稍见朝霞上。
故乡邈已夐^⑤，山川修且广。
文奏^⑥方盈前，怀人去心赏。
敕躬^⑦每跼蹐^⑧，瞻恩^⑨惟震荡。
行矣倦路长，无由税归鞅^⑩。

【题 解】

永明十一年（493）秋天，谢朓在荆州随王府遭谗还都，不久即出为新安王中军记室。这首诗就是离开京都赴中军记室任上时所作。此诗前半写景、后半抒情。格调婉转低沉，诗人表现出了极大的克制，尽量使横遭厄运的一腔愤懑不平之情不直接暴露出来，或者少泄露一点，而在表面上表现出平和冲远的面貌来，体现出作者深重的心态和复杂的感情。

【注 释】

①扰扰：零乱不堪的样子。
②肃肃：迅疾的样子。戒：命令。徂两：远行之车。
③泱漭：暗淡不明的样子。
④团：露水垂落的样子。
⑤邈、夐（xiòng）：都是远的意思。
⑥文奏：泛指文牍公务。
⑦敕躬：谨慎地做人做事。

⑧ 蹦蹄 (jú jí)：恐惧的样子。

⑨ 瞻恩：在朝为官的委婉说法。

⑩ 税：放下，摆脱。鞅：套在马颈或马腹上的皮带。税归鞅：此处诗
人以拉车的马自比，指脱离开车驾而不复出。

后斋迥望

南朝齐·谢朓

高轩①瞰四野，临牖眺襟带②。
望山白云里，望水平原外。
夏木转成帷③，秋荷渐如盖④。
巩洛⑤常睇然⑥，摇心似悬旆⑦。

【题 解】

这首五言八句的古诗是谢朓出任地方官时期的怀乡之作。谢朓于建武二年（495）短暂出任宣城太守，此诗不仅描绘出宣城秀美的山川、宜人的风景，同时也抒发了游宦异乡的诗人对故园深深的思念之情。宣城，即今安徽宣州市，历来为江南富庶之乡，夏日风光更是秀美多姿。然而身在异乡的诗人面对如此美景，却难以割舍对故乡建康的眷恋。因此，他在宣城夏秋之际的美景中依然感觉魂不守舍，心神不宁。这首诗的篇幅在多长篇五古的谢朓全部作品中当为短篇，但语短情长，虽然只有最后两句点明怀乡之思，然而前面写景的字里行间无不流荡着浓浓的乡愁，在谢朓写景诗中亦别具一格。

【注 释】

① 高轩：堂左右长廊有窗的部分。
② 襟带：指地势，因其回互萦环，如襟如带。
③ 帷：将四周围起来的幕布。
④ 盖：篷、伞等覆盖物。
⑤ 巩洛：指京畿，此处借指建康。巩：周畿内邑。洛：洛邑，东周的都城。
⑥ 睠（juàn）然：顾恋的样子。
⑦ 悬旆：旆：旗尾。悬旆意同悬旌，形容心神不宁。

晚登三山还望京邑

南朝齐·谢朓

灞涘①望长安，河阳②视京县。
白日丽飞甍③，参差皆可见。
余霞散成绮④，澄江静如练⑤。
喧鸟覆春洲，杂英满芳甸。
去矣方滞淫⑥，怀⑦哉罢欢宴。
佳期⑧怅何许，泪下如流霰⑨。
有情知望乡，谁能鬒不变⑩？

【题 解】

　　这首十四句的五言古诗是谢朓的代表作之一，充分显示出其诗作清新流丽的艺术风格。此诗描述了诗人谢朓于傍晚登上位于建康西南方向的三山，遥望大江美景与远方的都城，饱览壮美风光的同时也引发了浓

郁的思乡之情。诗人用自然流畅的语言，将登上三山后所见清丽多姿的自然美景编织成一幅色彩明艳而又和谐完美的图画，全面立体地呈现出春天的色彩、声音以及气息。与此同时，眼前这明媚秀丽的景色又渗透着诗人浓郁的乡思，景与情的自然融合使得整个诗境深婉含蓄，韵味悠长。李白曾在《金陵城西楼月下吟》中赞叹此作云："解道澄江静如练，令人长忆谢玄晖。"狂放不羁的诗仙对此亦念念不忘，可见此诗艺术感染力之强。

【注 释】

① 灞：水名，源出陕西蓝田，流经长安城东。涘：水边。

② 河阳：地名，故城在今河南梦县西。

③ 甍：屋脊。飞甍：上翘如飞翼的屋脊。

④ 绮：有花纹的丝织品。

⑤ 练：洁白的绸缎。

⑥ 滞：废。淫：此处意为长久。滞淫：可理解为淹留，久久停留。

⑦ 怀：想念。

⑧ 佳期：此处指归来的日期。

⑨ 霰：雪珠。泪下如流霰：眼泪如雪珠一样不停落下，此为夸张的手法。

⑩ 鬒（zhěn）：黑头发。变：这里指头发变白。

【名 句】

余霞散成绮，澄江静如练。

日夕出富阳浦口和朗公

南朝梁·何逊

客心愁日暮，徒倚空^①望归。
山烟涵^②树色，江水映霞晖。
独鹤凌空逝，双凫出浪飞。
故乡千余里，兹夕寒无衣^③。

【题解】

此诗在《艺文类聚》、《文苑英华》中均题为《富阳浦口和朗上人》。富阳为县名，在浙江（今富春江）北岸，今属浙江省，当时为扬州刺史的管辖之地。何逊于天监六年至七年（507—508）曾任职扬州，此诗当为其间所作。此诗情景交融，在看似平淡的景物白描中融入深沉的羁旅之愁。当诗人想到故乡远在千里之外，而漂泊异地的游子尚无过冬寒衣，怎能不思亲念故！全诗将怀乡之人凄苦悲凉的心绪抒发得淋漓尽致，且对景物的细腻之处有精微的体察与刻画，为南朝怀乡题材中的上乘之作。

【注释】

① 徒倚：伫立。空：徒然。
② 山烟：山中暮霭。涵：含。
③ 兹：此。此句化用《古诗》"凉风率已历，游子无寒衣"之意，谓远离家乡，虽秋气渐深却无御寒的衣服，自然思乡念亲。

【名句】

故乡千余里，兹夕寒无衣。

慈姥矶

南朝梁·何逊

暮烟起遥岸，斜日照安流。
一同心赏夕，暂解去乡忧。
野岸平沙合，连山远雾浮。
客悲不自已，江上望归舟。

【题解】

慈姥矶，即慈姥山，姥或作"姆"。此山位于建康（今江苏南京市江宁县）西南，安徽当涂县北，长江岸边，因山南有慈姥庙而得名。此诗写诗人旅次慈姥山、思乡难归之情，当为何逊离京外任时期的作品。此诗体现了何逊对"永明体"的进一步发展，他尤擅长状物传神，对于自然景物的描绘意态横生，画面鲜丽。同时语言清新省净，特别注重审音炼字，对仗工稳，不少诗篇已初具唐代律诗之气韵，此作即为典型一例。其中"野岸平沙合，连山远雾浮"一联已现唐诗气象。

入西塞示南府同僚

南朝梁·何逊

露清晓风冷，天曙江晃爽^①。
薄云岩际出，初月^②波中上。
黯黯连嶂阴^③，骚骚急沫响^④。
回楂^⑤急碍浪，群飞争戏广。
伊余本羁客^⑥，重暌复心赏^⑦。
望乡虽一路，怀归成二想。
在昔爱名山，自知欢独往。
情游乃落魄^⑧，得性随怡养^⑨。
年事以蹉跎，生平任浩荡。
方还让夷路，谁知羡鱼网^⑩。

【题解】

西塞为山名，位于建康（今江苏南京市）西。南府，也称南省，指尚书省，因其官署位于宫廷之南，故名南府。据《梁书·何逊传》，此诗为何逊自江州返回建康之后，刚刚受安成王尚书水部郎之职时的作品。此作为何逊写景名篇，"望乡虽一路，怀归成二想"等句透露出诗人对游宦生活的厌倦，以及由此产生的羁旅乡愁。"薄云岩际出，初月波中上"一联被杜甫化用为"薄云岩际宿，孤月浪中翻"。此诗代表了何逊善于用晓畅的语言写景抒情，辞意隽美，意境清幽的艺术风格。

【注 释】

① 晃爽：明亮、光亮。此处指波光。晃，一作"光"。爽，指明。
② 初月：初升之月。

③ 黯：深黑。黯黯，形容云黑貌。嶂：如屏障一般的山峰。嶂阴：高山背面。

④ 骚骚：急疾貌。沫：水泡。

⑤ 楂：本作"查"，一作"槎"，木筏。回楂：返岸之筏，即归舟。

⑥ 伊余：诗人自称。羁客：客居异乡之人。

⑦ 重暌：犹久违。暌：也作"睽"，违。心赏：有契于心，欣然自得。

⑧ 情游：任情而游。乃：却。落魄：此谓仕途失意。

⑨ 得性：适性。怡养：安适保养。

⑩ 羡鱼网：谓期望归隐。《汉书·董仲舒传》："古人有言曰：'临渊羡鱼，不如退而结网。'"

晚出新亭

南朝陈·阴铿

大江一浩荡，离悲足几重？
潮落犹如盖，云昏不作峰。
远戍唯闻鼓①，寒山但见松。
九十方称半，归途讵②有踪？

【题 解】

从诗题来看，此诗当为阴铿宦游途中所作。诗人将暮色下奔腾浩荡的大江与复杂难宁的心绪相互映衬，使得全诗呈现出浑茫的境界，并且始终有浓郁的情思流荡其间。诗人通过描绘傍晚于新亭的所见所闻所思，抒发离愁别绪的同时也表露了长期羁旅后的倦归之意。阴铿善写江上之景，也是位擅长炼字造句的诗人。此诗中的"潮落犹如盖，云昏不作峰"

即为一例，诗人抓住了新亭晚景最突出的特点，对仗工整却无斧凿之迹。此外，阴铿作诗还颇为讲究声律，不少作品可视为唐代五律的滥觞。难怪诗圣杜甫会把阴铿与李白比较，在《与李十二白同寻范十隐居》中赞美李白道："李侯有佳句，往往似阴铿。"

【注 释】

① 鼓：此处指戍鼓，边防驻军的鼓声。
② 讵：表示反问，相当于现代汉语中的"难道"、"哪里"。

渡青草湖

南朝陈·阴铿

洞庭春溜满，平湖锦帆张。
沅水①桃花色②，湘流杜若香③。
穴去茅山④近，江连巫峡⑤长。
带天澄迥碧，映日动浮光。
行舟逗远树⑥，度鸟息危樯⑦。
滔滔不可测，一苇讵能航⑧。

【题 解】

此诗为体现阴铿清丽诗风的代表作之一，情景交融，以写景见长，用如画诗笔呈现了青草湖沿岸瑰丽美好的春光。青草湖，又名巴丘湖，在湖南岳阳西南，因湖南岸有青草山而得名。诗人渡青草湖之时，正值春水泛涨，洞庭、青草二湖合二为一，呈现一片烟波浩渺，横无际涯的

景象。诗中写景部分境界开阔、清丽自然。更加难能可贵的是，阴铿能将如此清新如画的境界与羁旅思乡之情水乳交融。诗人在篇末发出的经历旅途劳顿、仕途艰险后的感慨，与眼前之景呼应自然，使得写景与抒情融合无间。这便是阴铿成为陈朝乃至整个南北朝时期一流诗人的过人之处，由此诗可窥一斑。

【注 释】

① 沅水：湖南西部的一条江，流入洞庭湖。

② 桃花色：沅水左岸有桃源县，此处的桃花色当为诗人由桃源县引发对陶渊明笔下"桃源"的联想。

③ 杜若：香草名。《楚辞》中《湘君》、《湘夫人》篇有"采芳洲兮杜若"、"搴汀洲兮杜若"之句。此处当为用典，"杜若香"使人联想到屈原笔下的湘君、湘夫人的传说。

④ 茅山：即句曲山，在江苏句容县东南。山有华阳洞，相传汉代茅盈、茅固、茅衷兄弟三人在此得道成仙。

⑤ 巫峡：位于重庆巫山县和湖北巴东县两县境内的一条大峡谷，西起重庆市巫山县城东面的大宁河口，东迄湖北巴东县官渡口，绵延四十公里余。巫峡有巫山神女的传说。此处诗人是想象青草湖与茅山、巫峡相连。

⑥ 逗：停止。这句是说行舟到达处就像停在远方的树上不动了。

⑦ 度鸟：渡湖的鸟。这句是说鸟不能一翅飞渡，中途常在帆樯休息。

⑧ 讵：表示反问，相当于现代汉语中的"难道"、"哪里"。此句用诗经典故。《诗经·河广》曰："谁谓河广，一苇杭之。"形容湖面广阔无垠，非小舟可渡。

望渭水

南朝梁·庾信

树似新亭岸^①，沙如龙尾湾^②。
犹言吟溟浦^③，应有落帆还。

【题 解】

　　这首五言绝句是庾信滞留北周后因思念故国所作。庾信原为南朝梁时著名的宫体诗人，初仕梁，后出使西魏被扣留，时值西魏灭梁，于是羁留北方，历仕西魏、北周。渭水，又称渭河，是黄河最大的一条支流，位于陕西省中部，发源于甘肃渭源县鸟鼠山，东至陕西渭南市，于潼关县汇入黄河。承圣三年（554）四月，萧绎派庾信出使西魏。当他到达长安尚未完成使命之时，西魏于十月进攻江陵。十二月，江陵陷落，萧绎被杀，庾信从此被留在北方，一直未能南归。此诗即为庾信滞留长安时期所作，描述了诗人在长安远望渭水而生发怀乡思归之情，表达了滞留长安的诗人对南方故乡深切的思念。

【注 释】

① 新亭岸：《十洲记》曰："丹阳郡新亭在中思里，吴旧亭也。"可知新亭属吴地。此处用"新亭"代指包括吴地在内的江南一带。
② 龙尾湾：《越绝书》曰："随北顾以西，度阳下溪，过历山阳，龙尾西大决，通安湖。"又曰："无锡西龙尾陵道者，春申君初封吴所造也。"可知龙尾属吴地，此处亦代指江南。这两句是说望长安思念起故乡，所见正如江南。
③ 溟浦：水边，岸边。

咏 雁

南朝梁·庾信

南思洞庭水^①，北想雁门关^②。
稻粱^③俱可恋，飞去复飞还。

【题解】

这首五言绝句当为庾信滞留北方后所作。"雁"是古典诗词中常见的吟咏对象之一，庾信本人也有数首以大雁为题目的诗作。然而与早期身在梁朝宫廷中所作的《秋夜望单飞雁》等艳情诗不同，此作在咏物中显然寄托了思乡的情感。此处的大雁还隐含了"鸿雁传书"的典故。身在异国土地上的诗人仰望着自由飞翔的大雁，心头不由泛起思念故土、牵挂亲朋的波澜，渴望能像大雁那样来去自如，早日南还故乡。

【注释】

①洞庭水：即洞庭湖，位于湖南省北部，是长江中游的重要湖泊。
②雁门关：位于山西代县县城以北的雁门山中，居"天下九塞"之首。雁门山，古称勾注山。雁门关高踞勾注山上，是大雁南下北归的主要通道之一。相传每年春来，南雁北飞，口衔芦叶，飞到雁门盘旋半晌，直到叶落方可过关。
③稻粱：谷物总称，禽鸟喜欢吃的食物。后多用作比喻人谋求基本生活的衣食必需品。

忽见槟榔

南朝梁·庾信

绿房^①千子熟，紫穗^②百花开。
莫言行万里，曾经相识来。

【题 解】

此诗当为庾信滞留北朝时期所作，是他在远离故土的异乡见到槟榔，联想到自己的身世遭际有感而作。槟榔是南方水果，原产地在海南地区。古代只有统治者贵族阶层才有可能享用这种罕见的水果。庾信的父亲庾肩吾作有与槟榔相关的文章《谢赉槟榔启》、《谢东宫赉槟榔启》等，可知庾信在故国曾不止一次享用过作为贡品进献皇室的槟榔，所以诗云"曾经相识来"。当历经亡国羁留的诗人在遥远的他乡偶遇槟榔，联想到远离故土，被迫迁移他乡的槟榔与自身遭际何其相似，因而产生了他乡遇故知的喜悦。这首小诗看似简单平淡，实则饱含滞留北方的诗人颇多故国之思、身世之叹。

【注 释】

① 绿房：此处指槟榔树结果实的部位。房：结构和作用像房子的东西。嵇含《南方草木状》描述槟榔树云："叶下系数房，房缀数十实，实大如桃李。"
② 紫穗：此处指槟榔花，呈穗状。

寄王琳

南朝梁·庾信

玉关①道路远，金陵②信使疏。
独下千行泪，开君万里书。

【题 解】

这首五言绝句是庾信为回复好友王琳的书信而作。梁朝亡国后，王琳在郢城练兵，立志要为梁雪耻，作书与庾信谈及自己的抱负与决心。后来，王琳不幸兵败被杀。据《南史》载当时"哭者声如雷矣"，可见众人对这位梁室忠臣的悼惜之情。身在长安的庾信读了王琳的信后颇有共鸣，感慨良深，作此诗以回赠。当时梁元帝迁都江陵，为萧詧所败；梁敬帝仍都建邺，又为陈霸先所篡。而王琳西攻岳阳，东拒陈武，堪称梁室忠臣，庾信手捧其书信，为其忠义之举感动落泪。所以诗云"独下千行泪，开君万里书"，既表达了对王琳忠贞不渝的感怀，同时王琳的来信也触动了被迫滞留长安的诗人内心深深的乡关之思，淌下的千行热泪流露出对故国、故都的无限怀念。

【注 释】

① 玉关：即玉门关，又称小方盘城，建于公元前111年左右。为丝绸之路通往西域北道的咽喉要道，位于敦煌城西北九十公里处戈壁滩中。此处用玉关来比喻自己身留长安，正如远戍玉门关。

② 金陵：指故国旧都建邺。

【名句】

独下千行泪，开君万里书。

拟咏怀 二十七首选一

南朝梁·庾信

其 七

榆关①音信断，汉使②绝经过。
胡笳落泪曲，羌笛断肠歌。
纤腰减束素③，别泪损横波④。
恨心终不歇，红颜无复多。
枯木期填海⑤，青山望断河⑥。

【题 解】

　　此诗是庾信滞留北方后创作的《拟咏怀》二十七首组诗中的第七首。乡关之思是庾信出使并滞留西魏后诗歌创作的核心主题，叹恨羁旅、忧嗟身世，是其乡关之思的一个重要方面。他的《拟咏怀》二十七首以五言组诗的形式，从多角度抒发羁留异国的凄怨之情，承续阮籍《咏怀》组诗的抒情传统，堪称杰作。组诗其七塑造了一个为乡国离恨折磨得容颜憔悴、悲痛欲绝的抒情主人公形象，诗人以流落胡地、心念汉朝的女子自诩，表达了自己被迫仕北的无限悔恨与期盼南归故国的强烈渴望，怀乡之情真挚感人，千百年来引发无数羁旅怀乡者的共鸣。

【注 释】

① 榆关：战国时关名，在今陕西榆林东，这里泛指边关。

② 汉使：汉朝使者，这里指故国使者。

③ 纤腰：细腰。束素：白色丝带。

④ 损：伤害。横波：眼睛。

⑤ 枯木期填海：用精卫填海的典故。此处诗人用精卫填海的神话表达自己期盼南归故国的深切愿望。

⑥ 青山望断河：用《水经注》典故。据《水经注·河水》载，华山与岳山本为一山，因阻挡黄河，河神将其分为二山。诗人借此传说表达自己希望南归故国的决心。

于长安归还扬州九月九日薇山亭赋韵

隋·江总

心逐南云逝①，形随北雁来②。

故乡篱下菊，今日几花开？

【题 解】

这首小诗表达了诗人对故园的思念之情，"心"与"形"的分离，暗示出诗人虽不得不北上而远离家乡，但始终心向故乡，惦念着故园的一草一木，想象着自家庭院中菊花盛开的情景。最后的问句寄托着诗人对故乡及其亲友的深切思念。此诗篇幅短小，却用情颇深，构思别致，语言质朴动人，是隋朝怀乡诗中的代表作。

【注 释】

① 逝：离去。
② 此句是说，虽然诗人的心还留在南方的故乡，但身体却跟随着北飞的大雁来到了北方。

【名 句】

故乡篱下菊，今日几花开？

人日思归

隋·薛道衡

入春才七日，离家已二年①。
人归落雁后②，思发在花前③。

【题 解】

  这首五言绝句是薛道衡的代表作。薛道衡入隋前历仕北齐、北周，是当时北方的著名诗人。据刘𫄧《隋唐嘉话》载，此诗为薛道衡出使陈国时在江南所作。南朝士人开始只看了前两句颇不以为然，讥笑说这也算诗。然而待看完后两句，都心悦诚服。可见薛道衡以及此诗在当时影响极大。诗题中的"人日"，指农历的正月初七。古代习俗以农历正月初一至初七分别为鸡日、狗日、猪日、羊日、牛日、马日，初七为人日。此诗讲述了诗人在正月初七这天想到自己离家已久，顿生归思，表达了深切的思乡之愁。全诗笔调平淡却很动人。

【注 释】

① 二年：《太平御览》作"三年"。此处当为泛指，说明离家已久。
② 这句是说，回家的日子要落在北飞的大雁之后。
③ 此句意为，诗人在花开之前就已经萌发了归乡的渴盼。

【名 句】

人归落雁后，思发在花前。

早发扬州还望乡邑

隋·孙万寿

乡关不再见，怅望穷^①此晨。
山烟蔽钟阜^②，水雾隐江津。
洲渚敛寒色，杜若^③变芳春。
无复归飞羽^④，空悲沙塞尘。

【题 解】

　　此诗为孙万寿赴异地游宦途中经过扬州时所作。诗题中的"早发"，表示诗人所写的扬州景色是基于清晨的观察。乡邑，指故乡。诗人一早从扬州出发继续旅程，顿起思乡之情，于是往故乡的方向反复眺望却不得见，整个早晨都陷入惆怅当中。只见山中云雾缭绕，江上烟水迷茫，洲渚、草木已开始现出春意。又一个春天来临，然而诗人依然漂泊外在，这更加剧其怀乡之情。诗人最后慨叹自己没有生出像鸟儿一样的翅膀，

而只能在旅途的尘烟中独自品味思乡之苦。此诗表达了宦游中的诗人强烈的思乡之情与迫切的归乡之愿，感人至深。

【注 释】

①穷：穷尽，完结。

②阜：土山。

③杜若：一种多年生草本植物，开白色小花，多长在长江流域以南。

④这句是说，可惜自己没有鸟一样的翅膀，可以飞回故乡。

在京思故园见乡人问

唐·王绩

旅泊多年岁，老去不知回。

忽逢门前客，道发故乡来。

敛眉①俱握手，破涕共衔杯。

殷勤访朋旧，屈曲②问童孩。

衰宗③多弟侄，若个④赏池台。

旧园今在否，新树也应栽。

柳行疏密布，茅斋宽窄裁⑤。

经移何处竹，别种几株梅。

渠当无绝水，石计总生苔。

院果谁先熟，林花那后开。

羁心只欲问，为报不须猜。

行当驱下泽⑥，去剪故园莱⑦。

【题解】

此作明钞本题为"在京思故园见乡人遂以为问"，用一连串的问句道出诗人对故乡的无限眷恋以及对乡亲故旧的热切思念，表现手法独具一格，颇为别致。诗题中的"乡人"当指朱仲晦，《全唐诗》卷三十八录有朱仲晦《答王无功问故园》诗，与王绩此诗为唱和之作，对王绩的发问一一作答。朱诗曰："我从铜州来，见子上京客。问我故乡事，慰子羁旅色。子问我所知，我对子应识。朋游终强健，童稚各长成。华宗盛文史，连墙富池亭。独子园最古，旧林间新坰。柳行随堤势，茅斋看地形。竹从去年移，梅是今年荣。渠水经夏响，石苔终岁青。院果早晚熟，林花先后明。语罢相叹息，浩然起深情。归哉且五斗，饷子东皋耕。"王绩作为隋唐之际诗坛上一位特立独行的隐士诗人，这首五古便代表了他简古浑朴、流畅自然的独特诗风。此篇连用十二个问句，虽问而不答，却写尽故园之思。其构思之妙、写法之奇，即便放眼整个唐代的怀乡羁旅诗作，亦堪称神来之笔。

【注释】

①敛眉：皱眉。

②屈曲：详细周到。

③衰宗：犹言"寒族"，指对自己家族的谦称。

④若个：哪个。

⑤裁：此处意为建造。

⑥下泽：一种轴短而适合在沼泽地上行驰的车子。

⑦莱：即"藜"，一种植物，其嫩叶可食用。

建德破后入长安咏秋蓬示辛学士

唐·王绩

遇坎^①聊知止，逢风或未归。
孤根何处断，轻叶强能^②飞。

【题解】

本篇托寓秋蓬的形象以抒发诗人自身的乱离漂泊之叹。蓬，本是一种植物，茎高尺余，叶如柳，花呈球状，秋天枯萎后根断，遇风即飞旋，故名为"秋蓬"或称"转蓬"，是诗人经常吟咏的对象，古人常借此以自喻，寄寓世事沧桑、人生漂泊无定的感慨。此诗即为典型一例。诗题中的"建德"指窦建德，隋末农民起义领袖，后为李世民击破，于长安被杀。辛学士，其人生平不详，但《全唐诗》收录其与王绩的唱和之作《答王无功入长安咏秋蓬见示》，诗云："托根虽异所，飘叶早相依。因风若有便，更共入云飞。"表达了与友人同处乱世之下"同是天涯沦落人"的强烈共鸣。那漫天飞舞的秋蓬，不正是他们自身的绝好写照么！

【注释】

①坎：凹陷之地。
②强能：尚能。

边夜有怀

唐·骆宾王

汉地行逾①远，燕山去不穷②。

城荒犹筑怨③，碣毁尚铭功④。

古戍烟尘满，边庭⑤人事空。

夜关明陇⑥月，秋塞急胡风。

倚伏良难定⑦，荣枯岂易通。

旅魂劳泛梗⑧，离恨断征蓬。

苏武封犹薄⑨，崔骃宦不工⑩。

惟馀北叟意，欲寄南飞鸿。

【题 解】

　　这首五言古诗是骆宾王从军北部边塞时期所作，描写了边塞荒凉破败的景象，以及由此进行的历史反思和凭吊，抒发了对世事难料、漂泊不定的个人遭际的慨叹。从题目便可看出，诗人截取边塞夜景设置为大背景，营造出一种苍茫的意境、迷离的氛围。诗的后半部分又表达了诗人浓郁的思乡之情、羁旅之叹。整体来看，这首诗勾勒出壮阔浑茫的边塞之景，意境苍凉，用字精当，感慨遥深，是初唐羁旅诗中的佳作。

【注 释】

　　①逾：通"遥"。

　　②穷：穷极，尽头。

　　③筑怨：积筑怨恨。

　　④碣：特立之石。铭功：典出《后汉书·窦宪传》。该书载，窦宪大

破单于，"登燕然山，去塞三千里，刻石勒功"而还。

⑤边庭：边塞。

⑥陇：唐代州名，辖境在今陕西、甘肃一带。

⑦此句语出《道德经》，指福祸相倚。

⑧泛梗：漂流的木偶，比喻生活上动荡不定。

⑨此句典出《汉书·苏武传》。苏武，西汉名臣，曾出使匈奴，被扣留，十九年后还汉。

⑩此句典出《后汉书·崔骃传》。崔骃，东汉大臣，窦太后当政时，曾在窦宪府内任职。因不满窦宪的言行，屡次劝阻，后被出任长岑长，他弃而不任，返回故乡。

海曲书情

唐·骆宾王

薄游^①倦千里，劳生负百年。
未能槎上汉^②，讵肯剑游燕^③。
白云照春海，青山横曙天。
江涛让双璧^④，渭水掷三钱^⑤。
坐惜风光晚，长歌独块然^⑥。

【题解】

这首五言诗从题目来看，当为骆宾王宦游海曲时期所作，抒发诗人宦游此地的所思所感。海曲为古地名，汉代已有海曲县，即今天的山东日照。此诗代表了骆宾王处理山水景物题材创作的显著特点，即善于把羁旅行役的游子悲情同眼前之景结合起来，达到情中见景、情景交融的

境地。此诗称得上是骆宾王羁旅诗中的上乘之作，充分表达出诗人倦于羁游、寂寞惆怅的游子心绪。

【注释】

① 薄游：为薄禄而宦游在外。

② 槎上汉：用张华《博物志》典，喻指游仙。

③ 剑游燕：用《史记·刺客列传》荆轲典。荆轲本是卫人，爱好读书击剑，后游历至燕国，与狗屠和擅长击筑的高渐离交好，常与其饮酒欢聚于燕市。

④ 此句用《史记·秦本纪》典故，此处喻指完美鲜见的人或物。

⑤ 此句用项仲山的典故。项仲山，汉朝人，品行廉洁，每次在渭河饮马时，都要投入水中三枚钱币，以表示自己不敢妄取占便宜。

⑥ 块然：独居的样子。

久客临海有怀

唐·骆宾王

天涯非日观，地岊① 望星楼。
练光摇乱马②，剑气上连牛③。
草湿姑苏④ 夕，叶下洞庭秋⑤。
欲知悽断意⑥，江上步安流⑦。

【题解】

这首五言律诗从题目上看显然为骆宾王客寓临海期间所作。据李吉

甫《元和郡县志》，临海属江南道台州。临海依山傍水，风景优美，但毕竟地处东南一隅，远离中原，在交通不甚便利的唐代算是偏远之地。骆宾王与临海颇有渊源。他曾于唐高宗仪凤四年（679）升任中央政府的侍御史，后遭诬陷入狱，被赦免后出任临海县丞，长年客寓此地，因此有"骆临海"之称。人生境遇的起伏变迁，令置身临海美景中的骆宾王感慨颇多。此诗抒发了诗人长期客寓他乡的羁旅之愁，中间二联连用数个典故表达诗人对历史人生的思考，而秋意绵绵的背景也反衬出诗人沉沦下僚而"十年不调"的惆怅情绪。

【注释】

① 岊（jié）：山角。

② 乱马：语出王充《论衡·书虚》篇。传书或言颜渊与孔子俱上鲁太山，孔子东南望吴阊门外，有系白马，引颜渊指以示之曰："若见吴阊门乎？"颜渊曰："见之。"孔子曰："门外何有？"曰："有如系练之状。"孔子抚其目而止之。因与俱下。下而颜渊发白齿落，遂以病死。

③ 剑气上连牛：用《晋书·张华传》吴有剑气上彻斗牛事。张华夜观天象，见斗、牛二星间常有紫气，便邀善观天象的雷焕同看。雷焕看过后，认为是宝剑的精气，地理位置在吴、楚之间的丰城。张华于是以雷焕为丰城令，后果然在此地挖出两把宝剑。后人便以"斗牛剑气"比喻隐藏珍宝之地。

④ 草湿姑苏：用《史记·淮南衡山列传》典。淮南王安召伍被与谋。被怅然曰："臣闻子胥谏吴王，吴王不用。乃曰：'臣今见麋鹿游姑苏之台。'今臣亦见宫中生荆棘，露沾衣也。"

⑤ 此句化用楚辞《九歌·湘夫人》："嫋嫋兮秋风，洞庭波兮木叶下"。

⑥ 悽断意：语出吴均《闺怨诗》："胡笳屡悽断"。

⑦ 步：一作"涉"。据《元和郡县志》，临海江有二水，合成一水，一自始风溪，一自乐安溪。至州城西北一十三里合。《九歌·湘君》有"使江水兮安流"。

冬日野望

唐·骆宾王

故人无与晤^①，安步陟山椒^②。
夜静连云卷，川明断雾销。
灵岩^③闻晓籁，洞浦^④涨秋潮。
三江^⑤归望断，千里故乡遥。
劳歌徒自奏，客魂谁为招^⑥。

【题 解】

这首五言排律写诗人冬日独行于郊野所见所闻，以及由此生发出的思乡之情。开篇交代游踪，当诗人走到山顶，眺望四野，只见远山云雾缭绕，秋水涌动，耳边传来风吹万物的声响。此情此景令诗人想起远隔千里之外的故乡，不禁怅然若失，古有宋玉为屈原招魂，而自己这漂泊异乡的心魂又有谁来为之召唤？全诗将冬日郊野景物的描写与抒发怀乡羁旅之叹融合为一，营造出肃杀萧索的氛围，与诗人内心翻涌不息的思乡之情相呼应，达到了情景交融的艺术效果。

【注 释】

① 晤：相遇，见面。
② 山椒：山顶。
③ 灵岩：灵岩山，即古石鼓山，又名砚石山。
④ 洞浦：水名。据《水经注·湘水篇》载，洞庭湖之右岸有山，世谓之笛乌头石，石北有会翁湖口，水上承翁湖，左合洞浦。
⑤ 三江：陆德明《经典释文》引韦昭说法，认为三江指松江、钱塘江、浦阳江。

⑥ 此句用宋玉为屈原招魂典。据王逸《楚辞序》，宋玉作《招魂》，
为召唤屈原即将逝去的生命，力图使其恢复精神，延长年寿。

早发诸暨

唐·骆宾王

征夫怀远路，夙^①驾上危峦。
薄烟横绝巇^②，轻冻涩回湍。
野雾连空暗，山风入曙寒。
帝城临灞涘^③，禹穴^④枕江干。
橘性行应化^⑤，蓬心去不安^⑥。
独掩穷途泪，长歌行路难。

【题 解】

这首五言排律从题目看当作于骆宾王宦游江南途中。据李吉甫《元和郡县志》，诸暨属江南道越州，秦国旧县，后属浙江绍兴府管辖。诸暨多水，西距浦江约百里，南面有浦阳江，又名丰江、青弋江。当地人出行或是经过此地的游子大多舟行。此诗写的便是骆宾王宦游行至诸暨，黎明时分出发，路途上的所见所感，抒发了作为"征夫"的诗人昼夜兼程中的羁旅之思、穷途之恨，代表了骆宾王羁旅诗擅长将游子愁绪与景物描写融合无间的艺术特点。

【注 释】

① 夙：早晨。

②巘（yǎn）：山峰。

③灞涘：灞水边。灞：水名，在唐国都长安（今陕西西安市）附近。涘：水边。

④禹穴：位于会稽山下，传说大禹葬于此地。

⑤此句用《淮南子·原道训》典，以橘树由江南移至江北化为枳，喻指人的德性随着环境迁移而发生变化。

⑥此句用《庄子·逍遥游》典。该书云："今子有五石之瓠，何不虑以为大樽而浮于江湖，而忧其瓠落无所容，则夫子犹有蓬之心也夫。"蓬：非直达者。蓬心：喻指看待事物的各种短见、偏见。

江中望月

唐·卢照邻

江水向涔阳①，澄澄写月光。
镜圆珠溜澈②，弦满箭波长③。
沉钩④摇兔影，浮桂⑤动丹芳。
延照⑥相思夕，千里共沾裳⑦。

【题解】

这首五言律诗从题目来看，当作于水陆旅途之中，从首句提及的"涔阳"来看，可知诗人途经长江上游一带，疑为卢照邻蜀中之作。此诗抒发了诗人漂泊异地途中，举头望月，只见皎月当空，由月光朗照下之江上夜景所引发的怀乡思绪。

【注释】

① 涔阳：古地名，见于《九歌·湘君》："望涔阳兮极浦，横大江兮扬灵。"据王逸与洪兴祖注，涔阳在今荆州、洞庭湖一带。

② 珠溜：水珠破裂而成的小水流。澈：透明。

③ 此句用比喻手法，形容江上的水波犹如弓弦拉满时射出的箭一样，长流不断。

④ 沉钩：比喻手法，形容倒映在江水中、状如钩的缺月。

⑤ 浮桂：相传月中有玉兔、桂树，所以提到兔影、浮桂。

⑥ 延照：长照。

⑦ 此句意为，远隔千里的人们一同流下眼泪，打湿衣衫。此句化用南朝宋谢庄《月赋》："美人迈兮音尘阙，隔千里兮共明月。"

赠益府群官

唐·卢照邻

一鸟自北燕，飞来向西蜀。

单栖剑门①上，独舞岷山②足。

昂藏③多古貌，哀怨有新曲。

群凤从之游，问之何所欲。

答言寒乡子，飘摇万余里。

不息恶木枝④，不饮盗泉⑤水。

常思稻粱遇，愿栖梧桐树⑥。

智者不我邀，愚夫余不顾。

所以成独立，耿耿岁云暮。

日夕苦风霜，思归赴洛阳。

羽翮⑦毛衣短⑧，关山道路长。

明月流客思，白云迷故乡。

谁能借风便，一举凌苍苍？

【题解】

这首长篇五言古诗约作于唐高宗咸亨元年（670），卢照邻入蜀后送给益州官府同事的赠答之作。从诗歌内容来看，此作有借陈述身世遭际，从而向蜀中结识的众友人表明心迹的自传意味。诗人将自己比作一只从北方飞到西蜀的燕子，叙述了与群鸟的对话以及内心独白，抒发了诗人客寓蜀中，身为游子的孤独寂寞，以及倦于羁旅生活却又思归不得的矛盾苦闷心绪。"明月流客思，白云迷故乡"表达了众多漂泊在外的游子对故乡的神往，看似平铺直叙，因有深情注入，易引发共鸣，故有打动人心的力量。

【注释】

①剑门：山名。据《元和郡县图志》卷三三："剑南道剑州剑门县，梁山，在县西南二十四里，即剑门山。"

②岷山：在四川松潘县北，绵延川、甘两省边境，为长江与黄河的分水岭，岷江、嘉陵江发源地。

③昂藏：气概高朗不凡。

④不息恶木枝：典出陆机《猛虎行》："渴不饮盗泉水，热不息恶木阴。"

⑤盗泉：水名。《水经注·洙水》："洙水西南流，盗泉水注之。"

⑥此句典出《庄子·秋水》篇。《秋水》曰："南方有鸟，其名为鹓雏，子知之乎？夫鹓雏，发于南海而飞于北海，非梧桐不止，非练食不食，非醴泉不饮。"鹓雏，鸾凤之属。

⑦翮：羽茎，也代指鸟翼。

⑧毛衣短：羽翼未丰。结合当时卢照邻的处境，他在蜀地盘桓一年，倦游思归，大概苦于资费匮乏，故有此比拟。

至望喜瞩目言怀贻剑外知己

唐·卢照邻

圣图夷九折^①，神化掩三分^②。
缄愁^③赴蜀道，题拙奉虞薰^④。
隐辚^⑤度深谷，遥袅^⑥上高云。
碧流递萦注^⑦，青山互纠纷。
涧松咽风绪，岩花濯露文。
思北常依驭^⑧，图南^⑨每丧群。
无繇召宣室^⑩，何以答吾君？

【题 解】

这首五言诗疑为卢照邻总章二年（669）夏蜀中之作。诗题中的"望喜"，为唐代的驿站名，在利州益昌县（今四川广元县西南）。"剑外"原指剑门关以南地区，这里当指代蜀地。卢照邻一生曾三次入蜀，此诗约作于第二次入蜀期间。诗人于总章二年暮春因公奉使长安，后返回成都途中，过剑门至望喜驿时作此诗，抒发了诗人漂泊异地途中，举头望月，只见皓月当空，由江上夜景所引发的怀乡羁旅之思与身世遭际之叹。卢照邻素以长篇歌行见长，而此篇五古写景与抒情自然交融一体，景物描摹细腻逼真，抒发的感情深沉真挚，为其入蜀诗作乃至全部五言诗中的上乘之作。

【注 释】

① 圣图：圣明的谋划。夷：平坦，平易。九折：指蜀道。蜀道有九折坂，在雅州荥经县西八十里。此句意为李唐天子圣明，深谋远虑，故能统一海内，使艰险的蜀道化为坦途。

② 神化：神妙的教化。三分：东汉末年，曹操、孙权、刘备三分天下，史称三国时期，当时益州为蜀汉的势力范围。全句意为大唐神妙的礼乐教化，浃于宇内，天下三分、三足鼎立的局面不复存在。

③ 缄愁：含愁。缄：束，封闭。

④ 题拙：被人用"拙"字品评。题：评量，品题。奉：接受，承受。虞薰：即虞舜的南风，比喻休明的政治。

⑤ 隐辚：即隐嶙，突起貌。

⑥ 遥袅：柔弱貌。

⑦ 递：交替。萦注：回旋流入。

⑧ 思北：《古诗十九首》有诗曰："胡马依北风，越鸟巢南枝"。依驭：依靠、亲附驾车的人。《庄子·盗跖》曰："颜回为驭，子贡为右。"此处比喻能够选贤任能的执政大臣。

⑨ 图南：即南行。语出《庄子·逍遥游》："北冥有鱼，其名为鲲。鲲之大，不知其几千里也。化而为鸟，其名为鹏。……背负青天而莫之夭阏者，而后乃今将图南。"

⑩ 无繇：无由，无从。召宣室：用《史记·屈原贾生列传》所载孝文帝召贾谊问其鬼神事之典。宣室：汉代宫室名，在未央殿北。

晚渡渭桥寄示京邑游好

唐·卢照邻

我行背城阙，驱马独悠悠①。
寥落②百年事③，徘徊④万里忧。
途遥日向⑤夕，时晚鬓将秋。
滔滔俯东逝，耿耿泣西浮⑥。
长虹掩钓浦，落雁下星洲。
草变黄山⑦曲，花飞清渭流。

进水^⑧惊愁鹭，腾沙起狎鸥。
一赴青泥道^⑨，空思玄灞^⑩游。

【题 解】

这首长篇五言诗约为总章二年（669）的暮春，卢照邻奉公出使长安后返回成都途中所作。诗题中的"渭桥"，当指汉唐时长安附近渭水上的桥，共有三座：中渭桥、西渭桥、东渭桥。此诗显然是卢照邻与长安诸多好友惜别后所作，首句便点出了诗人与京城以及友人的难舍难分，回首自己一路走来命运多舛，年华老去却功业难就，心中不免感伤。遥望前方的漫漫征途，心有不甘又无可奈何，只得含泪踏上入蜀的"青泥道"，往昔在与京城好友畅游灞水的欢乐场面只能在记忆中回味了。此作抒发了身为游子的诗人跋涉途中的羁旅愁思与怀乡之情。"愁鹭"与"狎鸥"的画面更反衬出诗人旅途上的寂寞，景物描写与情感抒发可谓水乳交融，代表了卢照邻羁旅怀乡诗的艺术风格。

【注 释】

① 悠悠：深思，忧思。
② 寥落：即牢落、辽落，意为荒废、空虚。
③ 百年事：指功业、抱负等。
④ 徘徊：犹豫不定。向秀《思旧赋》："心徘徊以踯躅"。
⑤ 向：即将。
⑥ 耿耿：烦躁不安貌。《诗经·邶风·柏舟》："耿耿不寐，如有隐忧。"
　　泣西浮：意为眼泪向西洒。因为入蜀是向西行，故有此言。
⑦ 黄山：山名，在陕西兴平县北，又名黄麓山。
⑧ 进水：奔涌之水。
⑨ 青泥道：指入蜀的道路。
⑩ 玄灞：即灞水，源出蓝田县蓝田谷，流经今陕西西安市东，又北

流入渭。水深，色似玄，故曰玄灞。

九月九日登玄武山旅眺

唐·卢照邻

九月九日眺山川，归心归望^①积风烟。
他乡共酌金花酒^②，万里同悲鸿雁天。

【题 解】

这首七言绝句为卢照邻于唐高宗咸亨元年（670）九月九日入蜀后所作，当时他正在梓州玄武县，与王勃、邵大震同游。此作抒发了诗人客寓蜀中，逢重阳节与友人一同登高望远，生发出浓郁的怀乡之思。题目中的"九日"指农历九月初九重阳节，古代至是日有相与登山、饮菊花酒、茱萸插头以辟除恶气之俗。此诗同王勃的《蜀中九日》为同时同题之作。卢照邻与好友一同登上成都附近的望乡台，远眺故乡，又值客中送客，愁思愈浓，故"归心"尤其迫切。望着远去的鸿雁，与友人共酌菊花酒，思乡之情达到了极致。此诗亦用浅近类似口语的方式表达了深挚浓烈的怀乡思归之情，堪称卢照邻七绝乃至全部入蜀诗歌中的佳篇。

【注 释】

①归望：思归的愿望。
②金花酒：菊花酒。菊花色黄，故又称金花。

山 中

唐·王勃

长江悲已滞①，万里念将归②。
况属③高风④晚，山山黄叶飞。

【题解】

此篇为王勃于唐高宗咸亨二年（671）因作斗鸡檄文而被废斥，漫游巴蜀时期的作品，抒发了漂泊中的游子羁旅思归之情。诗人眺望着夕阳下奔腾而逝的长江水，勾起了无尽的羁旅之愁，于是思归之念涌上心头。诗人用寥寥二十个字，便勾勒出一幅阔大浑壮、万物萧瑟、黄叶纷飞的山中秋景图，巧妙地借景抒情，营造出一种悲凉浑茫的气势，情景交融，境界开阔悠远。此作代表了王勃五绝善于营造深远浑融之意境的特点。

【注释】

① 滞：留滞，停下来。
② 念将归：归乡的愿望。
③ 况属：何况是。
④ 高风：秋风，指高风送秋的季节。

普安建阴题壁

唐·王勃

江汉①深无极，梁岷②不可攀。

山川云雾里，游子几时还。

【题 解】

这首五绝为王勃于唐高宗咸亨二年（671）入蜀途中而作，抒发了诗人身为游子对羁旅漂泊生活的感受。普安为蜀道上的地名，建阴当为普安的一个驿站，此作为王勃跋涉于蜀道上的题壁诗。诗人仅用二十个字，便充分表达出入蜀游子对蜀地山水充满新奇而又倦于羁旅漂泊的复杂心绪。山川云雾的背景设置，为全诗营造出宏阔悠远的意境，不失为王勃五绝中的上乘之作。

【注 释】

① 江汉：长江、汉水。
② 梁岷：梁山、岷山。梁山，在四川省东北部地区，东起长江，西至剑阁。岷山，位于甘肃省西南、四川省北部。

他乡叙兴

唐·王勃

缀叶归烟晚，乘花落照春。
边城^①琴酒处，俱是越乡人^②。

【题 解】

这首五绝亦属王勃于唐高宗咸亨二年（671）入蜀后所作，抒发了

诗人客寓蜀中，作为"越乡人"之一员的思乡之情。题目中的"他乡"指蜀中某地，此诗便是王勃游历至此地而生发出怀乡情绪所作。虽然置身繁花似锦的春天，且有琴酒相伴，身为漂泊他乡的游子，诗人仍不免生出对羁旅生活的慨叹。此首五绝从诗人游踪起笔，至琴酒娱乐中的游子收尾，不言怀乡却字字充盈着对故乡的眷念，确为王勃怀乡诗中的精品。

【注 释】

① 边城：边远的小城，此处当指蜀中某城。
② 越乡人：客居异地的游子。

羁 春

唐·王勃

客心①千里倦，春事②一朝归。
还伤北园里，重见落花飞。

【题 解】

　　这首五绝表达的是春天游历在外的诗人生发出的羁旅之思。这首诗的韵脚与《山中》完全相同，同样也是羁旅题材，只是这首诗通过写暮春时节的光景而抒发怀乡羁旅之思。诗人开篇便直接点明对漂泊生涯的厌倦，在春天将尽的背景下，诗人的思绪仿佛回到了故园，想象着暮春下落花纷飞的场景。无论是《山中》深秋背景下的"黄叶飞"，还是此作中暮春时节的"落花飞"，无不牵动着诗人思归的心绪，将诗人的羁旅之情融入景物的描摹之中，抒情含蓄深沉，意境悠远。

【注 释】

① 客心：旅居在外的心绪。
② 春事：春色，春意。

蜀中九日

唐·王勃

九月九日望乡台^①，他席他乡送客杯。
人情已厌南中苦，鸿雁那^②从北地来？

【题 解】

  这首七言绝句亦属王勃于唐高宗咸亨元年（670）入蜀后所作，抒发了诗人客寓蜀中，逢重阳节之时登高望远时怀乡而作。题目中的"九日"指农历九月初九重阳节，古代至是日有相与登山、饮菊花酒、茱萸插头以辟除恶气之俗。诗人登上成都附近的望乡台，远眺故乡，又值客中送客，故愁思愈浓，甚至不禁向北来的鸿雁发问，表达了北归故乡的强烈愿望，也将思乡之情推向了极致。此诗用浅近类似口语的方式表达了深挚浓烈的怀乡思归之情，是王勃七绝乃至全部入蜀诗歌中的上乘之作。

【注 释】

  ① 望乡台：据《太平寰宇记》所载，益州升仙亭，夹路有二台，一名

望乡台，在成都县北九里。

②那：奈何，为什么。

战城南

唐·杨炯

塞北途辽远，城南战苦辛。
幡①旗如鸟翼，甲胄②似鱼鳞。
冻水寒伤马，悲风愁杀人。
寸心明白日，千里暗黄尘。

【题 解】

这首五言律诗是杨炯用乐府古题所作。诗人以征战者的口吻讲述了远征边塞将士的军旅生涯，已不同于汉乐府中《战城南》重点描写惨烈的战争，而是有对军事场面的生动白描，也有对将士内心感受的细腻刻画与表达。"悲风愁杀人"化用宋玉的"悲哉秋之为气也"，将征人思乡怀归的心绪表达得淋漓尽致。清人李调元在《雨村诗话》里评论杨诗风格云："浑厚朴茂，犹开国风气。"此作是杨炯诗歌艺术特色的典型体现。

【注 释】

①幡：挑起来直着挂的长条形旗子。
②甲胄：铠甲和头盔。

途 中

唐·杨炯

悠悠辞鼎邑①，去去指金墉②。
途路盈千里，山川亘③百重。
风行常有地，云出本多峰。
郁郁园中柳，亭亭山上松。
客心殊④不乐，乡泪独无从。

【题解】

　　这首五言短排从题目可知当作于诗人旅途之中。杨炯因从弟杨神让与徐敬业起兵征讨武则天而受株连，于垂拱元年（685）被贬为梓州（今四川三台县）司法参军。这首五言排律写诗人入蜀前往梓州途中，通过描述路上的所见所感，抒发了被迫远行中生发出的羁旅怀乡之愁与忧谗畏讥之思。这首怀乡羁旅诗整体上呈现刚健清朗、气骨苍然之貌，代表了杨炯五言诗的艺术特色。

【注释】

　　①鼎邑：代指东都洛阳。
　　②金墉：古城名，位于洛阳城西北角，当为入蜀途中的必经之地。
　　③亘：绵延不断。
　　④殊：特别。

感遇 三十八首选一

唐·陈子昂

其二十七

朝发宜都渚^①，浩然^②思故乡。

故乡不可见，路隔巫山阳^③。

巫山彩云没，高丘^④正微茫^⑤。

伫立望已久，涕落沾衣裳。

岂兹越乡感^⑥，忆昔楚襄王^⑦。

朝云^⑧无处所，荆国^⑨亦沦亡。

【题解】

这首五言古诗是陈子昂著名的三十八首《感遇》组诗中的第二十七首，当作于长寿二年（693）服阕出蜀之时。诗人此时已经历了八年的京宦生活，对武则天及其家族的骄奢淫逸有较为深刻的认识。因此，当他路过宜都，回望巫山时，结合时政联想到了楚襄王荒淫亡国的故事。此作从思乡起笔，却以怀古议论收尾，抒发了诗人对故乡深深的眷恋之情。可贵的是，诗人并未局限于怀乡，而是由巫山联系到楚襄王梦遇神女之事，对时政有一定的讥讽意味，从而将全诗主旨推向了更加深刻丰富的境地。总之，这首五古代表了陈子昂一贯倡导的汉魏风骨与风雅兴寄，体现了其古诗创作的典型风貌。

【注释】

①宜都：今湖北宜都县，唐时属山南东道，硖州管辖。渚：水涯。

②浩然：思念深远的样子。

③ 巫山阳：巫山南面。巫山：在今四川巫山县东。

④ 高丘：即高山，此处指巫山。

⑤ 微茫：模糊不清的样子。

⑥ 越乡感：远离故乡的忧思。越：违背，离开。

⑦ 这句写诗人远望巫山而联想起楚襄王梦遇神女之事，以此讽刺武则天荒淫误国。

⑧ 朝云：即巫山神女。战国楚宋玉《高唐赋序》："湫兮如风，凄兮如雨。风止雨霁，云无处所。"

⑨ 荆国：指楚国。

晚次乐乡县

唐·陈子昂

故乡杳无际①，日暮且孤征②。
川原迷旧国③，道路入边城④。
野戍⑤荒烟断，深山古木平。
如何此时恨，嗷嗷⑥夜猿鸣。

【题解】

这首五言律诗作于调露元年（679）陈子昂自蜀中家乡入京途中。次，意为住宿。乐乡县，故城在今湖北荆门县北。诗题便概括了全诗主旨，叙写赶赴京师的诗人夜宿乐乡的见闻，抒发了作为游子的诗人跋涉旅途上的感怀，其中对故乡的眷恋尤为真切动人。素来高倡汉魏风骨，以古诗见长的陈子昂亦尝试用五律的形式抒写怀乡羁旅之愁，将写景与抒情融合得自然无间。此作堪称其五律中的代表作。

【注 释】

① 杳无际：十分遥远，不见踪影。杳：深远的样子。

② 孤征：独自赶路。

③ 旧国：即故乡。此句的意思是，眼前的山川原野都与故乡迥异，令
　人迷惘。

④ 边城：荒僻的城邑，此处指乐乡。

⑤ 戍：此处指驻兵防守的堡垒。

⑥ 嗷嗷：凄厉的猿啼声。

初入峡苦风寄故乡亲友

唐·陈子昂

故乡今日友，欢会坐^①应同。
宁知巴峡^②路，辛苦石尤风^③。

【题 解】

　　从诗题中"初入峡"来看，此诗当作于陈子昂第一次出蜀之时。据《陈子昂年谱》，陈子昂首次出蜀入京是在唐高宗调露元年（679）。当时的陈子昂是一位怀着仕途理想的有志青年，虽然初出茅庐，旅途艰险，但由于诗人心中满怀对未来的憧憬和希望，故诗中流露出的主要是蓬勃昂扬的气势与乐观开朗的情绪。此篇主旨是写旅途的艰辛以及对故乡的思念。全诗语出自然，明白如话，却语短情长，是陈子昂五绝的代表作。

【注释】

①坐：正当，恰好。

②巴峡：峡谷名，位于嘉陵江下游。

③石尤风：飓风之类的暴风。

和晋陵陆丞早春游望

唐·杜审言

独有宦游人^①，偏惊物候^②新。

云霞出海曙，梅柳渡江春。

淑气^③催黄鸟，晴光转绿蘋。

忽闻歌古调^④，归思欲沾巾。

【题解】

诗题中的"晋陵"即今江苏常州，唐代属江南东道毗陵郡。陆丞当为诗人的好友，时在晋陵任县丞。杜审言于武则天朝永昌元年（689）前后在江阴县任职，与陆丞为同郡的僚友，他们之间的交游唱和当在此时。陆某原作《早春游望》已不可知，这首五律便是与陆某的同题唱和之作，抒发了杜审言宦游江南的所见所感与归乡之思。此作写江南早春生动如画，语言对仗工稳，写景与抒情自然融合，历来被视为杜审言诗歌的代表作。

【注释】

①宦游人：离家外出做官的人。

② 物候：指气象和季节的更替变化。

③ 淑气：温暖的天气。

④ 古调：指陆丞写的诗，即诗题中提到的《早春游望》。

【名句】

云霞出海曙，梅柳渡江春。

渡湘江

唐·杜审言

迟日①园林悲昔游②，今春花鸟作边愁③。
独怜京国人南窜，不似湘江水北流。

【题解】

　　湘江为长江的主要支流之一，位于江南地区，是湖南省最大的河流。这首七绝正是杜审言被贬途中，渡湘江有感而作。杜审言一生有两次贬官的经历，唐中宗时曾被贬到南方极为偏远的峰州。这首诗当是他在这次流放途中所作。杜审言渡湘江南下时，正值春回大地，花鸟迎人，只见眼前的滔滔江水，朝着与自己行进相反的方向流去，令诗人不禁联想到个人命运多舛的遭际，追思昔游，怀念京国，思归愁绪等复杂感怀涌上心头。这首七绝出现在初唐诗坛尤其可贵，是杜审言七绝中的代表作。

【注 释】

　　① 迟日：指春天。《诗经·七月》："春日迟迟，采蘩祁祁。"

②悲昔游：诗人此前曾游历至此，因贬谪再次经过而感到悲伤。
③边愁：因被流放到边远地区而产生的愁绪。

晚憩南阳旅馆

唐·刘希夷

旅馆何年废^①，征夫^②此日过。
途穷人自哭，春至鸟还歌。
行路新知少，荒田古径多。
池篁^③覆丹谷，坟树绕清波。
日照蓬阴转，风微野气和。
伤心不可去，回首怨如何。

【题 解】

　　这首五言古体诗当是刘希夷某次旅途中夜宿南阳而作。南阳，位于河南西南部，是一座历史悠久的古城。东汉时期曾作为陪都，又是光武帝刘秀发迹之地，故在东汉时又有"南都"、"帝乡"之称。刘希夷是汝州（今河南临汝）人。从结尾两句描述的诗人迟迟不忍离去的情境来看，此次旅程当是诗人从故乡出发，赶赴异乡，途经南阳。此作通过描述诗人经过一家破败的旅馆，用歌唱的小鸟、独自哭泣的旅人、密集的古道荒田、长满草木的坟墓等诸多意象，勾勒出一幅早春荒凉的郊野画面，表达了诗人作为独自跋涉在旅程上的过客孤独哀伤的心情。刘希夷少有文名，落魄不拘常格，后为人所害，死时年未三十，他的人生短暂而悲苦。从他流传至今的代表作如《代悲白头翁》来看，充满了对人生易老、青春虚掷的慨叹，流露出生不逢时的苦闷、无奈与哀伤。《全唐

诗》对其创作的评价是："善为从军闺情诗，词旨悲苦。"此作便体现了刘希夷善为悲苦之辞的特点，表达了悲凉的身世之感与深重的羁旅之愁，是唐人羁旅诗中较有特色的一篇。

【注 释】

① 废：衰败。
② 征夫：远行的游子，此处是诗人自指。
③ 篁：竹林。

遥同杜员外审言过岭

唐·沈佺期

天长地阔岭①头分，去国离家见白云。
洛浦②风光何所似？崇山③瘴疠不堪闻。
南国涨海④人何处？北望衡阳⑤雁几群？
两地⑥江山万馀里，何时重谒圣明君？

【题 解】

这首七律是沈佺期与杜审言的唱和之作。杜审言于神龙元年（705）因与张易之交往，流配峰州，而沈佺期也受此牵连，遭流放欢州。此诗便作于沈佺期赴欢州贬所途中。杜审言原诗已佚，从沈佺期与之唱和的这首诗来看，杜诗当亦以叙写羁旅之苦，抒发思乡之愁为主题。诗人以一连串的问句表达了对友人的深切挂念与浓烈的思乡之愁。由于二人同为天涯沦落人，故抒情真挚感人，声律调谐流畅而蕴含深厚，被后人称为初唐七律的典范之作。

【注 释】

①岭：五岭，在今湘、赣二省与两广交界处。
②洛浦：洛水滨，指洛阳。
③崇山：山名，位于欢州。
④涨海：即南海。
⑤衡阳：县名，今属湖南。
⑥两地：指洛阳与岭南。

初达欢州 二首选一

唐·沈佺期

其 一

自昔闻铜柱^①，行来向一年。
不知林邑^②地，犹隔道明^③天。
雨露何时及，京华若个边。
思君无限泪，堪作日南^④泉。

【题 解】

    这首五言律诗是沈佺期神龙元年（705）岁末刚抵达欢州贬所时作。欢州的州治在今越南荣市，唐代属岭南道，处于当时唐王朝的南部边境，是十分荒僻的地区。这首诗便叙写了沈佺期以流放罪臣的身份抵达欢州第一年的见闻与感怀，表现了贬谪生活的孤苦寂寞与对往昔京华生活的无限怀念，以及由此生发出真挚浓郁的思乡之情，感人肺腑。

【注 释】

① 铜柱：东汉马援所立南方疆界的标识，在爱州境内，其治所在今越南清化。

② 林邑：古国名，即占城，公元二世纪建国，十七世纪末亡于广南阮氏，其地在唐欢州之南，今越南中南部。

③ 道明：越南古国名。

④ 日南：汉郡名，元鼎六年置，在今越南洞海南，此指欢州，隋大业中曾改名日南郡。

欢州南亭夜梦

唐·沈佺期

昨夜南亭里，分明梦洛中。
室家谁道别，儿女案常同①。
忽觉犹言是，沉思始悟空。
肝肠馀几寸，拭泪坐春风。

【题 解】

这首五律记述了诗人在贬所欢州做的一场归乡夜梦。诗人梦见与家人重聚一堂，只见儿女们如往常一样围坐膝下，同案而食，梦境之逼真使诗人一时以为真的返回了家园。梦醒后沉思几许，诗人才意识到不过是梦一场，继而更加伤心。虽然春天已至，诗人却独坐春风里，回味着梦里情景，暗自神伤。整首诗均以平常语出之，自然明白如话，看似平铺直叙中却有思乡深情贯注始终，是沈佺期五律中颇具特色的作品。

【注 释】

① 案常同：常同案（而食），讲述梦中情景。

度大庾岭

唐·宋之问

度岭方辞国^①，停轺^②一望家。
魂随南翥鸟，泪尽北枝花^③。
山雨初含霁，江云欲变霞。
但令归有日，不敢恨长沙^④。

【题 解】

　　这首五律为宋之问于神龙元年(705)春被贬泷州途经大庾岭时所作。大庾岭是五岭之一，在今江西、广东交界处。诗人还未到贬所却先想到了归期，可见一路上始终对故园难以割舍，将遭贬后含泪吞声的悲怆情思表现得真切细腻。难能可贵的是，全诗不见任何刻意文饰的痕迹，诗律和对仗十分工整。这首诗由于是宋之问遭遇南贬，人生出现了极大起伏之后有感而发，故用情很深，字字含泪，是其五律乃至全部诗歌中的代表作。

【注 释】

① 国：都城，指洛阳。
② 轺：小型轻便的马车。

③ 北枝花：指代大庾岭。《白孔六帖》卷九九："大庾岭上梅，南枝落，北枝开。"

④ 此句用《汉书·贾谊传》典。长沙：汉郡名，今属湖南。贾谊为周勃、灌婴等谗毁，谪为长沙王太傅三年，意不自得，有鵩鸟飞止坐隅，此为不祥鸟也。贾谊既以谪居长沙，长沙卑湿，自伤悼，以为寿不得长，乃为赋以自广。

晚泊湘江

唐·宋之问

五岭①恓惶客，三湘②憔悴颜。
况复秋雨霁，表里见衡山。
路逐鹏南转，心依雁北还。
唯馀望乡泪，更染竹成斑③。

【题 解】

宋之问曾以应诏、应制之作极得武则天的赏识，获有"夺锦袍"的最高荣誉，但他依附权贵，终于贬谪五岭之外。一路上，他写过不少南征北顾、痛苦难言的诗歌，情真意切，凄怆感人。与他早年那些歌功颂德之作大为不同了。这是其中的一首，是他乘舟溯湘江而上，路过衡山时所作。全诗语言朴质，结构细密，诗情深厚，对仗工整，不愧佳作。

【注 释】

① 五岭：指通往岭南的五条道路，见宋周去非《岭外代答案·地

② 三湘：湖南的别称，在古诗文中多泛指湘江流域及洞庭湖地区。

③ 此句源于娥皇、女英的传说。传说舜帝南巡死于湖南九嶷山的苍梧，舜的两个妃子娥皇、女英往南方追寻至洞庭湖的君山，得知舜亡的消息，抱君山翠竹痛哭不已，竹子染上斑斑泪痕，即为现在的斑竹。后人多以斑竹歌咏深切怀念之情。

发藤州

唐·宋之问

朝夕苦遄征①，孤魂长自惊。

泛舟依雁渚，投馆听猿鸣。

石发②缘溪蔓，林衣扫地轻。

云峰刻不似，苔藓画难成。

露裛③千花气，泉和万籁声。

攀幽红处歇，跻险绿中行。

恋切芝兰砌④，悲缠松柏茔⑤。

丹心江北死，白发岭南生。

魑魅天边国，穷愁海上城。

劳歌⑥意无限，今日为谁明？

【题 解】

这首五言排律为宋之问于景云二年（711）赴贬所钦州途经藤州时所作。藤州的州治在今广西藤县，唐代属于五岭以南地区，地处偏远。宋之问在诗中记录了一路南下的沿途风光、旅途艰辛，表达了对故里的

深深眷恋与流贬中悲凉绝望的心境。此作虽篇幅较长却并不拖沓，从游踪起笔，中间写景细致入微，以议论抒情收尾，颇具章法，开阖有度，是宋之问被流放岭南后创作达到高峰时期的代表作。

【注释】

① 遄征：急行。遄：快，迅速。

② 石发：水边石头上的苔藻。

③ 裛（yì）：通"浥"，沾湿。

④ 芝兰砌：指家族聚居的故里。典出《世说新语·言语》：谢安常问诸子侄："子弟亦何预人事，而正欲使其佳？"谢玄答曰："譬如芝兰玉树，欲使其生于阶庭耳。"

⑤ 茔：墓地，古时多植松柏。

⑥ 劳歌：劳者之歌。《公羊传·宣公十五年》何休注："饥者歌其食，劳者歌其事。"

渡汉江

唐·宋之问

岭外①音书断，经冬复历春。
近乡情更怯②，不敢问来人。

【题解】

这首五言绝句作于神龙二年（706）宋之问北归途中。汉江，即汉水，在今湖北襄阳附近。宋之问于神龙元年（705）因谄附张易之兄弟而被

贬泷州（今广东罗定）参军。次年，遇赦北归，授鸿胪主簿。此诗便是宋之问出湘后溯汉水北上，归洛阳途中有感而作。全诗的主题在抒写思乡情切，却正意反说，诗人感到距故乡愈近，便愈不敢打探与故园相关的消息，将久别家乡的游子复杂微妙的心态刻画得淋漓尽致。总之，这是一首精彩的五绝，具有声情并茂、意在言外的艺术感染力，与盛唐人的五绝已然相去不远。

【注　释】

　①岭外：五岭以外，即过了五岭更靠南的偏远地区。
　②怯：胆小，畏惧。

【名　句】

　近乡情更怯，不敢问来人。

回乡偶书 二首选一

唐·贺知章

其　一

少小离家老大回 ①，乡音无改鬓毛衰 ②。
　儿童相见不相识，笑问客从何处来。

【题 解】

    这首七言绝句作于贺知章天宝三载（744）辞官乍归故里之时。贺知章是越州永兴（今浙江萧山）人，从三十多岁登进士第后一直在外为官，鲜有机会回乡。当他告老还乡之时，距他离家已过去了五十多年，诗人已是年逾八十的古稀老人。当他置身于故乡熟悉而又陌生的环境中，内心颇不平静：当年离家，风华正茂；今日返乡，两鬓斑白。诗人切身体验到人生易老，世事沧桑，不禁感慨万千。于是便以两首七绝记录下初返故乡时的见闻与感受。此作为第一首，抒发了诗人久别回乡的亲切感，以及久客异乡的感伤情绪。其中儿童问话的场面又极富生活情趣，全诗就在有问无答处悄然作结，而弦外之音却如空谷传响，哀婉含蓄，余韵不绝。总之，此作以欢乐的场景描写表达出惆怅哀伤的思乡心绪，是一首构思别致的怀乡诗。

【注 释】

    ① 贺知章三十七岁登进士第，在此之前已经离家，故称"少小离家"。他在天宝初年返乡时已经八十多岁，故言"老大回"。

    ② 鬓毛衰（cuī）：指老年人须发稀疏变白。衰：疏落，减少。

【名 句】

    儿童相见不相识，笑问客从何处来。

春江花月夜

唐·张若虚

    春江潮水连海平，海上明月共潮生。

滟滟①随波千万里，何处春江无月明！
江流宛转绕芳甸②，月照花林皆似霰③。
空里流霜不觉飞，汀④上白沙看不见。
江天一色无纤尘，皎皎空中孤月轮。
江畔何人初见月？江月何年初照人？
人生代代无穷已，江月年年只相似。
不知江月待何人，但见长江送流水。
白云一片去悠悠，青枫浦⑤上不胜愁。
谁家今夜扁舟子？何处相思明月楼？
可怜楼上月徘徊，应照离人妆镜台。
玉户帘中卷不去，捣衣砧⑥上拂还来。
此时相望不相闻，愿逐月华流照君。
鸿雁长飞光不度，鱼龙潜跃水成文⑦。
昨夜闲潭⑧梦落花，可怜春半不还家。
江水流春去欲尽，江潭落月复西斜。
斜月沉沉藏海雾，碣石潇湘无限路⑨。
不知乘月几人归，落月摇情满江树⑩。

【题 解】

　　《春江花月夜》原为乐府吴声歌曲名，相传为南朝陈后主创制，可惜其原词已失传。后隋炀帝也曾做过此曲。宋人郭茂倩的《乐府诗集》收录同题为"春江花月夜"的乐府五家七首，张若虚此作入选。此作为拟题作诗，与原有的曲调已有所不同，却成为流传千古的名篇。祖籍扬州的张若虚是初盛唐之际的知名文士，与同样来自江南的贺知章、张旭、包融并称为"吴中四士"，当时便名扬上京，文才颇受时人追捧。然而他的作品流传下来的却仅有两篇，此作是其中一首，被誉为"孤篇横绝全唐"。被闻一多赞誉为"诗中的诗，顶峰上的顶峰"（《宫体诗的自赎》）。张若虚创作此诗的具体背景已不可详考，诗人以江南地区夜色

中的春江、花、月等几种颇具诗意的典型意象，由景入情，继而叙事，以细腻的笔触，创造了一个如梦似幻、美妙空灵的世界。此诗主旨并不局限于某一点，除了对月下江景的传神描摹，也蕴涵了对宇宙时空的真切体验以及富有哲理意味的人生感慨。其中抒发游子的思乡之情，表现思妇的念君之意是其中重要的题旨之一，描写得细腻婉转，真挚动人。此诗语言清新优美，韵律婉转悠扬，彻底洗去了宫体诗的脂粉气，给人以澄澈空明、清丽自然的感觉，全面而集中地体现了盛唐气象的艺术特质，确是唐诗百花园中的一朵奇葩。

【注释】

① 滟滟：形容水面波光荡漾的样子。

② 芳甸：芳草茂盛的原野。甸：都城的郊外。

③ 霰：天空中降落的白色不透明的小冰粒。此句是形容月光下的春花晶莹洁白如冰粒。

④ 汀：水边的平地。

⑤ 青枫浦：地名，今湖南浏阳县境内有青枫浦。这里泛指游子所在的江边地带。浦：水边。

⑥ 捣衣砧：捣衣石。

⑦ 文：同"纹"，花纹。

⑧ 闲潭：幽静的水潭。

⑨ 碣石：山名，在渤海边上。潇湘：潇水与湘水在湖南零陵县合流后称为潇湘。此处用碣石与潇湘泛指天南地北。

⑩ 摇情满江树：此处指落月的光辉摇动起满树的月影，像是含情脉脉地陪伴着游子回乡。

【名句】

人生代代无穷已，江月年年只相似。

深渡驿

唐·张说

旅泊青山夜，荒庭白露秋。
洞房①悬月影，高枕听江流。
猿响寒岩树，萤飞古驿楼。
他乡对摇落②，并觉起离忧③。

【题解】

这首五言律诗是张说入蜀途中所作。诗题中的"深渡"为地名，驿，为驿站。此诗当为张说跋涉于蜀道经过名为深渡的驿站时创作的。张说一生曾两次入蜀，此诗约作于第二次入蜀期间。由于诗人遭遇贬谪而被迫去国离乡，因此他眼中的山水景物难免笼上了一层淡淡的哀愁，取景偏于黯淡冷寂，如月影斑驳的幽深居室、萤火盘桓的古驿楼等萧索景象。诗人通过描摹沿途驿站的见闻，抒发了身在异乡的羁旅之思与怀乡之愁，与驿站见闻形成密切的对照与呼应，是初唐行旅诗的典范之作。

【注释】

① 洞房：幽深的居室。
② 摇落：指寂寥的秋色。
③ 离忧：被贬离京生发出的怀乡忧思。

被使在蜀

唐·张说

即今三伏尽，尚自在临邛①。
归途千里外，秋月定相逢②。

【题 解】

　　这首五言绝句作于张说出使蜀地停留蜀中期间。由于诗人是首次入蜀，且为奉公出使，羁旅之愁尚不深重，流露出的主要是盼望早日归乡的急切心情。诗人仅用二十个字便表达出对蜀中生活的整体感受，对千里之外故园的强烈思念，以及对秋月归期迫不及待的思归心态。这首精致的五绝语短情长，耐人寻味，在张说全部诗歌创作中别具一格。

【注 释】

　　① 临邛：古代县名，治所在今四川邛崃县，当为张说此次出使蜀中之地。
　　② 此句意思是预期的归程定在秋月。

兴州出行

唐·苏颋

危途晓未分，驱马傍江渍①。
滴滴泣花露，微微出岫云②。

松梢半吐月，萝翳渐移曛③。

旅客肠应断，吟猿更使闻。

【题解】

这首五言律诗作于苏颋入蜀途中。兴州在唐代属山南西道，是入蜀的必经之地。苏颋一生有两次入蜀游宦的经历，首次入蜀是在唐玄宗开元九年（721），此诗便作于此次入蜀征途之上，记录了蜀道风光以及行旅感受。诗中的景物描摹体现出苏颋入蜀山水行旅诗的特点，即取景视角开阔极大，且兴象组合颇具创意，同时也表达了诗人身为入蜀游子，昼夜兼程中的羁旅之愁。此诗情景交融，为苏颋山水行旅诗中的上乘之作。

【注释】

①濆（fén）：水边，河旁高地。

②岫云：山洞里冒出的云烟。岫：山洞。

③曛：日落时的余光。

望月怀远

唐·张九龄

海上生明月，天涯共此时。

情人①怨遥夜，竟夕②起相思。

灭烛怜光满③，披衣觉露滋④。

不堪盈手⑤赠，还寝梦佳期⑥。

【题 解】

　　这首五言律诗的具体写作年代难以确考，约为张九龄早年在外仕宦时期所作，有学者将其暂系于开元十五年（727）出守洪州前。此诗历来被公认为怀乡怀人题材的千古名篇，主旨是叙写诗人远离家乡，在某个月夜里望着皎洁的月亮，不禁想念起远方的亲友来，表达了诗人对故乡的无限怀念与对故乡亲友深切的思念。此诗首联看似平淡无奇，仿佛脱口而出，却自有一种高华浑融的意境，成为流传千载的名句。总之，这首五律体现了张九龄诗歌的主要特点，情与景完美交融，已初步体现出盛唐壮阔浑融的气象。

【注 释】

　　①情人：多情之人，指诗人自己。另有一说指亲人。
　　②竟夕：整夜。
　　③怜光满：爱惜满屋的月光。怜：爱。
　　④滋：湿润。
　　⑤盈手：双手捧满。盈：满。
　　⑥梦佳期：指梦中相会。

【名 句】

　　海上生明月，天涯共此时。

使还湘水

唐·张九龄

归舟宛^①何处，正值楚江^②平。
夕逗烟村宿^③，朝缘浦树行。
于役已弥岁^④，言旋^⑤今惬情。
乡郊尚千里，流目夏云生。

【题 解】

这首五言律诗为开元十四年（726）张九龄奉使祭南岳及南海返归途中所作。此次奉使南行是在张九龄任京官一年后，第一次出远门归来，旅途的心情是愉悦、兴奋、疲惫与思归等交织起来的复杂感受。诗人在记述沿途游踪的同时流露出对宦游羁旅生活的厌倦，以及渴望早日回到故乡的急切心情。此诗看似出语平淡，然而自有一股浓浓的思乡之情流荡其间，因此具有动人心魄的艺术魅力，不失为张九龄五律中的上乘之作。

【注 释】

①宛：通"湾"，停泊之意。
②楚江：指湘江。湘江流经之地湖南古为楚国之地，所以湘江又被称为楚江。
③逗：投。这句意思是夜晚投宿在烟雾迷茫的村庄里。
④于役：服劳役，此处指外出为官。弥岁：长年。此句意思是说自己出外为官已经多年。
⑤言旋：意为还乡。《诗经·小雅·黄鸟》："言旋言归，复我邦族。"

西江夜行

唐·张九龄

遥夜人何在，澄潭月里行。
悠悠天宇旷，切切故乡情。
外物寂无扰，中流澹自清。
念归林叶换，愁坐露华生。
犹有汀洲鹤，宵分^①乍一鸣。

【题解】

这首五言排律当作于开元十八年（730）秋张九龄赴桂州任后，次年春由西江返家途中。从诗题来看，此诗主旨在于记述诗人连夜伴着月光赶路，表达了希望早日回到故乡的迫切心情。从"念归林叶换，愁坐露华生"一联来看，诗人归家的季节是在秋天，这更加重了归家途中的思乡之情与羁旅之愁。浩瀚无垠的天幕之下，寂静无扰的夜幕中，偶尔传来一两声鹤鸣，更反衬出日夜兼程中的诗人内心思乡之深切。

【注释】

①宵分：夜半。

次北固山下

唐·王湾

客路青山^①外，行舟绿水前。

潮平两岸阔，风正一帆悬②。
海日生残夜，江春入旧年③。
乡书④何处达？归雁洛阳边⑤。

【题解】

　　这首五言律诗作于王湾往来吴楚两地的旅途之中。作为开元初年的北方诗人，王湾曾长期游历南方，频繁往来于吴地与楚地之间，深为清丽秀美的江南山水所倾倒，创作了不少歌咏江南风光的诗作，此诗是最为脍炙人口的一篇。其中"海日生残夜，江春入旧年"一联，受到当时宰相张说的激赏，曾亲自手书挂于政事堂上，作为文士规模的典范，可见此诗在当时即有重要影响。诗题中的"北固山"，在今江苏镇江市以北，三面临江。《河岳英灵集》中所收录的此诗题为《江南意》，诗句内容亦有不同，首联为"南国多新意，东行伺早天。"其中"东行"，当是指诗人途经镇江到江南一带去。当诗人舟行至北固山下之时，只见潮平岸阔，残夜归雁，诗人心底的羁旅之愁、思乡之情等各种复杂的情思意绪一齐涌上心头，于是成就了这一千古名篇。此诗格调壮美，意境开阔高朗，已现出盛唐气象，是怀乡羁旅诗中的顶峰之作。

【注释】

① 客路：指路途。青山：此处指北固山。

② 这两句是说，潮水涨满时，两岸之间显得水面十分宽阔；顺风行船，恰好把船帆高悬。

③ 残夜：夜将尽之时。入：到来。这两句的大意是，夜还未消尽，一轮红日已经从海上升起；江上春早，旧年还未过去，新春已经来临。

④ 乡书：家信。

⑤ 归雁：北归的大雁。古代有鸿雁传书的说法。此句的意思是，诗人希望北归的大雁捎一封家信给洛阳的亲人。王湾是洛阳人，故有此言。

【名句】

乡书何处达？归雁洛阳边。

凉州词

唐·王之涣

黄河远上①白云间，一片孤城万仞山②。
羌笛何须怨杨柳③，春风不度④玉门关。

【题 解】

　　这首七绝是为当时流行的曲子《凉州》配的唱词。郭茂倩《乐府诗集》卷七十九《近代曲词》载有《凉州歌》，并引《乐苑》云："《凉州》，宫调曲，开元中西凉府都督郭知运进。"唐人薛用弱的《集异记》记载了"旗亭画壁"的故事：开元年间，王之涣与高适、王昌龄到旗亭饮酒，遇梨园伶人唱曲宴乐，三人私下约定以伶人演唱其所作诗篇的多寡来定诗名高下。其中最美的一位女子演唱的正是《凉州词》，王之涣颇为得意。此事未必实有，但说明王之涣此作在当时已被配乐传唱，流传甚广。此诗前两句写西北大漠壮阔的边塞风光，继而引出征夫的离愁。《后汉书·班超传》载："不敢望到酒泉郡，但愿生入玉门关。"所以末句正写边地环境的寒苦，蕴含着无限的乡思离情。此诗虽极写戍边士卒不得还乡的怨情，于壮观中寓苍凉，慷慨雄放而气骨内敛，深情蕴藉，写乡愁却丝毫不见衰飒颓唐之气，表现出盛唐人开阔昂扬的精神风貌，成为千古绝唱。

【注释】

① 黄河远上：远望黄河的源头。"河"一作"沙"，"远"一作"直"。
  远上：远远地向西望。
② 孤城：指孤零零的戍边堡垒。仞：古代长度单位，七尺或八尺为一仞。
③ 羌笛：羌族的乐器，属横吹式管乐。何须：何必。杨柳：《折杨柳》
  曲。北朝乐府《鼓角横吹曲》有《折杨柳枝》。
④ 度：吹到。

【名句】

羌笛何须怨杨柳，春风不度玉门关。

秋浦寄内

唐·李白

我今寻阳①去，辞家千里馀。
结荷见水宿，却寄大雷书②。
虽不同辛苦，怆离各自居。
我自入秋浦，三年北信疏③。
红颜愁落尽，白发不能除。
有客自梁苑④，手携五色鱼⑤。
开鱼得锦字，归问我何如。
江山虽道阻，意合不为殊⑥。

【题 解】

这首五言古诗当为李白于至德元载（756）由金陵赴寻阳途经秋浦而作。秋浦，指秋浦县，唐时隶属江南西道池州府。寄内，意为写给妻子的。诗人想到了刘宋朝的大诗人鲍照写给妹妹的《登大雷岸与妹书》，便写下了这首五古寄给妻子，以表达自己奔波异地的羁旅之思，对家人的深深思念以及强烈的归乡之愿。此作体现了李白五古取法汉魏古诗兼具叙事性、抒情性的特点，在其怀乡题材的古体诗创作中具有一定代表性。

【注 释】

① 寻阳：唐代有浔阳郡，今江西九江。

② 大雷书：刘宋诗人鲍照作有《登大雷岸与妹书》。

③ 北信疏：家里寄来的书信很少。北信：由于诗人是往南方游历，而他的家眷在河南开封府城东南的梁园，显然是在诗人游历之地的北面，因此称家信为北信。

④ 梁苑：一名梁园，位于河南开封府城东南，是汉代梁孝王建造的皇家园林，供其游赏娱乐之所。当时诗人的家眷正在此地。

⑤ 五色鱼：书信的代称。古人尺素多结为鲤鱼形，故以五色鱼指代书信。

⑥ 殊：断绝。此句意思是只要我们情投意合，虽然有山川阻隔其间，却不会断绝情义。

秋夕旅怀

唐·李白

凉风度秋海，吹我乡思飞。

连山去无际，流水何时归。

目极^①浮云色，心断明月晖。

芳草歇柔艳，白露催寒衣。

梦长银汉^②落，觉罢天星稀。

含悲想旧国，泣下谁能挥。

【题 解】

这首五言排律约作于唐肃宗乾元元年（758），当时李白已遭贬逐，人生陷入困境，情绪低落，又值秋风乍起，只见秋色苍凉，流落他乡的诗人于旅途之上顿生归乡之思，心底平添几许惆怅。最早整理出李诗注本的元代萧士赟评论此作云："身在远方，心怀旧国，词意悲惋，哀哉！"此作开篇便将"乡思"形象化，随秋风飞动，起笔不同凡响。全诗寓情于景，将描摹秋日暮色与抒发羁旅乡愁紧密融合，表达了漂泊流离中的诗人深切的怀乡之愁。

【注 释】

①目极：看尽，尽力看。极：尽。

②银汉：银河。

游秋浦白笴陂二首 二首选一

唐·李白

其 二

白笴夜长啸^①，爽然溪谷寒。

　　鱼龙动陂水^②，处处生波澜。
　　天借一明月，飞来碧云端。
　　故乡不可见，断肠正西看^③。

【题 解】

　　这首五言律诗写的是诗人到白笴陂夜游的感悟。白笴陂在池州府城西南二十五里，又名白笴堰，为今安徽省池州市贵池区棠溪乡曹村。诗人在一个朗月高悬的夜晚来到白笴陂，思念起自己的故乡，以至于产生了奇思妙想，借天上的明月飞至云端，向西俯瞰故乡，然而却依然不见其踪迹，因此诗人伤心到了断肠的程度。此作表现了李白诗歌富于浪漫主义幻想的艺术特征。

【注 释】

　　① 啸：动物长声吼叫。
　　② 陂水：池塘中的水。陂：池塘。
　　③ 正西看：李白的家乡在四川江油青莲乡，位于池州的正西方，故有此言。

【名 句】

　　故乡不可见，断肠正西看。

关山月

唐·李白

明月出天山^①，苍茫云海间。
长风几万里，吹度玉门关^②。
汉下白登^③道，胡窥青海^④湾。
由来征战地，不见有人还。
戍客^⑤望边色，思归多苦颜。
高楼当此夜，叹息未应闲。

【题 解】

诗题《关山月》，为乐府《横吹曲》调名，多叙离别相思之情。李白的这首诗，在内容上继承了古乐府的传统，但又融入了新意。此诗的主旨是描绘边塞的风光，戍卒的遭遇，以及戍卒与家人之间两地相思的痛苦。开头的描绘都是为后面作渲染和铺垫，侧重点在望月引起的情思上。通过戍边将士望月怀乡，思念家人，表现了战争给人民带来的痛苦。这也正体现了李白古体诗兼具社会性、叙事性与抒情性的艺术特征。

【注 释】

①天山：即甘肃祁连山。

②玉门关：古时通往西域的要道，故址在今甘肃敦煌市西北。此处泛指西北边地。

③下：出兵。白登：白登山，在今山西大同市东北，汉高祖刘邦曾被匈奴围困于此。

④胡：胡人，此指吐蕃。窥：窥视，侵扰。青海：湖名，在今青海省东北部，唐军在此曾多次与吐蕃交战。

⑤ 戍客：驻守边疆的将士。

【名句】

长风几万里，吹度玉门关。

子夜吴歌四首 四首选一

唐·李白

其 三

长安一片月，万户捣衣声①。
秋风吹不尽，总是玉关情②。
何日平胡虏，良人③罢远征？

【题解】

《子夜歌》为乐府古题，据《宋书》载，子夜歌者，有女子名子夜，造此声。又据《乐府古题要解》，《子夜歌》声调极其哀伤，后人改为四时行乐之词，名曰《子夜四时歌》，用吴声。李白的《子夜吴歌》便是在此基础上创作而成，分咏春、夏、秋、冬四季。其中歌咏秋天的第三首是最为成功的作品，营造出了自然浑融的意境，成为流传千古的名篇。此作的主题是抒写思妇对征夫的思念之情，从长安城月色下的捣衣声起笔，寓情于景，历来被公认为李白诗歌中的精品。

【注 释】

①捣衣声：捣衣为古代的民俗。妇女把织好的布帛铺在平滑的砧板上，用木棒敲平，以求柔软熨帖，好裁制衣服。"捣衣"多在秋夜进行。捣衣声，即捣衣发出的声音。

②玉关情：玉关，即玉门关，汉代时为通往西域各地的关口，故址在今甘肃敦煌西北小方盘城。此处用《汉书·班超传》典故，寓指戍边征人的思乡之情。

③良人：古代妻子称丈夫为"良人"。此句是以思妇的口吻对常年征战提出的质问。

【名 句】

秋风吹不尽，总是玉关情。

秋浦歌 十七首选一

唐·李白

其 二

秋浦猿夜愁，黄山堪白头。
清溪①非陇②水，翻作断肠流。
欲去不得去，薄游成久游。
何年是归日，雨泪下孤舟。

【题 解】

诗题中的"秋浦"，在今安徽贵池县西，是唐代银和铜的产地之一。

北朝乐府诗《陇头歌》有"陇头流水，鸣声幽咽。遥望秦川，肝肠断绝"诗句，作者因见清溪水流，遥想远方故地的流水，思念之情益深。

【注 释】

① 清溪：安徽池州内的一条溪流。
② 陇：古地名，在今甘肃境内。

太原早秋

唐·李白

岁落众芳歇，时当大火^①流。
霜威出塞^②早，云色渡河秋^③。
梦绕边城月，心飞故国楼。
思归若汾水^④，无日不悠悠。

【题 解】

这首五言律诗是李白约于开元二十三年（735）居留太原时期所作。诗题中的"太原"，唐时为河东道北京太原府。这年夏天，李白应好友元演参军之邀，来到太原，意欲寻求仕途上的发展。然而半载过后依然未能如愿，李白因此心生归乡之愿。于是，这年入秋之时，心情低落中的李白写下了这首怀乡之作。此作格调高古，设喻新奇，鲜明地体现了李白诗充满浪漫主义幻想的艺术特征，梦可绕月、心可飞楼的大胆想象，将诗人归乡的强烈渴望呈现得生动而奇特。尾联将思乡之情比作汾水，将抽象的情感形象化。总之，这首五律代表了李诗擅长运用新奇想象进

行比喻和夸张的艺术手法，是匠心独运的上乘之作。

【注释】

① 大火：星宿名，二十八宿之一。这颗星每年夏历五月黄昏出现于正
南方，位置最高，六七月开始向下运行，故称"流火"。《诗经·豳
风·七月》所云"七月流火"，即指此星。

② 塞：关塞，指长城。

③ 此句的意思是，云彩飘过了黄河，也呈现出一派秋色。

④ 汾水：汾河。黄河第二大支流，发源于山西宁武县管涔山，流经山
西中部、南部后汇入黄河。

渡荆门送别

唐·李白

渡远荆门①外，来从楚国②游。

山随平野尽，江入大荒流。

月下飞天镜，云生结海楼③。

仍怜故乡水，万里送行舟。

【题解】

《渡荆门送别》是李白青年时期在出蜀漫游途中写下的一首五言律
诗，约作于开元十三年（725）初出夔门之时。诗题中的"荆门"，即
荆门山，位于今湖北宜都县西北，长江南岸，与北岸虎牙山隔江对峙，
形势险要，自古即有楚蜀咽喉之称。诗人远渡荆门之前，一直在四川读

书、生活，对蜀中风物有深挚的感情。李白这次出蜀，由水路乘船远行，经巴渝，出三峡，直向荆门山之外驶去，目的是到湖北、湖南一带楚国故地游览。此诗由写远游点题始，继写沿途见闻和观感，最后以抒写远别故乡的惆怅作结。全诗意境高远，风格雄健，形象奇伟，想象瑰丽，表现了诗人浓浓的怀乡之情。

【注 释】

① 荆门：即荆门山，位于今湖北宜都县西北。

② 楚国：今湖北、湖南一带，春秋、战国时属楚国境域。

③ 海楼：海市蜃楼，是光线经过不同密度的空气层，发生显著折射时，把远处景物显示在空中或地面的奇异幻景。

静夜思

唐·李白

床前明月光，疑是地上霜①。
举②头望明月，低头思故乡。

【题 解】

这首五言绝句是怀乡诗中流传最广的千古名篇，主旨是写宁静的夜晚诗人望月而引发的乡思。此诗是李白于开元十五年（727）深秋在扬州旅舍所作，当时诗人的处境很可能正陷入"散金三十万"之后的贫困当中。"静夜思"是诗人自制的乐府诗题，《乐府诗集》卷九十将其列入《新乐府辞》，但此作仍具有旧题乐府感于哀乐、缘事而发的传统特

质。全诗仅用二十个字，便将游子月夜思乡的心绪表现得淋漓尽致，出语、造境都达到了浑然天成的境地，代表了李白诗歌甚至整个盛唐诗歌艺术所能达到的高度。

【注释】

① 疑：好像，以为。此句意思是诗人看见床前洒在地上的月光，以为是地上的白霜。

② 举：抬，仰。

【名句】

举头望明月，低头思故乡。

青溪半夜闻笛

唐·李白

羌笛梅花引^①，吴溪陇水情^②。
寒山秋浦月，断肠玉关^③声。

【题解】

这首五言绝句为李白行至秋浦时所作。诗题中的"青溪"，当作"清溪"，在江南道池州府城西北五里，其地唐时为秋浦县，所以诗中有"寒山秋浦月"。此诗讲述了诗人李白在夜半时分听到悠扬哀伤的笛曲《梅

花引》，不由产生了去国怀乡之思。全诗无一字明言思乡，却字字流露出乡关之思，抒情含蓄深沉，意境高华空灵，是李白五绝中的代表作。

【注 释】

① 羌笛：相传笛子是由羌族人发明的，故称羌笛。梅花引：古笛曲名。

② 吴溪：指清溪，古代属吴地。陇水情：语出古歌，歌云：陇头流水，分离四下，念我行役，飘然旷野。陇州有陇坡（今陕西陇县），山势高峻，坡上有清水从四面下注。此处借指游子离家在外的忧思。

③ 玉关：指玉门关，在今甘肃敦煌县西北。

宣城见杜鹃花

唐·李白

蜀国^①曾闻子规鸟^②，宣城^③还见杜鹃花^④。
一叫一回肠一断，三春^⑤三月忆三巴^⑥。

【题 解】

这首七言绝句是李白晚年客居宣城时创作的一首怀乡诗。诗人在宣城看到杜鹃花盛开，联想到往昔在四川家乡时常听到的子规鸟的啼叫，不觉有感而发故国之思。子规鸟啼声凄厉，令听者肠断，暮春三月，特别会令人思念故乡。"一叫一回肠一断，三春三月忆三巴"不仅在对仗形式上别出心裁，也写尽了游子漂泊中的思乡情绪。

① 蜀国：四川省三国时为蜀国属地。
② 子规鸟：即杜鹃，传说是古蜀王杜宇死后所化。因鸣声凄厉，动
　 人乡思，故俗称断肠鸟。
③ 宣城：今安徽宣城。
④ 杜鹃花：即映山红，每年春末盛开，此时正是杜鹃鸟啼之时，故名
　 杜鹃花。
⑤ 三春：暮春，春季的第三个月。
⑥ 三巴：巴郡、巴东、巴西三郡，即指蜀地，今四川。

春夜洛城闻笛

唐·李白

谁家玉笛①暗飞声，散入春风满洛城②。
此夜曲中闻折柳③，何人不起故园④情。

【题 解】

　　这首七言绝句作于开元二十三年（735）李白客居洛阳时期。诗题
中的"洛城"，指洛阳城，主旨是描述诗人在某个夜深人静的晚上，由
笛声而引发的思乡之情。诗的前两句描写笛声随春风而传遍洛阳城，后
两句写因闻笛而思念起故乡，表达了诗人深深的怀乡之情。究竟是诗人
听到了《折杨柳》的笛曲，触动了心底对故乡的思念，还是诗人的乡关
之思使得他特别注意到了飘在空中的笛声？这也是此作引人遐想、供人
玩味之处。春风拂面的夜晚、悠扬的笛声、思乡的心绪，共同构造出空
明澄澈、忧郁感伤的抒情氛围，千载之下引发无数游子的共鸣，成为怀

乡诗中的名篇。

【注 释】

①玉笛：精美的笛子。
②洛城：今河南洛阳。
③折柳：即古笛曲《折杨柳》，乐府《鼓角横吹曲》调名，多抒发离情别绪。
④故园：指故乡，家乡。

【名 句】

此夜曲中闻折柳，何人不起故园情。

峨眉山月歌

唐·李白

峨眉山月半轮秋^①，影入平羌^②江水流。
夜发清溪^③向三峡^④，思君^⑤不见下渝州^⑥。

【题 解】

这首七言绝句创作的具体年代难以考定，约为开元中李白尚未出蜀时所作。在短短的七言四句的容量中，诗人用了五个地名，但丝毫不觉拥挤累赘，而诗人漂泊异乡的羁旅之愁便在这不动声色的地名罗列中，淋漓尽致地表达出来。加之秋天的整体背景，更加重了诗歌忧郁哀愁的

氛围。总之，此作诗境浑然天成，抒情用意不着痕迹，确为千秋绝调。

【注 释】

① 峨眉山：位于今四川峨眉山市西南。半轮秋：半圆的秋月。
② 平羌：指平羌江，即今青衣江，在峨眉山东北，源出四川芦山，流经乐山，汇入岷江。
③ 清溪：指清溪驿，在四川犍为县的峨眉山附近。
④ 三峡：指位于巴东的三段峡谷，包括广溪峡、巫峡、西陵峡，一说指瞿塘峡、巫峡、西陵峡。地理范围在今天的四川、湖北两省交界处。三段峡谷层峦叠嶂，隐天蔽日，共计六七百里，以水势险迅著称。
⑤ 君：指峨眉山月。一说指诗人的友人。
⑥ 渝州：因境内有渝水而得名，今重庆市一带。

客中作

唐·李白

兰陵①美酒郁金香②，玉碗盛来琥珀③光。
但使主人能醉客，不知何处是他乡。

【题 解】

这首七言绝句具体的写作时间、地点不可详考，有学人依据诗中提及的"兰陵"，以及李诗所称名物多为实指，推断此诗约作于李白初至东鲁时期。诗题"客中作"，顾名思义，为客寓异乡而作，但全诗并未明言思乡，而是用希望醉后忘记身在异乡来委婉地表达出来，更觉怀乡

之情至深至浓。虽然《客中作》篇幅短小，但诗人将客居他乡的怀乡羁旅心态表现得细致入微，又委曲动人，因此堪称李白怀乡诗中的代表作。

【注释】

① 兰陵：古邑名，在今山东枣庄。

② 郁金香：一种香草。古人用以浸酒，酒水呈金黄色。

③ 琥珀：一种树脂化石，呈黄色或赤褐色，色泽晶莹。这里是用来形容美酒的色泽如琥珀。

与史郎中钦德黄鹤楼上吹笛

唐·李白

一为迁客①去长沙，西望长安不见家。
黄鹤楼中吹玉笛，江城②五月落梅花③。

【题解】

这首七言绝句约作于李白被流放夜郎，后遇赦再次来到武昌之时。诗题中提及的"史郎中"，此人具体身世背景不详，与李诗《江夏使君叔席上赠史郎中》所言当为一人，为李白故交好友。黄鹤楼位于今湖北武汉蛇山，始建于三国时期，吴国出于军事目的建此楼，后在唐代名声大振，有"天下江山第一楼"的美誉。此诗讲述了诗人与好友一起在黄鹤楼上吹笛观景，融入了诗人遭遇流贬境遇下的愤懑不平，以及对故园的牵挂与思念。此诗感情深沉、出语自然，营造出空灵浑融的意境，将思乡之情表达得委曲动人。"武汉"也因李白此诗而得"江城"之名，可见其影响之大。

【注 释】

① 迁客：因贬谪而漂泊异地为客。

② 江城：诗人的本意是指濒临大江的城市，即黄鹤楼所在的武汉。

③ 落梅花：古笛曲有《梅花落》。此处"五月落梅花"并非实指，是说笛声太美了，以至于令人产生梅花漫天飘飞的美好幻觉。

菩萨蛮

唐·李白

平林漠漠①烟如织，寒山一带②伤心碧。暝色③入高楼，有人楼上愁。

玉阶空伫立，宿鸟④归飞急。何处是回程，长亭⑤更短亭。

【题 解】

本词曾被众多评论家判定为伪作，主要理由是此词发现在鼎州沧水驿楼，而《菩萨蛮》调至唐宣宗大中时始有。杨宪益在《零墨新笺》中对此予以辩驳，认为《菩萨蛮》本为古代缅甸之乐调，由云南传入中国内地，而李白是氐人，自幼便深受西南音乐之影响。此作是李白于开元年间流落荆楚时期，路过鼎州沧水驿楼，登楼望远，忽思故乡，遂以故乡之旧调创作而成。本词的主旨是写离家远游的旅人在异乡登楼眺望，只见日暮苍茫，山长水阔，唤起行客心头的羁旅思乡之愁，展望归程漫漫，不禁黯然神伤。此作笔法自然，画面清淡，格调高旷悲凉，与《忆秦娥》一起被奉为百代词曲之祖。

【注释】

① 平林：指平原上的林木。漠漠：迷蒙貌，此处指被云雾笼罩的样子。

② 寒山：冷寂的群山。一带：形容远方连绵的群山呈现带状。

③ 暝色：暮色。

④ 宿鸟：傍晚归巢栖息的鸟。

⑤ 亭：指古代设在城外大道旁供行人休息或食宿的处所。

月　夜

唐·杜甫

今夜鄜州①月，闺中只独看。
遥怜②小儿女，未解③忆长安。
香雾云鬟④湿，清辉玉臂寒。
何时倚虚幌⑤，双照泪痕干？

【题解】

这首五言律诗作于"安史之乱"期间。唐至德元载（756）八月，杜甫自鄜州赴行在，途中被乱贼所得，并遭胁迫至长安，与远在鄜州的家人分隔两地，诗人因思念亲人而作此诗。此作历来被视为表达思念情绪的名篇。诗人在一个月光皎洁的夜晚，先是想象着家中的妻子望月思君的情态，继而又想到尚且幼小的儿女还不能理解思念之情，篇末描述幻想中与家人团圆的情景。此诗寄托了身处战乱中的诗人对家人深深的眷恋，以及有家不得归的凄苦惆怅的心境。

【注 释】

① 鄜（fū）州：即今陕西富县。当时杜甫的妻儿都在鄜州的羌村。
② 怜：爱。
③ 解：懂得。
④ 云鬟：古代妇女的环形发髻，状如云朵，故称为云鬟。
⑤ 虚幌：轻薄的窗帷。

【名 句】

遥怜小儿女，未解忆长安。

得家书

唐·杜甫

去凭游客寄，来为附家书。
今日知消息，他乡且旧居①。
熊儿幸无恙，骥子最怜渠②。
临老羁孤极，伤时会合疏。
二毛趋帐殿③，一命侍銮舆④。
北阙妖氛满⑤，西郊⑥白露初。
凉风新过雁，秋雨欲生鱼。
农事空山里，眷言终荷锄。

【题 解】

这首五言古诗为杜甫至德二载（757）秋在凤翔所作，当时他出任

左拾遗之职，与家人分隔两地。此诗讲述了诗人在战乱中收到家人来信之后欣喜、思念、担忧等情绪交织在一起的复杂感受。诗人虽然满怀欣喜地在家书中得知家人仍在鄜州，生活尚且安好，然而想到自己日渐老迈，却又不能与家人相见团聚，独自漂泊异乡，自然感到凄苦惆怅。最后诗人想象着与家人聚首山中，一同荷锄耕作的田园生活场景。此作以古诗的形式，讲故事般娓娓道来，古朴质直，感情真挚，不失为杜甫五古中的上乘之作。

【注 释】

① 他乡：指鄜州。这句的意思是得知家人还住在鄜州的旧居。

② 熊儿、骥子：杜甫两个儿子的小名。渠：第三人称代词，他。

③ 二毛：语出《左传》："不禽二毛。"注曰："鬓毛斑白二色。"意为上了年纪。趋帐殿：出仕为官。

④ 一命：据《王制》：小国之卿与下大夫，一命。此处意为职位低微的小官。銮舆：指皇帝的车驾。

⑤ 北阙：朝廷大臣上书奏事、谒见皇帝的地方。妖氛满：暗指安庆绪叛乱之事。

⑥ 西郊：古代有立秋时在西郊举行祭祀的礼仪。

春 望

唐·杜甫

国破山河在，城①春草木深②。
感时③花溅泪，恨别鸟惊心。
烽火④连三月，家书抵万金。

白头搔更短，浑欲不胜簪⑤。

【题解】

　　这首五言律诗作于唐肃宗至德二载（757）杜甫被叛军所俘，身陷长安敌营时期。诗人望着为贼军所陷、满目疮痍的国都，山河尚在，王朝已碎，虽已是春回大地，但他却丝毫感受不到春满人间的温存与欢欣。身陷贼营的诗人整日被思乡之情、国破之痛强烈地冲击着，不禁触景生情，有感而发，于战乱困境中写下了这首流芳千古的诗篇。此诗抒发了诗人忧国伤时、思乡自伤的沉重心绪，全诗情景交融，抒情含蓄深沉，字字泣血，句句含泪，体现了杜诗沉郁顿挫的典型风格。

【注释】

　　①城：此处指长安城。
　　②草木深：草木生长得很茂盛。深：茂密，茂盛。
　　③感时：感慨时序的变迁以及时局的动荡。
　　④烽火：古时边疆在高台上为报军情而点燃的烟火。此处指代战乱。
　　⑤浑：简直。欲：就要。簪：古时一种束发的首饰。此句意思是由于愁绪太过强烈，诗人不停地抓满头白发，使得头发越来越短且少，都快无法用簪子束起来了。

【名句】

烽火连三月，家书抵万金。

秦州杂诗 二十首选一

唐·杜甫

其 一

满目悲生事，因人作远游。
迟迴度陇怯^①，浩荡及关^②愁。
水落鱼龙夜^③，山空鸟鼠秋^④。
西征问烽火^⑤，心折此淹留^⑥。

【题解】

　　这首五言律诗是杜甫在秦州所作二十首杂诗组诗中的第一首。时间是在乾元二年（759）秋杜甫到达秦州之后。秦州位于京师长安西七百八十里，唐时属陕西鞏昌府管辖。诗人在此诗中顺次交代了赴秦的缘由，入秦的艰难，抵秦后的见闻，尾联言及客寓秦州的感受。这首五律通过叙写战乱中被迫远走他乡的原委曲折，表达了诗人离乱中的漂泊之叹、羁旅之愁。全诗叙事清晰，言简意赅，声韵和谐，抒情含蓄深沉，作为二十首组诗的纲目，确为杜诗中的上乘之作。

【注释】

　①迴：通"回"，此处意为掉转。陇：即陇山，地处甘肃和宁夏南部、
　　陕西西部。怯：害怕。此句描述诗人在进入秦州时忐忑不安，犹豫
　　不决的迟疑心情。
　②关：陇山的安戎关，是进入秦州的关口。
　③鱼龙：鱼龙川，发源于陇县西北的河水。此句描述了诗人进入秦州
　　后看到鱼龙川河道的夜景。
　④鸟鼠：鸟鼠山，位于陇西首阳县。此联诗人用鱼龙川与鸟鼠山指代

秦州的山水。

⑤ 西征：向西跋涉。烽火：指代战事。此句意思是诗人向秦州进发时一路打听前方的战事。

⑥ 心折：中心摧折，形容伤感到极点。淹留：长久停留。此句意为诗人想到可能会长久滞留在秦州，心中十分感伤。

月夜忆舍弟

唐·杜甫

戍鼓^①断人行，边秋^②一雁声。
露从今夜白^③，月是故乡明。
有弟皆分散，无家问死生。
寄书长^④不达，况乃^⑤未休兵。

【题 解】

这首五言律诗当作于乾元二年（759）杜甫在秦州时期。是年九月，史思明攻陷东京及齐、汝、郑、滑四州，因此诗人开篇首联即云戍鼓未休的战乱时局。当时诗人的两个弟弟，一在许，一在齐，皆远在故乡河南。在某个月光皎洁的夜晚，白露已至，又是一度深秋，诗人不由慨叹战乱中流离失所，不得不与亲友分离的身世遭际，念及远在家乡的手足兄弟，心生无限惆怅。此诗为唐代乃至历代怀乡羁旅诗中的杰作，"露从今夜白，月是故乡明"成为流传千古的名句，曾引发无数游子的怀乡共鸣。

【注释】

①戍鼓：边防营垒里的更鼓。戍：边防的营垒或城堡。

②边秋：一作"秋边"，指秋天的边地，边塞的秋天。

③此句指已经进入节气"白露"的一个夜晚。

④长：一直，总是。

⑤况乃：何况是。

【名句】

露从今夜白，月是故乡明。

悲　秋

唐·杜甫

凉风动万里，群盗^①尚纵横。

家远传书日，秋来为客情。

秋窥高鸟过，老逐众人行。

始欲投三峡，何由见两京^②。

【题解】

　　这首五言律诗是杜甫宝应元年（762）秋在梓州时所作。当时史朝义与吐蕃战乱尚未平息，而蜀地又有徐知道叛乱，所以诗人感叹："群盗尚纵横。"由于时局板荡，蜀地又起叛乱，诗人本想出三峡却迟迟不能成行，无法与家人团聚。此诗抒发了诗人独自客寓异乡的寂寞惆怅，以及因思念故乡、挂念亲人而生发出的悲伤情绪，加之秋景的衬托，更

加深了诗人怀乡思亲的悲苦之感。

【注 释】

① 群盗：内有史朝义、徐知道叛乱，外有吐蕃侵扰，故言群盗。
② 两京：指长安和洛阳。

旅夜书怀

唐·杜甫

细草微风岸，危樯^①独夜舟。
星垂平野阔，月涌^②大江流。
名岂文章著^③，官应老病休^④。
飘飘^⑤何所似，天地一沙鸥。

【题 解】

这首五言律诗是杜甫于唐代宗永泰元年（765）春，再次离开成都草堂乘舟东下，途经渝州、忠州时写下的。诗题概括了全诗的意旨，即抒写旅途中的感怀。当然诗人并未局限于旅途见闻，而是融入了沉重的身世之悲、时局之叹。当时的杜甫已经年过五旬，且愁病满身，又见时局板荡，展望个人的前程更是黯淡渺茫，因此他旅途中沉重悲愤的心情可想而知。此作正是将诗人内心郁结的种种烦闷忧愁表达出来，并且做到了寓情于景，以景言情，颔联所描摹的辽阔景致成为千古名句，尾联"天地一沙鸥"的形象与踽踽独行、漂泊无依的诗人处境形成巧妙的对照，更凸显了诗人孤寂彷徨的心境。总之，这首五律以近乎完美的形式

呈现出羁旅之思,是杜诗五律中的精品,代表了杜诗在诗歌艺术上所达到的情与景完美交融的境界。

【注释】

①危樯:高高的船桅杆。

②月涌:月光倒映在江面上,随着波浪涌动。

③岂:副词,表示反问或者疑问。杜甫确实是以文章著称的,这句却对这个事实表示疑问,暗示诗人另有抱负。

④应:认为是。此句意思是因为年老多病而罢退官职。

⑤飘飘:飞翔的样子。这里有一语双关的意味,也暗含漂泊、飘零之意,影射诗人自己四处漂泊的境遇。

【名句】

飘飘何所似,天地一沙鸥。

中 夜

唐·杜甫

中夜江山静,危楼望北辰①。

长为万里客,有愧百年身。

故国风云气,高堂战伐尘②。

胡雏③负恩泽,嗟尔太平人。

【题解】

　　这首五言律诗是大历元年（766）杜甫客寓夔州时所作。从首联提及的江山危楼来看，当作于夔州西阁。此诗记述了诗人在某个夜晚想到国家板荡，自己为了躲避战乱而漂泊蜀中的不幸遭遇，故夜不能寐。全诗的主旨是感时伤事，怀乡思归，表达对颠沛流离生活的厌倦，以及对太平日子的渴望。此诗表露的情感真挚深沉，是诗人身处乱世心态的真实写照，因此具有感发人心的艺术力量。

【注释】

　　① 北辰：喻指京师长安。
　　② 高堂：华丽的房屋，此处指皇宫。此句意为贼军叛变乱国。
　　③ 胡雏：此处指安禄山。

月　圆

唐·杜甫

孤月当楼满，寒江动夜扉①。
委波金不定②，照席绮逾依③。
未缺空山静，高悬列宿④稀。
故园松桂发，万里共清辉。

【题解】

　　这首五言律诗是大历元年（766）杜甫于夔州西阁所作。此诗讲述

了某个月明人不寐的月圆之夜，难以入眠的诗人望着月色而生发出强烈的思念情绪，心中牵挂着远在家乡的亲朋是否安好，想象着故园的秋景，不禁感慨万千，只得托共享的月光捎去对故园深深的思念之情。诗题为"月圆"而人却不能团圆，两者构成反衬的艺术效果，更凸显出诗人心底浓烈的怀乡之情。

【注 释】

①扉：门扇。此句意为江月倒影，水波摇晃而阁楼上的门扇也徐徐而动。
②此句的意思是月光照在水面波纹上，金光摇曳不定。
③绮：有花纹的丝织品。此句的意思是月光照在席上，花纹显得更加艳丽。
④列宿：众星宿。

【名 句】

故园松桂发，万里共清辉。

江 梅

唐·杜甫

梅蕊腊①前破，梅花年后多。
绝知②春意好，最奈客愁何。
雪树元③同色，江风亦自波。
故园不可见，巫岫④郁嵯峨⑤。

【题 解】

这首五言律诗是大历二年（767）春天杜甫客寓夔州时所作。此诗主旨是诗人见江边梅花虽占尽春意，景物自好，但毕竟与故乡春色有别，故有感而发，抒写"客愁"乃为全诗之眼，即客寓异地的怀乡羁旅之愁。此诗可见诗人的思归之心十分迫切，巫山之景固然好，但诗人日夜渴盼的还是回到自己的故乡，他乡的好风景不过增添了一份乡愁罢了。此诗从江梅起笔，以思乡收尾，是杜诗中情景交融的典范之作。

【注 释】

①腊：腊月，农历十二月。
②绝知：极其了解。
③元：通"原"，本来。
④巫岫：即巫山的峰峦。
⑤郁：通"鬱"，（云、气）浓盛的样子。嵯峨：山势高俊。

至 后

唐·杜甫

冬至至后日初长^①，远在剑南思洛阳。
青袍白马^②有何意，金谷铜驼^③非故乡。
梅花欲开不自觉，棣萼^④一别永相望。
愁极本凭诗遣兴，诗成吟咏转凄凉。

【题 解】

这首七言律诗是广德二年（764）冬杜甫在成都严武幕中所作。诗题中的"至"指冬至，此诗主旨是讲冬至之后诗人在剑南思念远方的故乡洛阳，抒发客寓蜀中的感怀。当时杜甫已经投奔在成都任剑南节度使的世交严武门下，但后来却与严武发生了些许摩擦，心情陷入沮丧。置身人生低谷的他不由地思念起了留下过很多美好回忆的洛阳城。加之冬至后的严寒天气，更加剧了诗人漂泊异域的愁苦心境。此诗寓情于物，触物伤怀，催人泪下，是杜甫怀乡羁旅诗中的精品。

【注 释】

① 这句的意思是冬至之后日影开始变长。
② 青袍白马：指剑南幕府。
③ 金谷铜驼：代表洛阳的名胜古迹，或者指代洛阳城。金谷：指的是金谷园，西晋石崇的花园。铜驼：指铜驼路，是洛阳皇宫前一条繁华的街道，因立有铜驼而得名。
④ 棣萼：指兄弟。典出《诗经·小雅·常棣》："棠棣之华，鄂不韡韡。凡今之人，莫如兄弟。"

夜

唐·杜甫

露下天高秋水清，空山独夜旅魂惊。
疏灯自照孤帆宿，新月犹悬双杵^①鸣。
南菊^②再逢人卧病，北书^③不至雁无情。

步簷^④倚杖看牛斗^⑤，银汉遥应接凤城^⑥。

【题 解】

　　这首七言律诗是大历元年（766）九月初杜甫于夔州西阁所作，主旨是叙写诗人秋夜病中思家难眠，抒发了诗人独自漂泊西南的寂寞心绪与对早日归家的渴盼。此作景中写意，抒情婉曲深沉。全诗写景、叙事、抒情紧密融合，起承转合自然有度，结构安排得十分严谨。有学人认为此作与《秋兴八首》的诗意大致相同，不过这首七律创作时间更早些，《秋兴八首》不过是将其意旨铺展开来，抒写得更加详细罢了。

【注 释】

　　① 杵：捣物的棒槌，此处指秋天捣衣的棒槌。
　　② 南菊：诗人的家乡在中原地区，故称地处西南异乡的菊花为南菊。
　　③ 北书：诗人此时客寓地处西南的蜀中，故称故乡来的家信为北书。
　　④ 步簷：古代六尺曰步，廊檐约六尺宽，故廊檐有此称。簷：同"檐"。
　　⑤ 牛斗：星宿名，指牛斗二星，在银汉边。
　　⑥ 凤城：指京城。

吹　笛

唐·杜甫

吹笛秋山风月清，谁家巧作断肠声？
风飘律吕^①相和切^②，月傍关山^③几处明？
胡骑中宵堪北走，武陵一曲想南征^④。

故园⑤杨柳今摇落，何得愁中却尽生。

【题 解】

　　这首五言律诗是大历元年（766）杜甫于夔州西阁所作。此诗主旨是抒写由听到笛声而生发的感怀。首联扣题起兴，秋山空寂，月明风清，只闻横笛数声，而古代笛曲多思乡之作，这断肠之声令独自客居异乡的诗人怎能不感慨万千！诗人的思绪伴着笛声神游万里，从胡骑行军北归的场景到南行的愿望，以至对故园风景的想象。最后的自问震慑人心：如何在忧愁中度过余生？多用反问句是此作的一大特点，将诗人的感时伤世、去国怀乡之叹抒发得酣畅淋漓。

【注 释】

　　①律吕：指代和谐美妙的笛音。
　　②切：指笛声凄切。
　　③关山：乐府横吹曲有《关山月》，是伤离别之曲。
　　④武陵一曲：指《武溪深》。马援门生爰寄生善吹笛作歌以和之，为
　　　　其南征作《武溪深》。
　　⑤故园：指诗人的家乡杜陵。

秋兴八首 八首选二

唐·杜甫

其 一

玉露凋伤①枫树林，巫山巫峡气萧森②。

江间波浪兼天涌，塞上风云接地阴③。

丛菊两开他日泪④，孤舟一系故园⑤心。

寒衣处处催刀尺⑥，白帝城高急暮砧⑦。

【题 解】

　　这首七言律诗是杜甫著名的组诗《秋兴八首》中的第一首。这组七律是唐朝大历元年（766）秋杜甫滞留夔州时期所作。诗人因秋景而感发诗兴，因西晋潘岳有《秋兴赋》，故以《秋兴》为名。杜甫写下这组律诗时正当唐朝战乱，国无宁日，人无定所，他本人便流亡到了夔州，又逢秋风萧飒之时，难免触景生情，勾起诗人心底的乡关之思、身世之叹。这八首诗的主题高度统一，围绕的核心是"故国之思"，融入了诗人生逢乱世、动荡流离中的复杂感怀，历来被公认为杜甫七律乃至全部诗歌中的上乘之作。这首七律便是该组诗的开篇之作，也代表了《秋兴八首》即景生情、情景交融的整体艺术风貌。

【注 释】

　　①玉露：指白露。凋伤：使草木凋落衰败。

　　②巫山巫峡：指夔州（今四川奉节县）一带的长江和峡谷。萧森：萧瑟阴森。

　　③塞上：指夔州。接地阴：形容风云盖地的状貌。

　　④丛菊两开：诗人自永泰元年秋至云安，大历元年秋已在夔州，已是两见菊花开，故云"两开"。此处"开"字语意双关，一谓菊花开，亦言泪眼开。他日：往日，指过往动荡艰辛的岁月。

　　⑤故园：此处当指长安。

　　⑥催刀尺：赶着剪裁冬衣。

　　⑦白帝城：即今四川奉节县城，位于瞿塘峡上口北岸山上，与夔门隔岸相望。急暮砧：指黄昏时分急促的捣衣声。砧：捣衣石。

【名句】

丛菊两开他日泪，孤舟一系故园心。

其 二

夔府①孤城落日斜，每依北斗望京华②。
听猿实下三声泪③，奉使虚随八月槎④。
画省香炉违伏枕⑤，山楼⑥粉堞⑦隐悲笳。
请看石上藤萝月，已映洲前芦荻花。

【题解】

这首七言律诗是杜甫著名组诗《秋兴八首》中的第二首，作于唐朝大历元年（766）秋，杜甫滞留夔州时期。此诗表达了诗人对京城的深切思念以及强烈的归乡之念。夔州地处群山之间，又值落日斜照，在这样一个深秋的黄昏，诗人心底升起浓浓的思乡之情。"每依北斗望京华"是《秋兴八首》组诗的纲目。当时持续了八年之久的"安史之乱"虽已于广德元年（763）结束，但唐王朝依然处于内忧外患的动荡局势之中，无法挽回由盛至衰的颓势。诗人杜甫完整地见证了这一历程，个人遭际也受到了深刻的影响，期间历尽艰辛，辗转入蜀。写作这组诗的时候，杜甫已是一位长期在战乱中漂泊，备尝艰辛，拖着多愁多病之身的老人了。壮志难酬的他在异乡的暮色中循着北斗遥望都城长安，也是他故乡的方向，感慨万千。此作不仅为《秋兴八首》奠定了整体的艺术风格与感情基调，也是杜甫所有七律创作中的精品。

【注 释】

①夔府：唐置夔州，州治在奉节，为府署所在，故有此称。
②京华：京城之美称。因京城是文物、人才汇集之地，故称京华。

③ 这句化用《水经注》中的民谣："巴东三峡巫峡长,猿啼三声泪沾裳。"

④ 八月槎:民间传说天河与海相通,海边居民每年八月看到有浮槎来去,便准备干粮,乘槎而去,认为到时又可乘槎回来。浮槎:漂在水上的木排。

⑤ 画省:即尚书省。香炉:尚书省上朝时,有侍女二人捧炉焚香从入。伏枕:伏于枕上,这里引申为卧病。此句意为诗人没能入京供职,违离画省香炉,加之卧病伏枕的不幸遭遇,更加深了诗人的慨叹。

⑥ 山楼:指白帝城,即今四川奉节县城,位于瞿塘峡上口北岸山上。

⑦ 堞:城墙上如齿状的矮墙。

峡中览物

唐·杜甫

曾为掾吏①趋三辅,忆在潼关②诗兴多。
巫峡忽如瞻华岳③,蜀江犹似见黄河。
舟中得病移衾枕④,洞口经春长薜萝⑤。
形胜有余风土恶⑥,几时回首一高歌⑦。

【题 解】

这首七言律诗是杜甫于大历元年(766)滞留夔州时期所作,诗人蜀中卧病而倍感思乡之情。诗题中的"览物",指三峡山水而言。诗人因避乱而进入三峡,不幸抱病异乡,不由追忆起往昔在华州时的诗会雅集,眼前的峡江虽然与其风光类似,但毕竟是异乡风土,这更加剧了诗人怀乡之思与羁旅之愁。全诗从回忆起笔,在与眼前实景的对比中凸显诗人对往昔太平生活的无限怀念以及对北归的强烈渴盼。

【注释】

① 掾吏：杜甫曾出任华州司功，故言"曾为掾吏"。掾：古代属官的通称。

② 潼关：地名，位于陕西省关中平原东端。

③ 华岳：即华山，位于陕西渭南华阴市，是五岳中的西岳。

④ 移衾枕：指舍舟登岸。

⑤ 洞口：有学者认为指五溪之口，聊备一说。薜萝：薜荔和女萝。两者皆为野生植物，常攀缘于山野林木或屋壁之上。

⑥ 风土恶：指杂有蛮夷之风的民俗以及多瘴疠的气候环境。

⑦ 此句的意思是什么时候才能回首北归，仍然生发出引吭高歌的诗兴呢？

立 春

唐·杜甫

春日春盘^①细生菜，忽忆两京^②全盛时。
盘出高门^③行白玉，菜传^④纤手送青丝。
巫峡寒江那对眼^⑤，杜陵远客^⑥不胜悲。
此身未知归定处^⑦，呼儿觅纸一题诗。

【题解】

　　这首七言律诗是杜甫滞留夔州时期所作，时间约为大历二年（767）。此诗叙写诗人在立春之日回忆往昔两京生活而生发思乡之愁。诗的前两联叙写两京春日景况，后两联抒发晚年客寓夔江之春日感怀。诗人的悲伤之中有倦于羁旅的怀乡之愁，也有对两京繁华不再的家国之悲，亦包涵了个人身世之感。此诗反映了诗人杜甫长期漂泊西南的流离之叹，用

欢快愉悦的两京立春日的回忆，反衬当下客寓流离生活的愁苦，深沉曲折地表达出对故国的无限眷恋与浓烈的怀乡之愁。

【注 释】

① 春盘：唐时风俗，立春日食春饼、生菜，称为春盘。
② 两京：指长安、洛阳两城。
③ 高门：指贵戚之家。
④ 传：经。
⑤ 那对眼：哪堪对眼。
⑥ 杜陵远客：诗人自称。杜陵：指长安东南的杜县，汉宣帝在此建陵，因此称为杜陵。杜甫的远祖杜预是京兆人，杜甫本人又曾经在杜陵附近的少陵住过，所以他常自称为杜陵远客、少陵野老。
⑦ 归定处：意思是欲归两京，尚无定处。

绝句漫兴九首 九首选一

唐·杜甫

其 一

眼见客愁愁不醒①，无赖春色到江亭。
即遣花开深造次，便教莺语太丁宁②。

【题 解】

这首诗里恼春烦春的情景，就与《春望》中"感时花溅泪，恨别鸟

惊心"的意境相仿。只不过一在乱中,愁思激切;一在暂安,客居惆怅。虽然抒发的感情有程度上的不同,但都是用"乐景写哀"(王夫之《姜斋诗话》)则哀感倍生的写法。所以诗中望江亭春色则顿觉其无赖,见花开春风则深感其造次,闻莺啼嫩柳则嫌其过于丁宁,这就加倍写出了诗人的烦恼忧愁。这种艺术表现手法,很符合生活中的实际。仇兆鳌评此诗说:"人当适意时,春光亦若有情;人当失意时,春色亦成无赖。"

【注 释】

①此句概括地说明眼下诗人正沉浸在客居愁思之中而不能自拔。"不醒"二字,刻画出这种沉醉迷惘的心理状态。

②丁宁:啼叫声频繁。

归 雁

唐·杜甫

东来①万里客,乱定几年归。
肠断江城雁②,高高正北飞。

【题 解】

这首五言绝句作于广德二年(764)暮春,杜甫自梓州还成都之时。当时诗人带着一家老小为避战乱,一路从长安、洛阳、秦州辗转流离入蜀,已经过去数年时光,思归怀乡的情绪异常强烈。然而,就在诗人打算出峡回到河南故里之时,又收到了时任东西川节度使的故交好友严武的邀请,只得返回成都。诗人日夜渴盼出蜀归乡,同时又答应了好友的

邀约。此作便反映了诗人这种复杂矛盾的心境，见到江雁北飞，思乡之情与归乡之愿更加强烈。诗人使用托物寓意的艺术手法将怀乡之愁表现得含蓄隽永。

【注释】

①东来：长安、洛阳都在成都的东面，故云"东来"。
②江城雁：临江的城市上空飞过的大雁。成都有锦江流过，故云江城。

绝句二首 二首选一

唐·杜甫

其 二

江碧鸟逾①白，山青花欲燃②。
今春看又过，何日是归年。

【题 解】

这首五言绝句当是杜甫广德二年（764）于成都所作，抒发了诗人羁旅异乡的感慨。此作以明媚欢愉的春光来写思乡之苦，别有一番风味。大好春色中的江山花鸟固然可爱，然而想到自己滞留他乡多年，归去无期，转眼一年又将过去，这怎不令人感伤！此作以外在景物与内心感受之反差，来烘托诗人内心浓烈的怀乡愁思以及渴望归乡却不得的焦灼心理。聊聊二十字，便呈现出饱受怀乡之苦的游子心绪，在杜甫五绝

中别具韵致。

【注 释】

①逾：更加。
②欲：好像。燃：燃烧。

【名 句】

江碧鸟逾白，山青花欲燃。

赴京途中遇雪

唐·孟浩然

迢递秦京道^①，苍茫岁暮天。
穷阴连晦朔^②，积雪满山川。
落雁迷沙渚^③，饥鹰集野田。
客愁空伫立^④，不见有人烟。

【题 解】

这首五言律诗为孟浩然于开元十六年(728)离开家乡前往长安途中，遇到大雪有感而发。诗人此次赴京的目的是去参加科考，对个人前程既充满了期待，同时又有些许犹疑不定的茫然。途中又值大雪漫天，独自跋涉于风雪旅途之上的诗人自然敏感多思。这首诗正表达了诗人当时客行他乡的羁旅之愁以及对未来的恓惶无依之感。此诗写景方面很有特色，取景十分开阔，并且与诗人心灵镜像紧密呼应，运用比兴的手法，追求言外之意，描摹景物的同时，也完成了诗人个人形象的塑造。孟浩然在这首诗中成功实践了在五律中蕴涵比兴的创作手法，因此全诗显得含蓄隽永，回味悠长。

【注释】

① 迢递：遥远的样子。秦京道：通向长安的大道。秦京：指长安，长安在秦地，故称秦京。

② 穷阴：整日不见阳光。晦：阴历每月最后一天。朔：阴历每月第一天。这句意思是说整月整日都是阴天。

③ 迷：迷失。渚：水中的小块陆地，小洲。这句是说满地积雪，大雁飞来都找不到沙洲栖息。

④ 伫立：长久地站立。

他乡七夕

唐·孟浩然

他乡逢七夕，旅馆益羁愁①。
不见穿针妇②，空怀故国楼③。
绪风④初减热，新月始临秋。
谁忍窥河汉⑤，迢迢问斗牛⑥。

【题 解】

这首五言律诗创作时间不可确考，讲述了诗人在异乡度过七夕的所思所感。七夕，是古代的传统节日，相传牛郎、织女二星在阴历七月初七的夜晚相会。《初学记》卷四"七月七日"条载："《荆楚岁时记》曰，七夕妇人结彩缕，穿七孔针，或以金银鍮石为针。陈瓜果于庭中以乞巧。"可知诗人的家乡在七夕这天是有特别风俗的。当漂泊异乡的诗人又逢七夕之时，不由想起了家乡的七夕风俗，思念起远在故乡的亲友，乡愁自然更深。此诗写出了"每逢佳节倍思亲"的游子感受，出语自然，在孟浩然怀乡诗中具有代表性。

【注 释】

① 羁愁：旅客的愁思。
② 穿针妇：指七夕这天穿七孔针的妇人。
③ 故国楼：相传南朝齐武帝建层城观，七夕宫女登之穿针，称为穿针楼。
④ 绪风：余风。绪：有余的意思。
⑤ 河汉：天河。
⑥ 迢迢：遥远的样子。斗牛：二十八星宿中的斗宿和牛宿。

宿庐江寄广陵旧游

唐·孟浩然

山暝^① 闻猿愁，苍江急夜流。

风鸣两岸叶，月照一孤舟。

建德^② 非吾土^③，维扬^④ 忆旧游。

还将两行泪，遥寄海西头⑤。

【题解】

　　这首五言律诗是在开元十八年（730），孟浩然沿浙江西上，进入建德县境内，夜泊庐江而作。诗题中的"庐江"，指桐庐江，在今安徽庐江西南。浙江有两大源头，北部源自新安江，南部源自兰溪。两个源头在浙江建德县梅城镇东南汇合，以下至桐庐县一段称为桐江，一名桐庐江。广陵，指扬州。诗人独自漂流在庐江之上，舟行江上的所见所闻，客行中的寂寞凄清，令他不由思念起昔日扬州的好友，于是有感而发写下此诗，以寄托对友人的深切思念之情，同时也抒发了诗人内心漂泊异乡的羁旅之愁。

【注释】

　　①山暝：山色昏暗，天色将暮。
　　②建德：今浙江建德县。
　　③非吾土：不是我的故乡。土：乡土，故乡。
　　④维扬：即广陵，今江苏扬州。
　　⑤海西头：指扬州所在的方位。《乐府诗集》载隋炀帝《泛龙舟》诗云："借问扬州在何处？淮南江北海西头。"

【名句】

　　还将两行泪，遥寄海西头。

早寒江上有怀

唐·孟浩然

木落雁南度，北风江^①上寒。
我家襄水曲^②，遥隔楚云端^③。
乡泪客中尽，孤帆天际看。
迷津^④欲有问，平海夕漫漫^⑤。

【题 解】

这首五律写的是大诗人孟浩然在长江下游一带漫游，时值岁暮，放眼江面，遥望故乡，只见云水迷茫，引发诗人的怀乡之愁。此诗的具体写作时间已不可确考。诗题中的"早寒"说明当作于深秋或初冬时节，"江上"则说明诗人当时正舟行于长江之上。领联与颈联表达了诗人对故乡的无限眷恋与神往。"乡泪客中尽，孤帆天际看"则刻画出了诗人漂泊江海的独孤身影。此诗不仅抒发了诗人的怀乡之愁，同时也塑造了一个仕途坎坷、前途迷茫、满怀羁旅之思的游子形象。全诗起承转合自然妥帖，神思凝练，意脉贯通，营造出的高妙境界在盛唐律诗中具有典型性。

【注 释】

①江：指长江。

②襄水：汉水流到襄阳境内称为襄水、襄河。孟浩然的家涧南园，位于襄阳郊外的岘山附近。此地正是襄水弯曲之处，故言"襄水曲"。

③楚云端：襄阳古代为楚地，地势较长江下游高，而诗人作此诗时正在下游，故遥望故乡仿佛在云端。

④迷津：找不到渡口在何处。

⑤平海：意思是长江下游水面平阔，与海相连。漫漫：路途遥远的样子。这句是形容黄昏时分江水迷茫，让人无法辨清方向。

途中九日怀襄阳

唐·孟浩然

去国似如昨，倏然经杪秋①。
岘山②不可见，风景令人愁。
谁采篱下菊③，应闲池上楼。
宜城④多美酒，归与葛强⑤游。

【题解】

　　这首五言律诗是盛唐诗人孟浩然五律中的代表作。从题目不难看出，此诗为孟浩然于重阳节思念故乡襄阳而作。孟浩然是襄州襄阳（今湖北襄樊市）人，在南郭城外拥有田园。他一生中的大部分时间是在隐居田园与漫游山水中度过的。此诗便是诗人因经年游历在外而生发出思乡之情而作。诗人在异乡的旅途上遥想襄阳故园的风景、美酒与友人，用看似平淡白描的诗笔，表达了对故乡深深的思念与对田园生活的依恋之情。清淡自然、洒脱幽远，是孟浩然诗歌的整体风格，由这首怀乡诗可见一斑。

【注释】

　　①倏然：形容极快。杪秋："季秋"的另一种说法。季秋指秋季的最后一个月，即农历九月。

② 岘山：位于湖北襄阳县东南九里。

③ 此句用陶渊明典故。诗人以隐士陶渊明自比。东晋大诗人陶渊明《饮酒二十首》其五诗云："采菊东篱下，悠然见南山。"

④ 宜城：今湖北宜城。汉代宜城出产美酒。据《方舆胜览》卷三二载："金沙泉，在宜城县东一里，造酒极美，世谓之宜城春，又名竹叶酒。"

⑤ 葛强：晋征南将军山简部将。据《晋书·山简传》载，山简嗜酒，并州人葛强是其爱将，常随从山简嬉游豪饮。

永嘉上浦馆送张子容

唐·孟浩然

逆旅① 相逢处，江村日暮时。
众山遥对酒，孤屿② 共题诗。
廨宇邻鲛室③，人烟接岛夷。
乡关④ 万余里，失路⑤ 一相悲。

【题解】

这首五言律诗是孟浩然于开元二十年（732）冬天来到永嘉，偶遇故交张子容，二人结伴游赏永嘉山水而作。张子容是先天二年（713）进士，曾被贬乐城（今浙江乐清县）尉，是王维的同乡好友。二人同游的上浦馆，位于温州府城东七十里。他乡遇故知，本是十分愉快的经历，然而诗人王维当时正因无人汲引而仕途失意，与谪居乐城的张子容可谓同病相怜。这首诗所表达的心绪情感比较复杂，既有"众山遥对酒，孤屿共题诗"的自在欢娱，更有天涯沦落、失路无依的悲苦惆怅。全诗在

"江村日暮"的背景下，也笼上了浓郁的思乡情绪，前半部分故交重逢的温情与后半部分羁旅思乡之愁，对比中相得益彰，情绪流转自然贯通，艺术技巧炉火纯青，是王维五律中的佳作。

【注 释】

① 逆旅：客舍，旅馆。

② 孤屿：指孤屿山，位于温州郡北江中，距城里许。据《浙江通志》载引王叔杲《孤屿记》："孤屿与江心寺，林木交荫，殿阁辉敞。独浩然楼峻竦洞达，坐其中沧波可吸，千峰森前。孟襄阳所咏'众山遥对酒'是也。"

③ 廨宇：官署，衙门。鲛室：《述异记》载："南海中有鲛人室。（鲛人）水居如鱼，不废机织，其眼能泣则出珠。""鲛"亦作"蛟"。这句的意思是永嘉靠海，与住着少数民族的岛屿相近。

④ 乡关：家乡。

⑤ 失路：指仕途失意。

登万岁楼

唐·孟浩然

万岁楼头望故乡，独令乡思更茫茫。
天寒雁度堪垂泪，月落猿啼欲断肠。
曲引古堤临冻浦①，斜分远岸近枯肠。
今朝偶见同袍友②，却喜家书寄八行③。

【题解】

　　这首七言律诗写的是孟浩然登上万岁楼眺望时的所见所感。万岁楼，是唐时位于润州的城楼名，由晋代时任刺史的王恭所创建。据《舆地志》载，此楼飞向江外，以铁锁縻之方止。唐诗人孟浩然、皇甫冉皆作有登楼诗。此诗讲述了诗人在一个寒冷的夜晚登上万岁楼，欲眺望故乡而不见，对故乡亲友的思念变得愈加强烈，表达了诗人深重的怀乡之愁。此诗在孟浩然的七律中属上乘，也是其怀乡诗中的精品之作。

【注释】

　　① 冻浦：润州有东浦、西浦等地。诗人登楼之时正值天寒，故云冻浦。
　　② 同袍友：甘苦与共的至交好友。
　　③ 八行：一页八行的信笺，此处代指家信。

宿建德江

唐·孟浩然

移舟泊烟渚①，日暮客愁新。
野旷天低树②，江清月近人③。

【题解】

　　这首五言绝句写的是诗人游历到建德江而夜宿，傍晚在江面上的所见所感。建德江，是浙江上游流经建德县境内的水段。这首诗的创作时间与《宿庐江寄广陵旧游》大致相同，都是诗人开元十八年（730）溯

浙江西上时所作。此诗描述了诗人在日暮时分,将船停泊在烟雾迷茫的沙洲旁边,放眼望去,只见夜幕低垂,天际线看上去比岸边的树还要低,而投映到江面上的月亮,与人十分亲近。这样的景致并不离奇鲜见,但只有独自行旅当中才会有如此细腻的观察和深切的体会。诗人将其捕捉到,并自然而不失生动地呈现出来,衬托出了其客愁之深,成为怀乡羁旅诗中的名篇。

【注 释】

①烟渚:笼罩着烟雾的小洲。渚:水中的小块陆地,小洲。
②此句的意思是原野空旷无人,远处的天际线看上去比树还要低。
③此句意为倒映在江面上的月亮,近在身旁。

【名 句】

野旷天低树,江清月近人。

九月九日忆山东兄弟

唐·王维

独在异乡为异客,每逢佳节倍思亲。
遥知兄弟登高①处,遍插茱萸②少一人。

【题 解】

这首七言绝句是王维于开元五年(717)的重阳节,因思念故乡的

兄弟而作。九月九日，是中国传统节日重阳节，古时有登高、插茱萸的习俗。山东兄弟，指王维留在家乡的兄弟。山东，指华山以东。王维的故乡在蒲州（今山西永济），位于华山东边，而诗人当时是独自在华山西边的长安，所以称故乡的兄弟为"山东兄弟"。当时王维只有十七岁，少年离家，独自在长安交游闯荡，时值重阳佳节，本应全家团圆，这让诗人怎能不思念起故乡的亲人！这首七绝体制短小，自然平易近乎口语，却道出了佳节思亲的真切感受，因此具有感发人心的力量，不仅是唐代怀乡诗中的代表作，亦为唐人七绝中的佳篇。

【注释】

① 登高：古时重阳节有登高饮酒、插茱萸的习俗。
② 遍插茱萸：大家都头插茱萸。茱萸：乔木名，有山茱萸、吴茱萸、食茱萸之分。《太平御览》卷三十二引周处《风土记》曰："九月九日，律中无射而数九，俗于此日，以茱萸气烈成熟，尚此日，折茱萸房以插头，言辟恶气而御初寒。"

【名句】

独在异乡为异客，每逢佳节倍思亲。

使至塞上

唐·王维

单车欲问①边，属国过居延②。
征蓬③出汉塞，归雁入胡天。

大漠孤烟直，长河落日圆。
萧关逢候骑^④，都护在燕然^⑤。

【题解】

这首五言律诗是王维在开元二十五年（737）春，出塞途中所作。诗题中的"塞上"，指边塞，"使"，指奉命出使。王维此行是以监察御史的身份奉使出塞巡视宣慰河西节度使崔希逸，嘉奖其带领的唐军大胜吐蕃。所以带着巡边使命而跋涉于征途之上的王维，自是充满对戍边将士的满心期许，因而在诗中流露出的主要是意气风发、昂扬向上的情绪。虽然通向塞外的旅程遥远而艰辛，独行于大漠之中的诗人显得孤独而渺小，自然也会有羁旅之愁，但这一切与诗人广漠般开阔的胸襟相比，显得不值一提。因此，诗人能够捕捉到大漠上最为壮美的画面，"大漠孤烟直，长河落日圆"成为千古佳句，此诗亦为唐人出塞题材诗歌中别具一格的作品。

【注释】

① 单车：轻车简从。问：聘问，出使。

② 属国：即附属国。居延：地名，汉代便有居延泽，唐以后称为居延海，在今内蒙古额济纳旗北境。这句意思是说唐王朝的边塞十分辽阔，直到居延城以外的地区，都是其附属国。

③ 征蓬：随风飘飞的蓬草，这里是诗人自喻。

④ 萧关：古代关口名。故址在今宁夏固原县东南。候骑：负责侦察敌情的士兵。

⑤ 都护：官名，汉宣帝时设西域都护，为驻西域地区的最高长官。其后一度废置不常。唐初先后设置安西、安北等六大都护府，负责掌管辖区的边防、行政及各族事物。燕然：山名，即今蒙古杭爱山。后汉车骑将军窦宪大破北单于，在此刻石纪功而还。

【名句】

大漠孤烟直，长河落日圆。

春中田园作

唐·王维

屋上春鸠①鸣，村边杏花白。
持斧伐远扬②，荷锄觇泉脉③。
归燕识旧巢，旧人看新历。
临觞忽不御④，惆怅远行客。

【题解】

这首五言律诗的创作年代难以确考，从诗意来看，约作于王维隐居辋川别墅期间。诗题中的"春中"，指春季之中，即农历二月，是播种的季节。从诗题来看，此诗显然当归入田园诗，诗歌主体也确实生动描述了田园生活的画面，表现了躬耕田园的乐趣。但细细玩味诗意，诗歌的后半部分又从田园生活转入了游子的羁旅之叹，"归燕识旧巢"既是实写，也暗示了出门在外的游子在生机盎然的春光里，所忽然唤起的思乡之情。最后一联写到诗人想到那些离家远行的游子，心生惆怅而临觞不御，丝毫不觉突兀，反而与大好的春光、恬淡的田园生活形成对比，衬托出远行客的羁旅之愁。此作在唐代怀乡羁旅诗中构思新奇，以欢快爽朗的调子写思乡羁旅之情，千愁万绪而仍觉开朗，正是盛唐气象的鲜明特征。

【注 释】

① 鸠：鸟名，即斑鸠。

② 伐远扬：指砍掉桑树高处枝叶所扬起的长枝条。语出《诗经·豳风·七月》："蚕月条桑，取彼斧斨，以伐远扬。"

③ 觇：偷看，侦察。泉脉：潜流于地下的泉水。

④ 觞：酒杯。御：饮酒。这句的意思是诗人举杯欲饮，忽然又喝不下去了。

早入荥阳界

唐·王维

泛舟入荥泽①，兹邑乃雄藩②。

河曲闾阎③临，川中烟火繁。

因人见风俗，入境闻方言。

秋野田畴盛，朝光市井喧。

渔商波上客，鸡犬岸旁村。

前路白云外，孤帆安可论④！

【题 解】

这首五言古诗是王维赴济州途中所作。荥阳，唐代的县名，属郑州管辖，在今河南荥阳。开元九年（721）二月，王维得中进士第，三月授职太乐丞。然而六七月即遭贬谪，任济州（今山东茌平西南）司仓参军。初入仕途，却遭厄运，王维内心的失落郁闷可想而知。随后他一路东行，出函谷关，经东都洛阳，归家看望亲人后再次上路，至武牢（今

虎牢关），王维于此地写下了《宿郑州》。翌日清晨，王维从武牢出发，坐船经荥阳东北的敖仓口入荥泽，沿途优美的景色使他暂时忘却了个人的不幸遭际与烦恼，诗兴又起，写下这首《早入荥阳界》，叙写他一路上的见闻与感受，表达被迫宦游中的羁旅之思。

【注 释】

① 荥泽：古泽名，故址在唐郑州荥泽县（今河南荥阳东北）北四里。西汉平帝以后，渐淤为平地。
② 雄藩：指地理位置重要的城镇。
③ 闾阎：里巷。
④ 此二句意为，前路渺远，孤身独往，此中情味，安可言说！

和使君五郎西楼望远思归

唐·王维

高楼望所思，目极情未毕。
枕上见千里，窗中窥万室。
悠悠长路人，暧暧 ① 远郊日。
惆怅极浦外，迢递 ② 孤烟出。
能赋属上才 ③，思归同下秩 ④。
故乡不可见，云水空如一！

【题 解】

这首五言古诗是王维谪居济州时所作。使君，是对州郡长官的称谓，

此处指济州刺史,当时是王维的上司。开元九年(721)秋,王维因事获罪,被贬为济州司仓参军。这对入仕不久的王维来说当是一次不小的打击。他在济州贬所的心情自然也会比较低落。这首诗正体现了处于仕途低谷中的诗人,在陪贬所长官登楼望远时的见闻与感悟,以景衬情,表达了诗人惆怅落寞的心境。结尾处诗人远望故乡而不可见,只见一片苍茫的云水,直接道出了诗人心底强烈的思归怀乡之情。

【注 释】

①暧暧:昏暗不明的样子。

②迢递:遥远的样子。

③此句是对使君五郎而言,称赞其登高能赋的文学才华。

④下秩:下等职位。此为作者自指。王维时任司仓参军,为州刺史属吏,官职卑微。

渡河到清河作

唐·王维

泛舟大河里,积水穷天涯。
天波忽开拆①,郡邑千万家②。
行复见城市③,宛然有桑麻。
回瞻旧乡国④,淼漫⑤连云霞。

【题 解】

这首五言诗作于王维在济州任职期间。所渡之“河”,指黄河。清

河，指唐贝州治所清河县，在今河北清河西。唐时济州属河南道，贝州属河北道，由济州治所渡河西北行，即可至清河。此诗写的是诗人在从济州渡河赴清河途中的见闻与感受。首二联写的是诗人泛舟黄河之上所见壮阔景观，忽然现出房屋俨然的城市，诗人试图眺望远方的故乡，却只见一派云水相接，浩渺无垠的景象。此情此景令诗人怎能不起思乡之愁！此作将描摹水面景观与抒发怀乡羁旅之思自然结合起来，达到了情景交融的艺术效果。

【注释】

① 拆：裂开。
② 郡邑：指郡治所在的县城。由于从济州治所渡河，首先即当抵达博州聊城，故此处所言"郡邑"疑为唐河北道博州治所聊城县。这两句意为，河上水天开豁处，忽现人烟稠密的郡邑。
③ 城市：指清河。
④ 旧乡国：指故乡。
⑤ 淼漫：水势盛大的样子。此联意为，回望故乡，只见水波浩渺，仿佛与天上的云霞相连。

杂诗三首 三首选一

唐·王维

其 二

君自故乡来，应知故乡事。
来日绮窗①前，寒梅著花②未？

【题解】

　　这首五言绝句写的是远在异乡的男子想向故乡来的人打听故乡亲友的消息，说明他也同样在思念着故乡和亲人。研读王维诗颇有心得的清人赵殿成将此诗与陶渊明的《问来使》、王安石的《道人北山来》作比，认为三首诗皆为"情到之辞，不假修饰而自工者也"，但王维的这首五绝更高出一筹，其只用短句，却有悠扬不尽之致。这首小诗仅用了二十个字，便将游子对故乡的挂念呈现出来，以口语出之，愈发自然动人。

【注释】

　　① 来日：来之时。绮窗：雕画花纹的窗子。
　　② 著花：生花，开花。

【名句】

　　来日绮窗前，寒梅著花未?

寒夜江口泊舟

唐·储光羲

　　寒潮信未起，出浦①缆孤舟。
　　一夜苦风浪，自然增旅愁。
　　吴山迟②海月，楚火③照江流。
　　欲有知音者，异乡谁可求④。

【题 解】

　　这首五言律诗是储光羲舟行旅途当中所作。从诗中流露出的孤苦落寞的心境来看，当作于后期被贬窜南方期间。全诗通篇围绕路途上的诗人寒夜中生发出的羁旅之愁来起承转合。首联叙事，叙述了出行的时间、地点与事件。颔联抒写沿途的心境，直接道出羁旅之愁。颈联用白描手法以宏观视角呈现旅途中的自然环境作为背景，烘托出诗人漂泊无依的孤独心绪。尾联抒发了漂泊中的诗人欲求知音而不得的寂寞惆怅，既呼应了颔联的羁旅之思，也奠定了全诗抒发旅愁的情感基调。此诗情景交融，风格自然淡远，代表了储光羲诗歌的整体艺术特色，也是唐人羁旅诗中的上乘之作。

【注 释】

　　① 浦：水边，岸边。
　　② 吴山：吴地的山。吴国是春秋时期的诸侯国名，在今江苏南部和浙
　　　　江北部，后扩展至淮河下游一带。迟：等待。
　　③ 楚火：楚地的灯火。古代楚国所辖之地，大致为今湖南、湖北、安
　　　　徽一带。
　　④ 这句是说，想找个知心好友夜谈，可身在异乡，又能找谁呢？

初至封丘作

唐·高适

　　可怜薄暮宦游子①，独卧虚斋思无已。
　　去家②百里不得归，到官数日秋风起③。

【题 解】

　　这首七绝作于高适解褐汴州封丘尉之时。封丘，位于今河南省封丘县。此诗表达了诗人在长期游历京师长安后，不过只得了一个微职的感慨。诗人到达任所之时恰逢秋天来临，这更平添了几许怀乡思归的惆怅心绪。此作篇幅短小却情意深长，是四处漂泊中的高适为数不少的怀乡羁旅诗中的上乘之作。

【注 释】

　　①宦游子：因做官而离开故乡到处漂泊的人。
　　②家：此家指高适游梁、宋一带时的寓居之处，即所谓淇上别业，而不是指诗人原籍。
　　③秋风起：《礼记·月令》："孟秋之月，凉风至。"

除夜作

唐·高适

旅馆①寒灯独不眠，客心何事转凄然②？
故乡今夜思千里，霜鬓③明朝又一年。

【题 解】

　　这首七绝难以确考写作年月。从"霜鬓明朝又一年"来看，当为诗人进入中年以后某个在异乡度过的除夕之夜有感而作。唐汝询《唐诗解》卷二十七评价此作曰："怀乡心切，衰老继之，客心所以悲。"除夕本是一家团圆欢聚的节日，可漂泊异乡的诗人独自在旅舍中丝毫体验不到

节日氛围，品尝到的只有思念之苦与寂寞冷清的滋味，内心充满了无限凄凉与酸楚。想到千里之外的亲人此刻也正思念着自己，想到除夕过后自己又衰老了一岁，不由更加惆怅。诗作后两句用对比写法，与杜甫的《月夜》有异曲同工之妙，诗人的思乡之情与对时光易逝的感伤都被含蓄委婉又淋漓尽致地表达出来。

【注释】

① 旅馆：逆旅，客舍。
② 凄然：凄凉悲伤的样子。
③ 霜鬓：发白的两鬓。

赴彭州山行之作

唐·高适

峭壁连嵝峒①，攒峰叠翠微②。
鸟声堪驻马，林色可忘机③。
怪石时侵径，轻萝乍拂衣④。
路长愁作客，年老更思归。
且悦岩峦胜，宁嗟意绪违？
山行应未尽，谁与玩芳菲⑤？

【题解】

这首五言诗当作于唐肃宗乾元二年（759）夏，高适自长安入蜀出任彭州刺史途中。从长安赴彭州一路上均系大山，绵延不绝，而唐代仕

宦有重朝官轻外官的传统，因此诗人出任外官带有遭遇迁谪的意味，赴任路上的心情自然不会太好，故有"路长愁作客，年老更思归"之叹。全诗以白描手法描摹了入蜀途中的见闻，继而抒发跋涉旅途之上的羁旅之思与怀乡之情，表现了诗人独自赶路时寂寞凄凉的游子心境。

【注释】

① 崆峒：山名，据《太平寰宇记》卷一五五："崆峒山在岷州溢乐县西二十里。"位于今甘肃岷县西。
② 翠微：山气呈青绿色，故曰翠微。
③ 忘机：语出《庄子·天地》："功利机巧，必忘夫人之心。"指去除得失功利之心。
④ 萝：莪蒿。拂：拭，轻轻擦过。
⑤ 芳菲：指芳草茂盛，吐叶垂华，芳香袭人。

和王七玉门关听吹笛

唐·高适

胡人吹笛戍楼①间，楼上萧条海月闲。
借问落梅②凡几曲，从风一夜满关山③。

【题解】

这首七绝约作于唐玄宗开元末年，当为高适在西北边塞从军，任职哥舒翰幕府期间。岑仲勉《唐人行第录》认为诗题中的"王七"为王之涣，此诗为和王之涣《凉州词》而作，具体年月难以细考。本诗有不同版本，

此处据《国秀集》所录，《全唐诗》与之相同。诗题亦有不同，《河岳英灵集》题为《塞上闻笛》，《唐诗选》残卷、明活字本及《畿辅丛书》均题作《塞上听吹笛》。此诗描述了于边塞听到《梅花落》的笛声而生发出的羁旅之思与怀乡之情。高适素以边塞诗著称，但此作与其他表现边疆恶劣气候与艰苦生活的边塞诗有所不同，此作呈现出边塞生活恬静安详的一面。全诗采用虚实相生的手法，将戍边将士的思乡之情与报国之志结合起来，营造了一种辽阔悠远的意境，含蓄隽永，回味悠长，是唐人七绝中的精品。

【注释】

① 戍楼：防卫的城楼。

② 落梅：鲍照有《梅花落》诗。《乐府诗集》曰："梅花落，本笛中曲也。按唐大角曲亦有大单于、小单于、大梅花、小梅花等曲，今其声犹有存者。"

③ 关山：《新唐书·地理志》："沙洲燉煌郡有寿昌县，西北有玉门关。"位于今甘肃敦煌县西北。一说泛指关隘山岭。

【名句】

借问落梅凡几曲，从风一夜满关山。

凉州词二首 二首选一

唐·王翰

其 二

秦中花鸟应已阑^①，塞外风沙犹自寒。
夜听胡笳折杨柳，教人意气^②忆长安。

【题解】

王翰作为狂放不羁的盛唐士人中颇具典型性的一位，其诗歌表现出极其坦荡的心胸和豪健的气格，惜其存诗不多，《全唐诗》仅录十四首。《凉州词二首》是王翰的代表作。如果说其一表现了戍边将士的壮志豪情，那么其二则表现了将士们柔情的一面，抒发了他们蕴藏心底的思乡之情。诗作前两句采用对比手法，想起故乡仍是春风满城，而边塞却依然风沙飞扬，寒冷不堪，引出乡愁。继之又用"胡笳"、"杨柳"等隐喻思乡情绪的意象来渲染，最后直抒胸臆，表达了戍边将士们浓烈的怀乡之情。此作体现了王翰诗多一气流转的壮丽俊爽之语的特点，是表现怀乡情绪的盛唐边塞诗中的代表作。

【注释】

① 秦中：古地区名称。范围在今陕西中部平原地区，因春秋、战国时期属秦国而得名。阑：残尽。
② 意气：精神，神色。

从军行七首 七首选一

唐·王昌龄

其 二

琵琶起舞换新声①，总是关山②旧别情。
撩乱边愁听不尽，高高秋月照长城。

【题 解】

王昌龄是盛唐诗人中专攻七绝的高手，尤其擅长边塞题材。为了弥补反映复杂同时短章的局限，他创作了以相连的多首七绝咏边事的联章组诗《从军行七首》。这是其中的第二首，截取了边塞军旅生活的一个片段，以表现戍边将士思乡为核心的深沉复杂的情感世界。此作与第一首是直接勾连的，主旨都是写深长的边愁。"换新声"勾连着第一首羌笛吹奏的《关山月》曲子中的离情别恨，又被琵琶撩乱，继而又托之以高天秋月朗照长城的苍凉背景，忧伤悲怆的乡愁中又弥漫着一种壮阔开朗的情思氛围。《从军行七首》是成就王昌龄七绝圣手的重要作品，而此诗又是其中表现怀乡之思的代表作。

【注 释】

①换新声：（指琵琶）翻出新的曲调。
②关山：羌笛曲中有《关山月》。《乐府古题要解》云："《关山月》，伤离也。"一说泛指阻隔故乡的山川关隘。

芙蓉楼送辛渐

唐·王昌龄

寒雨连江夜入吴^①，平明^②送客楚山^③孤。
洛阳亲友如相问，一片冰心在玉壶^④。

【题 解】

这首七绝是王昌龄于开元二十八年（740）任江宁丞期间的作品。江宁属今江苏南京市，东邻镇江。芙蓉楼，原名西北楼，位于润州（今江苏镇江市）西北。辛渐，是王昌龄的一位故交好友。王昌龄由江宁至镇江西北隅的芙蓉楼，饯别友人辛渐，写了两首赠别诗，这是第一首。此诗的主旨是借送友以自抒胸臆，用"冰心在玉壶"自喻高洁，同时也表达了诗人对洛阳亲友的思念。与早年的边塞诗相比，王昌龄被贬后心境上有变化，与王维、孟浩然等山水诗人交往密切，难免受到影响，加之受南方自然风物的熏染，诗风发生转向。此作即体现出王昌龄晚年诗风偏于清逸明丽，却不失清刚爽朗的风格基调。

【注 释】

①寒雨：指秋冬时节的冷雨。连江：满江。吴：江苏一带三国时属吴国领地，故有此称。
②平明：天刚亮的时候。
③楚山：春秋时楚国领地在长江中下游地区，所以称这一带的山为楚山。
④冰心：比喻心地纯洁。这句是说我的心地纯洁，正如晶莹剔透的冰贮藏在玉壶中一般。

【名句】

洛阳亲友如相问，一片冰心在玉壶。

望秦川

唐·李颀

秦川朝望迥^①，日出正东峰。
远近山河净，逶迤^②城阙重。
秋声万户竹，寒色五陵^③松。
客有归欤^④叹，凄其霜露浓。

【题 解】

    这首五言律诗约作于李颀晚年辞官归隐，离开长安之时。秦川，原指秦岭以北的平原地区，这里特指长安一带。此作描述了诗人离开京师时回顾长安，遥望渭河平原的所见所感，秋意渐浓的背景引发诗人的羁旅之叹，抒发了诗人厌倦仕宦、惆怅思归的心情。李颀的文才颇为时人推重，于开元二十三年（735）登进士第，曾对仕宦生涯抱有近于天真的狂想。然而历任县尉微职的现实，将他的仕途美梦击得粉碎，后未满秩而辞官，归隐东川。此作即表现了他在刚刚辞官启程返乡时的悲凉心绪。对秦川秋意的渲染烘托了诗人仕途失意的心境，也表达了归隐故乡的决心，是一篇情景交融的佳作。

【注 释】

① 迥：遥远的样子。

② 逶迤：弯曲而长的样子。

③ 五陵：即五陵原，因西汉王朝在长安城外设立的五个陵邑而得名。

④ 归欤：归去吧！欤：句末语气词，表示疑问或感叹。

泊扬子津

唐·祖咏

才入维扬郡^①，乡关^②此路遥。

林藏初过雨，风退欲归潮。

江火明沙岸，云帆碍浦桥。

客衣^③今日薄，寒气近来饶^④。

【题 解】

　　这首五言律诗约作于祖咏南游江南后返乡途中。扬子津，又名扬子，是距扬州城南二十多里长江边上的一个古渡口，隋唐时期已成为一个小镇。隋炀帝开运河，利用邗沟故道，运河就在扬子处入长江。隋炀帝在扬子建有"临江宫"，又称"扬子宫"。从此扬子津日渐繁华，歌咏诗文也不计其数。此诗描述了祖咏夜泊扬子津的见闻和感受，抒发了旅途中的羁旅之思，以及渴望早日返乡的迫切心情。祖咏的成名作是《终南望余雪》，笔调苍秀。此诗作为其怀乡羁旅诗中的代表，也体现了苍秀雄健的气格，不失为盛唐正声。

【注释】

①维扬郡：即扬州。《尚书·禹贡》曰："淮海维扬州"，此后便以"维扬"指代扬州。

②乡关：故乡。

③客衣：客行者的衣着。

④饶：富足，多。

黄鹤楼

唐·崔颢

昔人①已乘黄鹤去，此地空余②黄鹤楼。

黄鹤一去不复返，白云千载空悠悠。

晴川历历③汉阳树，芳草萋萋鹦鹉洲④。

日暮乡关⑤何处是，烟波江上使人愁。

【题解】

这首七律作于崔颢开元九年（721）开始的南游期间，当为他从汉水行至湖北武昌之时。黄鹤楼，因其在武昌黄鹤山（又名蛇山）而得名，是江南三大名楼之一，故址在今湖北武昌县。传说有仙人子安乘黄鹤经过此地，又有费文伟于此地登仙驾鹤的说法。诗人崔颢游历至此，登楼观景，有感而发创作此诗。此作虽为律诗变体，却被誉为唐人七律的压卷之作，标志着崔颢诗歌开始"忽变常体，风骨凛然"（殷璠《河岳英灵集》）。此诗的前半段抒发人去楼空的慨叹，后半段则落入深重的乡愁，而连接这种情绪转换的则是"鹦鹉洲"的典故。自诩为祢衡同道中

人的崔颢南游至此，想到曾经的一代名士都已被萋萋芳草湮没，不由生发空茫之感，兴起归去之叹。此诗以吊古起笔，以怀乡收尾，用清拔隐秀的律句营造出寄情高远的诗境，的确是唐人七律中的杰作。

【注 释】

① 昔人：传说中在此地驾鹤登仙之人。
② 余：剩下。
③ 晴川：此处指晴朗天空下的江汉平原。历历：清晰分明貌。
④ 鹦鹉洲：原址在武汉市武昌城外江中。此处用祢衡被杀的典故。相传汉末狂生祢衡被黄祖杀害于此，并葬于洲上。
⑤ 乡关：故乡。

【名 句】

日暮乡关何处是，烟波江上使人愁。

贬乐城尉日作

唐·张子容

窜谪^①边穷海，川原近恶溪。
有时闻虎啸，无夜不猿啼。
地暖花长发，岩高日易低^②。
故乡可忆处，遥指斗牛^③西。

【题 解】

　　这首五言律诗当作于张子容任乐城尉期间。张子容为襄阳（今湖北襄阳）人，于先天元年（712）举进士，授晋陵尉。后于开元十五年（727）被贬乐城尉。乐城位于今浙江一带，地处偏远的东南之地。初来乍到的张子容自然深感不适。此作即抒发了诗人初至乐城的见闻与感受，描述了贬所荒蛮恶劣，与中原迥异的自然环境，以及由此所生发的思乡之愁。张子容素与孟浩然交好，在乐城便与孟浩然多有往来唱和，有《除夜乐城逢孟浩然》、《乐城岁日赠孟浩然》等诗作多篇。其诗风亦受孟浩然影响，善于营造清逸淡雅的诗境。此诗虽然并不能代表张诗整体的艺术风格，却充分表达出诗人遭遇贬谪时的落寞心境，以及仕途低谷中对故乡的深切思念，不失为怀乡羁旅诗中的佳作。

【注 释】

　　① 窜谪：即贬谪。窜：放逐，贬官。
　　② 这两句是说，大地温暖花儿常开，高高的山岩使得太阳都显得低了。
　　③ 斗牛：指北方玄武七宿中斗、牛两个星宿。

泊舟盱眙

唐·常建

　　泊舟淮水次①，霜降夕流清。
　　夜久潮侵岸，天寒月近城。
　　平沙②依雁宿，候馆③听鸡鸣。
　　乡国④云霄外，谁堪羁旅情。

【题解】

　　这首五言律诗当作于常建出任盱眙地方官期间。盱眙，今江苏淮安市盱眙县。常建曾出任盱眙县尉，属于九品小官。诗人在仕途上始终不得志，自然常处于郁郁寡欢的状态中。某日当他泊舟淮水岸边，见水边一派深秋夜晚的凄清之景，于是独在异乡的孤寂之感与思乡之愁油然而生，故作此诗以抒怀。此作的颔联与颈联都是描写诗人在落寞心境下的见闻，笼罩着一层淡淡的哀愁，继而尾联直抒胸臆的乡思羁旅之愁也便水到渠成了。此诗构思精巧，造语精炼，体现了常建孤高幽僻、灵慧秀雅的诗风。

【注 释】

　　① 淮水：即淮河，我国重要的内陆河流之一，发源于河南省桐柏山老
　　　鸦叉，东流经河南、安徽、江苏三省。次：临时住宿。
　　② 平沙：指广阔的沙原。
　　③ 候馆：泛指接待过往官员的驿馆。
　　④ 乡国：故乡。

宿关西客舍寄东山严许二山人时天宝初七月初三日在内学见有高道举征

唐·岑参

云送关西雨，风传渭北^①秋。
孤灯然客^②梦，寒杵^③捣乡愁。
滩上思严子^④，山中忆许由^⑤。
苍生今有望，飞诏下林丘^⑥。

【题 解】

　　这首五言律诗为岑参于天宝元年（742）自长安东行途中作。关西，指潼关以西。东山，这里泛指归隐之所。山人，旧时用以称隐士。内学，道家以道学为内学，这里指崇玄学。高道举征，当指道举。唐玄宗时崇奉道教。开元二十九年（741）始于两京及诸郡玄元皇帝（老子）庙立崇玄学（后改称崇玄馆），置崇玄博士（后改称学士）、助教（后改称直学士）等，令生徒习《道德经》、《庄子》、《文子》、《列子》，学成后准明经例考试，称为道举。此诗写的是诗人在旅途中得见道举而怀念起两位故友，以诗为笺，向好友倾诉沿途孤寂的感受，并劝说他们应试出仕。此诗流露出诗人深切的羁旅之思与怀乡之愁。

【注 释】

　①渭北：指今陕西渭水以北地区。渭水是黄河最大的支流，发源于今甘肃定西市渭源县鸟鼠山，主要流经今陕西省关中平原的宝鸡、咸阳、西安、渭南等地，至渭南市潼关县汇入黄河。

　②然："燃"的本字。客：作者自称。

　③寒杵：指秋天的捣衣声。

　④严子：指东汉初隐士严光，字子陵。本姓庄，避汉明帝讳改。据《后汉书·逸民列传》载，严光少与刘秀同游学，秀即帝位后，光改名隐居，披裘垂钓于富春江畔，钓处有"严陵濑"之称。

　⑤许由：相传为尧时隐者。据《史记·伯夷列传》载，尧到沛泽，要把君位让给许由，许辞谢，逃至箕山（在今河南登封市）下，躬耕而食。尧又请他做九州长官，他认为这话玷污了他的耳朵，就跑到颍水边去洗耳。

　⑥林丘：树林山丘，指严光、许由隐居处。此句含有希望故人应试出仕之意。

【名句】

孤灯然客梦，寒杵捣乡愁。

西过渭州见渭水思秦川

唐·岑参

渭水^①东流去，何时到雍州^②？
凭添两行泪，寄向故园流^③。

【题解】

　　这首五言绝句作于岑参离京西行途中。渭州，唐州名，治所在襄武（今甘肃省陇西县西南），渭水流经这里。秦川，即关中，指今陕西省中部地区。此诗记述了诗人赴安西途中经过渭州唤起思乡之情，而突发奇想，想象自己思念的泪水能够随东流的渭水奔向长安，寄托了诗人对故乡和亲人的深深挂念。这首小诗构思别致，出语自然，并未直言乡愁，却以寄乡思于流水的新奇想象，表达了诗人真挚浓烈的思乡之情。

【注释】

①渭水：黄河最大的支流，发源于今甘肃定西市渭源县鸟鼠山，主要流经今陕西省关中平原的宝鸡、咸阳、西安、渭南等地，至渭南市潼关县汇入黄河。
②雍州：唐初置雍州，治所在长安。开元元年（713）改为京兆府。

③ 此句是说东流的渭水引发诗人奇想，寄思乡之泪于流水而流向
  故乡。

逢入京使

唐·岑参

故园①东望路漫漫，双袖龙钟②泪不干。
马上相逢无纸笔，凭③君传语报平安。

【题解】

　　这首七绝作于天宝八载（749）岑参离京远赴安西途中。此为诗人首次远赴西域，充安西节度使高仙芝幕府书记。当时的岑参已经三十四岁，仕途不畅，只得出塞任职。他告别了长安的亲人与朋友，踏上了奔赴安西的漫漫征途。不料在途中独自为思乡而垂泪之时竟邂逅了一位入京述职的故友，二人不免寒暄一番，互诉衷肠。此作便呈现了"他乡遇故知"的动人场景，抒发了颠沛流离中的诗人深切的怀乡之愁。这首小诗出语质朴自然，感情真挚，体现了诗人豪迈放达的胸襟，虽言怀乡，并非一味言及愁苦，且不失慷慨之气，在唐代怀乡诗中亦属佳作。

【注释】

　　① 故园：故乡。
　　② 龙钟：沾濡湿润貌。
　　③ 凭：烦，请。

【名句】

马上相逢无纸笔，凭君传语报平安。

碛中作

唐·岑参

走马西来欲到天^①，辞家见月两回圆^②。
今夜不知何处宿，平沙万里绝人烟^③。

【题解】

这首七绝作于天宝八载（749）岑参远赴安西途中。诗题的"碛"，原指沙漠、戈壁。出玉门关至伊州（今新疆哈密）、西州，出阳关西北行至鄯善、西州，均有沙碛。"碛中作"，表示此诗作于沙漠之中，记述了岑参行至沙漠戈壁的见闻与感受。诗人选取了沙漠行军途中的一个剪影，以雄健的笔触描述了驰骋塞外大漠之上的军旅生活。由于诗人是首次见到边塞的大漠风光，所以除新奇之外，更有对荒瘠恶劣的自然条件的不适应，以及旅途劳顿之苦，这在诗中都有所呈现。这首七绝表现了出塞文人眼中的边塞景观，抒发了诗人出塞征途中的羁旅之愁与思乡之情。"平沙万里绝人烟"等句代表了岑参边塞诗"奇壮"的独特风格。

【注释】

①走马：骑马。欲到天：此处为夸张之语，意为西行已远。

② 此句字面上是说诗人自离家已见到两回月圆，说明已过去了两
个月。

③ 平沙：平坦广阔的沙漠。绝：没有。人烟：住户的炊烟，泛指有人
居住的地方。

赴北庭度陇思家

唐·岑参

西向轮台^①万里馀，也知乡信日应疏^②。
陇山鹦鹉^③能言语，为报家人数寄书^④。

【题 解】

　　这首七绝作于天宝十三载（754）岑参离京远赴北庭途中。北庭，
指唐代北庭节度使治庭州金满县，在今新疆维吾尔自治区吉木萨尔北。
陇，指陇山，又称为龙坂，在今陕西陇县，西北绵延至甘肃清水县，为
赴河、陇必经之地。诗人此行是出任北庭节度使封常清的僚属，行至陇
山处，思乡之情愈发浓烈而作此怀乡诗。诗人理性上明白随着自己愈行
愈远，来自家乡的消息必当日渐稀少，但感情上却希望"家人数寄书"，
表现了跋涉于征途上的诗人矛盾微妙的心理。全诗口语出之，但因贯注
了真挚情感，故质朴动人。

【注 释】

① 轮台：唐代庭州有轮台县（不同于汉轮台），治所在今新疆乌鲁木齐。
② 乡信：家乡的消息。疏：稀少。

③陇山鹦鹉：《元和郡县志》卷三十九称陇山"上多鹦鹉"。陇山又
　称龙坂，在今陕西陇县。
④这两句是说，诗人希望陇山上的鹦鹉能够开口说话，传话给家人，
　让他们多多寄来书信。

行军九日思长安故园

时未收长安

唐·岑参

强欲登高去，无人送酒来。
遥怜故园菊，应傍沙场开！

【题解】

　　这首五绝是岑参至德二载（757）重阳节于凤翔作。诗题中的"九日"，
指阴历九月九日重阳节。隋朝江总有《于长安归还扬州九月九日行薇山
亭赋韵》，此诗即步其原韵而作。唐天宝十四载（755），安禄山起兵叛乱，
次年攻陷长安。唐肃宗至德二载（757）旧历二月，肃宗由彭原行军至凤翔，
岑参随行。据《旧唐书·肃宗纪》载，唐军于至德二载（757）九月癸
卯（二十八日）收复长安。此诗当为此前重阳节在凤翔时有感而发。岑
参祖籍江陵（今湖北荆州市），但因久居长安，故称长安为"故园"。
从诗题来看，此作是一首以重阳节登高为题材的诗，但又不是一般的抒
发节日思乡之作，而是融入了对国事的忧虑以及对战乱中百姓疾苦的关
切。虽然全诗仅有寥寥二十字，却于怀乡之中更见感时伤乱之悲情，在
岑参的怀乡诗中堪称上乘之作。

安西馆中思长安

唐·岑参

家在日出处^①，朝来起东风。

风从帝乡^②来，不异家信^③通。

绝域^④地欲尽，孤城天遂穷。

弥年^⑤但走马，终日随飘蓬^⑥。

寂寞不得意，辛勤方在公^⑦。

胡尘^⑧净古塞，兵气屯边空。

乡路眇天外，归期如梦中。

遥凭长房术^⑨，为缩天山东^⑩。

【题 解】

　　这首五言长诗作于天宝九载（750）岑参在凉州安西幕府任上。安西馆，当指岑参在安西幕府任上的住所。充任安西节度使高仙芝幕僚是岑参首次出塞，由于不习惯边地的荒凉景象与艰苦生活，加上感到在塞外和在长安一样"寂寞不得意"，所以诗人的情绪是低落的，常常陷入苦闷和思乡愁绪之中，此作便体现了这种愁苦心境。全诗主题是描述边塞地理环境的偏远荒凉，浓厚的战争气氛以及对帝乡长安的深切思念，让诗人突发奇想，希望能有《神仙传》里的缩地神术，把天山缩向东方，使得自己可以立刻返乡。此诗描述的塞外风光颇具异域特色，想象新奇。连东风都会令诗人联想到可能是从京师而来，希望能用缩地神术将天山缩向东方而即刻返乡的奇思妙想，也反映了诗人对长安强烈的思念与早日归乡的渴盼。

【注释】

① 日出处：形容东方极远之地，指长安。

② 帝乡：指京师。

③ 信：信使。

④ 绝域：绝远之地。

⑤ 弥年：整年。

⑥ 蓬：又称飞蓬，多年生草本植物，开白花，叶子似柳，根细，常被风拔起飞旋。

⑦ 在公：在官府任事。

⑧ 胡尘：意为胡兵来犯。因为兵马所至，尘土飞扬，故有此言。

⑨ 长房术：晋葛洪《神仙传》卷五《壶公》载："（费长）房有神术，能缩地脉，千里存在目前宛然，放之复舒如旧也。"

⑩ 此句字面意思是说把天山缩向东方，意谓得以回乡。

河西春暮忆秦中

唐·岑参

渭北①春已老，河西②人未归。

边城细草出，客馆梨花飞。

别后乡梦数③，昨来家信稀。

凉州三月半，犹未脱寒衣。

【题解】

这首五言律诗作于天宝十载（751）岑参在凉州安西幕府任上，不久诗人便返回了长安。河西，指河西节度使治所凉州。秦中，即关中，

今陕西中部地区。这首诗描述了诗人在凉州的暮春时节，看到边塞的春意将尽，便思念起自己的故乡与亲人。想到家信渐少，而自己远在暮春三月却仍著寒衣的塞外边疆，内心的孤寂悲凉无法尽言。此诗情景交融，具有边疆气候风物的特点，初步显示出岑参边塞诗"奇壮"的风格特色，在其怀乡诗中有一定代表性。

【注 释】

① 渭北：指今陕西渭水以北地区。
② 河西：指河西节度使治所凉州（今甘肃武威市）。
③ 数：密，与"稀"、"疏"相对。

夕次盱眙县

唐·韦应物

落帆逗淮镇①，停舫临孤驿②。
浩浩风起波，冥冥日沉夕。
人归山郭暗，雁下芦洲白。
独夜忆秦关③，听钟未眠客。

【题 解】

这首五言律诗约作于建中三年（782）韦应物出守滁州途中。盱眙，县名，今属江苏，唐代时原属楚州，建中二年（781）改隶泗州。韦应物自长安赴滁州刺史任途经此地。此作记述了诗人傍晚时分在盱眙留宿的见闻和感受。以情观景，由景衬情，表现出宦游途中诗人孤寂凄凉的

羁旅感受。景物描写中"人归山郭暗,雁下芦洲白"最为人称道,尤其"白"字用法精妙,不动声色地描摹出一幅旅人眼中冷寂萧瑟的夕阳图景。最后一联直抒胸臆,呈现一位因思乡而失眠的游子形象,体现出韦诗淡泊宁静的艺术风格。

【注 释】

① 淮镇:即指盱眙县。《太平寰宇记》卷十六"泗州盱眙县"载:"淮河南去州五里。"
② 驿:指驿站,古代供驿马中途休息的地方。
③ 秦关:古代要塞之一,位于今陕西洛川县秦关乡。此处当代指长安故里。

【名 句】

人归山郭暗,雁下芦洲白。

寒食寄京师诸弟

唐·韦应物

雨中禁火①空斋冷,江上流莺②独坐听。
把酒看花想诸弟③,杜陵④寒食草青青。

【题 解】

这首七言绝句是贞元二年(786)春寒食韦应物在江州所作。寒食,是古代传统节日,在清明前一或二日。据《荆楚岁时记》载:"去冬节

一百五日，即又疾风甚雨，谓之寒食，禁火三日，造饧大麦粥。"此诗讲述了独自在异乡游宦的诗人于寒食这天饮酒看花之时，想念起远在京师的几个从弟，又想到了故乡杜陵，想到故乡此时当是绿草如茵、春意盎然了。此作表达了诗人内心深切的怀乡念亲之情。

【注 释】

①禁火：旧俗清明前一日或二日为"寒食"，连续三日不举火，故称"禁火"，相传是为了纪念介子推在此日被焚。
②流莺：飞行不定的黄莺。
③诸弟：指韦应物的从弟韦端、韦武等人。
④杜陵：在今陕西西安东南，韦应物为京兆杜陵人，世居于此。

清明日忆诸弟

唐·韦应物

冷食①方多病，开襟一欣然。
终令思故郡，烟火满晴川。
杏粥②犹堪食，榆羹③已稍煎。
唯恨乖亲燕，坐度此芳年。

【题 解】

这首五言律诗作于建中四年（783）三月韦应物在滁州刺史任上。清明，是农历二十四节气之一，也是历来受到百姓重视的传统节日。诗题中的"诸弟"，指韦应物的几个弟弟韦端、韦系、韦滁等人。从其诗

集中多达二十多首的寄诸弟的诗歌来看，韦应物兄弟之间的感情很深。此作便表现了在清明时节，诗人大病初愈后思念起故乡以及远在故乡的众兄弟，只能独自体味与亲人生别离的愁苦。此作感情真挚，语言质朴，虽以自然平淡之语出之，却有浓烈的亲情流宕其间，体现出韦诗淡而有味的整体风格。

【注 释】

①冷食：因寒食节禁火而吃冷食。寒食节在清明前一至二日，俗禁烟火。
②杏粥：杏仁粥，寒食节所食。
③榆羹：即榆粥，一种用榆树嫩皮研磨成碎屑而熬成的粥。

闻 雁

唐·韦应物

故园眇^①何处，归思方悠哉^②。
淮南^③秋雨夜，高斋闻雁来。

【题 解】

从诗题中的"淮南"来看，这首五言绝句当作于建中、兴元中韦应物在淮南道滁州期间。此诗记述了诗人在异乡的雨夜思乡之时又听到大雁的叫声，更加剧了归乡之愿，鸿雁的意象委婉地暗示出诗人对故乡的深切思念。蒋仲舒在《唐诗广选》中评价此作："更不说愁，愁自不可言。"以雁作结，更添无限含蓄。这首小诗构思别致，出语自然，以直抒胸臆的方式，表达出游宦中的诗人寂寞凄冷的游子感受以及真挚浓烈

的思乡之情。

【注 释】

① 故园：故乡。眇：遥远。
② 悠哉：思念很深。悠：思念。《诗经·周南·关雎》："悠哉悠哉，
辗转反侧。"
③ 淮南：唐贞观年间置淮南道，即淮河以南、长江以北、湖北应山、
汉阳以东的江淮地区，治所在扬州（今江苏扬州市）。

松江独宿

唐·刘长卿

洞庭①初下叶，孤客不胜愁。
明月天涯夜，青山江上秋。
一官成白首，万里寄沧州②。
久被浮名系，能无愧海鸥③。

【题 解】

从诗题中的"松江"来看，这首五言律诗当作于至德二载（757）
刘长卿始任长洲尉之时。松江，又名笠泽，发源于太湖，经苏州东流入
黄浦江。刘长卿曾遭遇应举十年不第的挫折，于天宝十一载（752）登
进士第后已有高名，但直至数年后才得以出任长洲尉，故有"一官成白
首，万里寄沧州"之感慨。此诗描述了诗人独自夜宿在松江的见闻与感
受，表达了逆境中的身世之感、漂泊之叹以及宦游中的羁旅之愁。刘长

卿长于五言诗，曾自许为"五言长城"。此首羁旅题材的五律意象省净
而极富韵味，可代表其五言诗水准。

【注释】

① 洞庭：苏州吴县西南有太湖，湖中有山，名洞庭山。屈原《九歌·湘
夫人》："帝子降兮北渚，目眇眇兮愁予。袅袅兮秋风，洞庭波兮木
叶下。"
② 沧州：靠近水的地方，古时常用以称隐士隐居之处。
③ 海鸥：典出《列子·黄帝》，记述了海上之人以纯洁之心待海鸥，
与海鸥两无嫌猜，一旦有机心，海鸥则远离而去。后以海鸥比喻超
逸脱俗的出世之心。

【名句】

一官成白首，万里寄沧州。

夕次檐石湖梦洛阳亲故

唐·刘长卿

天涯望不尽，日暮愁独去。
万里云海空，孤帆向何处。
寄身烟波里，颇得湖山趣。
江气和楚云①，秋声②乱枫树。
如何异乡县，日复怀亲故。
遥与洛阳人，相逢梦中路。

不堪明月里，更值清秋暮。

倚棹对沧波^③，归心共谁语？

【题解】

　　这首五言古诗当作于乾元二年（759）秋天，刘长卿在洪州期间。诗题中的"檐石湖"，亦作担石湖，位于余干、洪州之间。据《太平寰宇记》对洪州的记载，因其湖水中有两石山，有孔，如人寄担状，故名担石湖。传说有壮士担此二石置湖中。此诗描述了旅途中的诗人夜宿担石湖的见闻，并记述了诗人寂寞无依中梦见远在洛阳的亲朋好友，表达出诗人在异乡漂泊的孤独感受与深切的怀乡念亲之情。刘长卿是洛阳人，主要创作活动在"安史之乱"以后，是位典型的大历诗人。他遭逢乱世，命运多舛，一生的大部分时间是在逆境中度过的。长期的抑郁寡欢，明显影响到其诗歌的题材与风格，大多表现冷落寂寞的情调，加之惆怅衰飒的心绪，使其整体诗风显得凄清悲凉。此诗即体现了刘长卿在诗歌创作中偏爱黯淡萧瑟的景物，擅长表现孤独冷漠心态的特点，在大历时期怀乡羁旅诗中自成一格。

【注释】

　　① 楚云：楚天之云。因洪州为楚国旧地，故有楚云之称。
　　② 秋声：指秋季自然界的各种声音，如风声、落叶声、虫鸟的鸣叫声。
　　③ 棹：船桨。沧波：青绿色的波浪。

【名句】

　　倚棹对沧波，归心共谁语？

早下江宁

唐·钱起

暮天微雨^①散，凉吹片帆轻。
云物^②高秋节，山川孤客情。
霜蘋留楚水，寒雁别吴城^③。
宿浦有归梦，愁猿莫夜听。

【题解】

从诗题来看，这首五言律诗作于钱起沿长江乘船早发赴江宁途中。江宁为古代地名，地处长江下游南岸，位于今南京市南部，春秋时代属吴国，战国初期为越国管辖。此诗描述了秋天的清晨，诗人赴江宁途中的见闻与感受，表达了诗人孤独寂寞的羁旅之思与盼望早归的怀乡之愁。钟惺在《唐诗归》中评价此诗云："精神遒迥。"全诗气调高朗，抒写旅途中的凄凉之感却并无衰飒之气，在大历诗人的羁旅诗中显得尤为可贵。钱起的文学才能很全面，其诗各体皆工，被公认为"大历十才子"之冠，与刘长卿并称"钱刘"。此作代表了钱起五言律诗达到的艺术水准。

【注释】

① 微雨：蒙蒙细雨。
② 云物：景物，景色。
③ 吴城：即今江苏吴县，为春秋时吴王阖闾所建，唐时属江南东道。

晚入宣城界

唐·钱起

斜日片帆阴，春风孤客心。
山来指樵路，岸去惜花林。
海气^①蒸云黑，潮声隔雨深。
乡愁不可道，浦宿^②听猿吟。

【题 解】

此作《全唐诗》诗题一作《春江晚行》。这首五言律诗当作于钱起南行途中夜宿宣城之时。宣城地处江南，历来为风景奥区、鱼米之乡，位于安徽省东南部，与江浙两省接壤，是东南沿海沟通内地的重要通道。域内襟山带水，风景绝佳。六朝著名的山水诗人谢朓曾在出守宣城期间创作出大量山水名篇。但此诗的主旨并非表现宣城山水风光之美，而是通过描述春天的傍晚诗人雨中到达宣城时的见闻与所思所感，表达宦游中的诗人孤单寂寞的羁旅之思与难以尽言的乡愁。该诗在长于表现羁旅愁思的大历诗中亦属精品。

【注 释】

①海气：江湖海面上弥漫的水汽。
②浦宿：即宿浦，住在水边。浦：水边，岸边。

【名 句】

海气蒸云黑，潮声隔雨深。

长安春望

唐·卢纶

东风吹雨过青山①，却望千门草色闲②。
家在梦中何日到，春生③江上几人还？
川原④缭绕浮云外，宫阙参差落照间。
谁念为儒逢世难⑤，独将衰鬓客秦关⑥。

【题 解】

这首七律是卢纶在长安的春天怀念故乡而作。此诗抒发了诗人身处离乱中感时伤事、怀乡思归之情。卢纶是河中蒲（今山西永济县）人，故乡正位于长安的东面，所以首联中的"东风吹雨"暗含了登高望乡之意，东面吹来的春风勾起了诗人的思乡之情，春草之闲与诗人之愁又形成强烈对比。继而诗人直接抒发对故乡魂牵梦绕的思念。颈联是以情观景，景中含情，诗人极目远眺，却只能想象远在浮云之外的家乡，所见的只是残阳下京城中参差错落的宫殿。尾联表达了感时伤事的慨叹与怀乡思归的主旨。此作体现出大历诗人创作中共有的冷落萧瑟的衰飒气象，带有一种特别的情思韵味。

【注 释】

① 此句从陶渊明《读山海经》诗"微雨从东来，好风与之俱"化出。
② 草色闲：形容草木茂盛。草色：一作"柳色"。闲：即闲闲，强盛貌。
③ 春生：一作"春归"、"春来"。
④ 川原：即郊外的河流原野，这里当泛指故乡的山川原野。
⑤ 逢世难：遭逢乱世。
⑥ 秦关：古代秦国管辖的关中地区，此处指作者所在的长安一带。

【名句】

家在梦中何日到，春生江上几人还？

宿杜判官江楼

唐·郎士元

适楚^①岂吾愿，思归秋向深。
故人江楼月，永夜^②千里心。
叶落觉乡梦，鸟啼惊越吟^③。
寥寥更何有，断续空城砧^④。

【题解】

这首五言律诗当为郎士元于大历十年（775）或十一年（776）出任
鄂州刺史时所作。首联所言"适楚"即指此事。鄂州为南朝宋建元年（454）
设置，治所在今湖北武汉市武昌区。隋朝开皇九年（589）改为鄂州。
关于郎士元的生平事迹，《新唐书·艺文志》著录《郎士元诗》一卷，
其注载郎士元为中山（今河北定县）人，曾任渭南尉，后又历任拾遗鄂
州刺史。此诗描述了郎士元被迫出任鄂州刺史时的见闻与感受，表达了
他南下宦游中的思乡之情。"叶落觉乡梦，鸟啼惊越吟"表现出漂泊异
乡的游子敏感而强烈的乡愁，体现出与孟浩然羁旅诗相似的纯净自然的
格调。

【注释】

① 适楚：指郎士元出任郢州刺史之事。

② 永夜：长夜。

③ 越吟：用战国庄舄典。据《史记·张仪列传》载，战国时越国人庄舄到楚国为官，虽富贵，却始终不忘故国，病中吟唱越歌以寄乡思。此处诗人借庄舄之事表达个人乡愁之深。

④ 空城砧：西施山下有浣纱石，据《绝异记》载，崇山之上有玉女捣帛石，传说山下人在立秋前一日，半夜常听到杵声。

【名句】

叶落觉乡梦，鸟啼惊越吟。

贼平后送人北归

唐·司空曙

世乱①同南去，时清独北归。
他乡生白发，旧国②见青山。
晓月过残垒③，繁星宿故关。
寒禽与衰草，处处伴愁颜④。

【题解】

这首五律当作于唐代宗广德元年（763）"安史之乱"刚刚平定之时，写的是战乱结束后诗人送友人北归时的所思所感，描述了叛乱后的残破

之象，以及自己滞留南方而不能与友人一同北归返乡的惆怅，寄托了诗人深切的思乡之情。长达八年的"安史之乱"是唐王朝由盛及衰的分水岭。虽然叛乱随着史朝义的自缢身亡而被平定，但此后的唐王朝元气大伤，社会经济呈现出颓败之势，百姓依然生活在战乱的阴影之下。司空曙在此诗中便记录下了这种颓势，呈现出战后的荒乱凋敝之景，寄托了诗人深切的怀乡之愁与家国忧思，流露出国势衰颓时代普遍的感伤情绪。司空曙在大历诗人中以五律见长，多写自然景物，表现怀乡羁旅情思，此诗堪称其代表作。

【注 释】

① 世乱：指天宝十四载（755）爆发，历时八年之久的"安史之乱"。
② 旧国：指故乡。
③ 残垒：残破的壁垒，指战乱后凋敝的景象。
④ 愁颜：愁容满面的样子。

从军北征

唐·李益

天山①雪后海风寒，横笛偏吹行路难②。
碛里③征人三十万，一时回向月明看④。

【题 解】

这首七言绝句当作于李益从军边塞期间。由于诗人对边塞生活有亲身体验，因此特别擅长从真实的军旅生活中截取某些画面，加以剪裁入

诗。此作描述了一支穿越了天山下的风雪以及沙漠戈壁的北征军的行旅生活，在呈现戍边士卒异常艰苦的北征历程的同时，突出表现了他们在恶劣的生存条件下蕴藏心底的思乡之愁。诗人作为他们中间的一员，既是为思乡士卒代言，也表达了自己从军边塞期间的乡愁。《唐诗笺注》卷九评论此诗云："《从军北征》妙在不说自己，而己在其中。"此诗写由乐声引起的思乡之情，字字蕴含着浓烈的乡愁和悲凉的情调。

【注释】

① 天山：唐时称伊州（今新疆哈密市）、西州（今新疆吐鲁番盆地一带）以北的山脉为天山，也称之为白山、折罗漫山。

② 横笛：即笛子，一种管乐器。相传笛子是由羌族人发明的，汉武帝时张骞出使西域后传入长安，故又称羌笛。行路难：古乐曲名，声情哀怨。

③ 碛里：沙漠戈壁之中。

④ 回向月明看：回首望向皎洁的月亮，此处意为望乡。此句是说三十万边塞戍卒一到晚上都回首望向皎洁的月亮，陷入思乡之中。

【名句】

碛里征人三十万，一时回向月明看。

夜上受降城闻笛

唐·李益

回乐峰①前沙似雪，受降城下月如霜②。
不知何处吹芦管③，一夜征人尽望乡。

【题 解】

　　这首七绝是李益出使边塞期间所作。此诗曾被教坊乐人取为声乐度曲。唐代有东、西、中三座受降城，唐代景云年间朔方军总管张仁愿所筑。根据李益一生数次从军的行迹，诗题中所言"受降城"指西受降城，位于今宁夏灵武县。诗人在此截取了边塞军旅生活中的一个片段，描述了塞外沙飞月皓之夜，诗人夜登受降城上，举目凄凄，茫茫沙漠中月色如霜，忽然又听闻不知从何处传来悠扬的笛声。此情此景，令远戍边塞之人如何不起思乡之情！尾句显然是夸张之词，但又确切地表达了此情此景之下边关将士久戍思归的心境。李益有十多年的军旅生涯，其边塞题材的七绝尤其出色，被公认为开元后堪与盛唐大家比肩的七绝高手，往往于悲壮、慷慨之中带有些许伤感和悲凉。此诗便以浑融悠远的意境代表了李益七绝的艺术水准。

【注 释】

①回乐峰：回乐县境内的一个山峰。回乐县在唐时属灵州，为朔方节度治所，位于今宁夏灵武县西南。
②月如霜：月色莹白凄冷如冰霜一样。
③芦管：即芦笳，古代一种管乐器。芦管的构造是以芦叶为管，管口有哨簧，管上有音孔，下端为喇叭嘴状。吹奏时用手指启闭音孔，以调节音调。

【名句】

不知何处吹芦管，一夜征人尽望乡。

枫桥夜泊

唐·张继

月落乌啼霜满天，江枫^①渔火对愁眠。
姑苏城外寒山寺^②，夜半钟声^③到客船。

【题 解】

这首七绝是大历诗人张继途经苏州枫桥时所作，是大历诗歌中最为脍炙人口的名篇。诗题又作《夜泊枫江》。枫桥，位于今江苏苏州市阊门外寒山寺附近。本名为封桥，后因张继此诗而相沿作枫桥，可见此诗影响之深远。此诗描述了一个深秋的夜晚，诗人停船夜宿在苏州城外的枫桥，见江南水乡幽美的夜景，勾起了旅途中的诗人心头缕缕轻愁，表达了诗人孤寂惆怅的羁旅心境，营造出清幽隽永的意境。此作在当时及后世都产生了深远的影响，堪称大历诗坛的压卷之作。

【注 释】

① 江枫：指寒山寺旁边的"江村桥"与"枫桥"。
② 姑苏：苏州的别称，因城西南的姑苏山而得名。寒山寺：位于今苏州市西枫桥镇，在枫桥附近，又名枫桥寺。它始建于南朝梁代，相传因唐代名僧寒山、拾得曾住此地而得名。另有一说法是，"寒山"

非寺名，泛指肃寒之山。

③ 夜半钟声：当时僧寺有半夜敲钟的惯例，也叫"时间钟"。

【名句】

姑苏城外寒山寺，夜半钟声到客船。

夜发袁江寄李颍川刘侍御

时二公留贬在此

唐·戴叔伦

半夜回舟入楚乡①，月明山水共苍苍②。

孤猿更叫秋风里，不是愁人亦断肠。

【题解】

　　这首七绝是大历诗人戴叔伦宦游途中连夜从袁江出发南下楚地所作。诗题《全唐诗》卷二七四注：一本题只"夜发袁江作"五字。袁江，据《大清一统志》载，位于临江府（今江西樟树市临江镇）城南，自袁州分宜县流入新喻县界，又东入清江县界。古名南水，亦名牟水，又名喻水。诗题中所言李颍川，据《唐诗纪事》载，当指李嘉祐，当时他正流贬此地。刘侍御其人不详，二人当为戴叔伦的故交好友。此作是诗人以诗代书，与好友分享自己秋夜赶路时的见闻与感受。诗中描述了凄清苍茫的夜景与秋风里传来的猿鸣，烘托出诗人宦游途中的羁旅之思与怀乡之愁，体现了大历诗歌中常见的孤寂衰飒之气。

【注释】

① 楚乡：即楚地。指古代楚国所辖之地，分为东楚、南楚和西楚，大约包括今湖南、湖北、安徽一带。
② 苍苍：渺无边际。

闻 砧

唐·孟郊

杜鹃声不哀①，断猿啼不切②。
月下谁家砧，一声肠一绝。
杵声不为客，客闻发自白③。
杵声不为衣，欲令游子归④。

【题解】

　　这首五言古诗的主旨是写诗人听到砧板捣衣声后的所思所感。表面看是咏砧，实际是倾诉游子怀乡思归之情。前四句描述游子见闻，引出砧声。后四句重在写感受，从游子、思妇两个角度出发，多侧面地描述了砧声勾起的愁苦情思。自古闻砧感怀的诗歌作品有很多，凄婉的砧声易引发游子怀乡之情，孟郊此作特点在于不事雕琢，质朴自然而又自出机杼。此诗体现了孟郊诗善于抒写愁苦情思的特点，正如苏轼《读孟东野诗》所云："诗从肺腑出，出辄愁肺腑。"此作所抒发的游子怀乡羁旅之愁苦情思便颇为真挚感人，是孟郊全部诗歌中的上乘之作。

【注释】

① 声不哀：叫声并不哀怨。杜鹃鸟的叫声凄切，似"不如归去"，最易引发羁旅愁思。而诗人将其与砧声相比却说"不哀"，可见砧板声凄切更甚于杜鹃鸣声。

② 切：急迫。

③ 这句是说捣衣妇并非专为牵动愁思才挥动捣衣棒，但游子听了却为之白头。

④ 这句是代捣衣妇设想，意为她此时捣衣并非为了寄给远方的游子，而是想让他听到砧声，引发其乡思而尽快返回家园。

秋　思

唐·张籍

洛阳城里见秋风①，欲作家书意万重②。
复恐匆匆说不尽③，行人临发又开封④。

【题解】

　　这首七言绝句是诗人张籍客居洛阳期间所作。秋风乍起，勾起诗人的思乡之情。此作的特别之处在于，诗人选取日常生活中的一个片断，即寄家书时的思想活动和行动细节，异常真切细腻地表达了羁旅之人对家乡亲人的深切思念。张籍祖籍吴郡，此时客居洛阳，情况与晋朝的张翰相仿，当他"见秋风"而起乡思的时候，便联想到了张翰的这段故事。但由于种种没有明言的原因，竟不能仿效张翰"命驾而归"，只好修一封家书来寄托怀乡思归之情。这就使得本已深切强烈的乡思中又平添了欲归不得的惆怅，于是诗人所要表达的愁绪变得愈加复杂多端。总之，

这首小诗以看似本色平淡之语寄寓了诗人对故乡与亲人的无限深情，是唐代怀乡诗中的名篇。

【注 释】

① 洛阳城：指今河南省洛阳市。见秋风：用《晋书·张翰传》所载张翰因见秋风起而思吴中菰菜、莼羹、鲈鱼脍之典。
② 意万重：形容想要表达的意思很多。
③ 这句是说，担心这封信写得太匆忙了，表达的内容还不够多。
④ 行人：此处指送信的人。临发：将要出发的时候。开封：把封好的信又拆开。

【名 句】

复恐匆匆说不尽，行人临发又开封。

十五夜望月寄杜郎中

唐·王建

中庭地白^①树栖鸦，冷露无声湿桂花。
今夜月明人尽望，不知秋思在^②谁家。

【题 解】

这首七言绝句是一首以中秋夜望月怀远为主旨的诗。诗题一作《十五

夜望月》。诗题中的"杜郎中",其人身世不详,当为诗人好友。此作描写了中秋之夜的月色,抒发了诗人望月怀人的心绪。王建以诗代信,与好友分享了自己在中秋月夜的所见所感。诗的前两句呈现了一幅寂寥清冷的秋夜图画,后两句则从家乡亲友与在外游子两重视角来表达思乡念亲之情,与一般的中秋望月怀乡之作多正面直抒胸臆不同,显得蕴藉深沉,引人遐想。

【注 释】

① 中庭:即庭中,庭院之内。地白:描述月光照射在庭院中的景象。
② 秋思:秋日里的情思,此处指思念故乡与亲友的心情。在:一作"落"。

【名 句】

今夜月明人尽望,不知秋思在谁家。

塞上逢故人

唐·王建

百战一身在,相逢白发生。
何时得乡信,每日算归程。
走马登寒垅①,驱羊入废城②。
羌笛③三两曲,人醉海西营。

【题解】

　　这首五言律诗当作于贞元十三年（797）王建辞家从戎后。他有过多年的军旅生涯，曾北至幽州、南下荆州等地，自称"从军走马十三年"，对边塞的环境和生活是相当熟悉的。人到边疆，孤独寂寞中生发思乡之情在所难免。一旦他乡遇故知，激动欣喜的心情可想而知。此诗便记述了他与好友在边塞邂逅，二人互诉衷肠，感叹相逢难得，共同回顾边塞生活的经历，表达了诗人深沉的身世之感以及出塞之人共有的怀乡思归之情。

【注释】

　　① 走马：骑马疾走，驰逐。垅：田埂。
　　② 驱羊：驱赶羊群。此句描述了边塞生活中常见到的颇具地域特色的生活画面，即赶着羊群进入城市的废址。
　　③ 羌笳：羌笛与胡笳，两种古代军乐演奏中常用的管乐器。

宿龙宫滩

唐·韩愈

　　浩浩复汤汤①，滩声抑更扬。
　　奔流疑激电，惊浪似浮霜。
　　梦觉灯生晕②，宵残雨送凉。
　　如何连晓语，一半是思乡③。

【题解】

　　这首五律写的是韩愈夜宿龙宫滩的所见所闻，所思所感。据《山阳

县志》，龙宫滩在陕西山阳县西十五里。诗人仅用两联便从视觉、听觉、触觉等不同角度全方位描摹出在龙宫滩的见闻，激电、浮霜都传神地刻画出水势之大之急。残宵灯影中，诗人心底泛起浓浓的思乡之愁，于篇末集中抒发出来，令人感喟不已。黄庭坚称赞此作云："退之裁听水句尤见工，所谓'浩浩'、'汤汤'、'抑更扬'者，非谪客里夜卧饱闻此声，安能周旋妙处如此耶？"

【注 释】

① 浩浩、汤汤：语出《尚书·尧典》："汤汤怀山襄陵，浩浩滔天。"形容水势很大。
② 生晕：产生光影模糊的视觉效果。晕：光影模糊的部分。
③ 思乡：用《世说新语》典。《世说新语》载："陆平原在洛，夏月忽思斋东头竹篠中饮，语刘宝曰：'吾思乡转深矣。'"

湘中酬张十一功曹

唐·韩愈

休垂绝徼 ① 千行泪，共泛清湘一叶舟。
今日岭猿兼越鸟 ②，可怜同听不知愁 ③。

【题 解】

这首七绝作于韩愈从郴州到江陵途中。诗人与友人张功曹在宦游途中湘水之上邂逅，分别之际作此诗以示酬答，共话离情别绪。他乡遇故知，更容易引发诗人的故园之思。此诗借颇具地域特色的岭猿、越鸟，

巧妙地融入古诗中表达思乡情绪的典型意象，抒发了身在异乡的诗人深深的怀乡羁旅之愁。

【注 释】

① 徼：边境，古代东北边境称为"塞"，西南边境谓之"徼"。
② 越鸟：语出《古诗十九首》："胡马依北风，越鸟巢南枝。"
③ 同听不知愁：意思是同听不同情，一起听到，感受却不尽相同。

邯郸冬至夜思家

唐·白居易

邯郸驿里逢冬至①，抱膝灯前影伴身。
想得家中夜深坐，还应说着远游人②。

【题 解】

这首七绝作于贞元二十年（804）岁末白居易夜宿邯郸旅舍之中，时年三十三岁的诗人任秘书省校书郎。冬至，二十四节气之一。在唐代冬至极受重视，人们往往会在这一天阖家团圆，共同庆贺，因此有"冬至如大年"的说法。而诗人此时正宦游在外，冬至的夜晚只能在异乡的旅舍中独自度过。游宦之所尚未到达，只能投宿在驿站的旅舍。长途旅行本已困乏不堪，而在驿站陌生的环境中，听到的是异乡的方言，不免增添了对故乡亲友的思念。在凄清孤寂的环境中，诗人并未直言自己的乡愁，而是想象着远方的家人深夜叨念着自己，这便将思乡情绪推向了更深一层，表现出亲人之间心心相印的深厚感情。此诗是白居易早期的

一篇佳作，表达了游子的思家之情，字里行间流露出诗人异乡逢节心底生发出的浓浓乡愁。

【注 释】

① 邯郸：唐代县名，今河北邯郸市。驿：驿站，古代传递公文，转运官物或供出差官员途中歇息的地方。冬至：农历二十四节气之一。时间在阳历的十二月下旬，这天白天最短，夜晚最长。古代冬至有全家团聚的习俗。

② 远游人：指宦游在外的诗人自己。

客中守岁

在柳家庄

唐·白居易

守岁樽①无酒，思乡泪满巾。

始知为客苦，不及在家贫。

畏老偏惊节，防愁预恶春。

故园今夜里，应念未归人②。

【题 解】

这首五言律诗约作于贞元十六年（800）以前。此诗记述了诗人独自在异乡度过除夕的所思所感。据南朝梁宗懔《荆楚岁时记》载，古时除夕夜有庭前放爆竹，依次拜贺，进屠苏酒，插桃符，守岁等传统民俗。

除夕历来便是全家团圆，一起庆贺的隆重节日。而就在这样本该欢乐喜庆的节日里，诗人却只能独自守岁，品味着思念故乡亲人的滋味。诗作尾联描述了诗人想象中亲人在故乡思念自己的情景，尤为真切动人。

【注释】

①樽：古代的酒器。
②未归人：此处为诗人自指。

【名句】

故园今夜里，应念未归人。

远　望

唐·元稹

满眼伤心冬景和^①，一山红树寺边多。
仲宣^②无限思乡泪，漳水^③东流碧玉波。

【题解】

这首七言绝句是元稹元和年间客居江陵时期所作。元稹于元和四年（809）出任监察御史，后因触犯宦官权贵，于元和五年（810）被贬江陵府士曹参军。短时间内的政治浮沉，使得客寓贬所的诗人心情沉重。元稹是洛阳人，来到陌生的南方独自远望冬景，想起了曾经同样怀才不

遇的王粲在《登楼赋》里抒发久客异地的思乡之情，处在仕途低谷中的诗人感到心有戚戚焉，便勾起了深深的怀乡之情。此作前两句写景，后两句结合眼前之景而用典，情景交融，道出了古今怀才不遇的文士漂泊客寓中的怀乡羁旅之思。

【注 释】

① 和：和睦，协调。

② 仲宣：王粲，字仲宣，山阳高平人，建安七子之一。汉末西京大乱，王粲前往荆州依附刘表，不被重用，登当阳城楼作《登楼赋》，抒发久客异地怀才不遇之感。

③ 漳水：源出今湖北南漳县西北荆山，东南流至当阳县东南汇沮水，南入长江。

忆汉月

唐·李绅

花开花落无时节^①，春去春来有底^②凭。
燕子不藏雷不蛰^③，烛烟昏雾暗腾腾。

【题 解】

这首七言绝句是李绅于长庆四年（824）五十三岁时被贬端州司马期间所作。李绅是亳州人，出身魏晋以来山东五大士族之一的赵郡李氏。晚年遭遇贬谪，且是极为荒僻的端州（今广东肇庆），独居贬所远离家乡的诗人自然会时常想念起中原故土。诗题中的"汉月"，意为汉地之月，代

指汉地，即唐时相对南蛮而言的中原地区。此处当特别指诗人的故乡。此作在唐代众多的怀乡诗中最为特别之处是，全诗只字不提故乡，只是呈现异地迥异于故乡的风土环境，以此来表达诗人内心深切的怀乡思归之愁。

【注 释】

①时节：四时的节序。

②底：相当于"何"、"什么"。

③蛰：静。此处指贬所有冬雷，气候奇特。

秋风引

唐·刘禹锡

何处秋风至①？萧萧②送雁群。

朝来入庭树，孤客最先闻③。

【题 解】

这首五言绝句是刘禹锡于元和中贬居郎州时所作。独居贬所的诗人因见秋风起、雁南飞而触动了羁旅思乡之情。诗题中的"引"，意为琴曲。刘禹锡的另一名篇《秋词》开篇云："自古逢秋多寂寥。"历代文士的感秋悲秋之作多不胜数，而此作的妙处在于诗人不从正面着笔，始终只就秋风做文章，在篇末虽然言及"孤客"，但也只写到"闻"秋风而止。至于他的旅情归思则是以"最先"两字暗示出来的。秋风吹过庭院里的树木，每个人都可以听到，按说不应有先后之分。而唯独孤客"最先"听到，可以想见，客居贬所的诗人对时序、物候有着特殊的敏感。而他之所以

如此敏感，是由时时萦绕心头的怀乡思归之情引发的。此诗构思别致，出语自然，在唐代众多以秋气引发思乡情思题材诗作中显得别出心裁。

【注 释】

① 至：到。
② 萧萧：形容风吹过树木的声音。
③ 孤客：孤独的异乡游子，此为诗人自指。闻：听闻，听到。

【名 句】

朝来入庭树，孤客最先闻。

南中书来

唐·刘禹锡

君书问风俗，此地接炎州^①。
淫祀^②多青鬼，居人少白头。
旅情偏在夜，乡思岂唯秋！
每羡朝宗^③水，门前日夕流。

【题 解】

这首五言律诗是刘禹锡于元和中贬居连州（今广东连县）期间所作。唐顺宗永贞元年（805），刘禹锡参加王叔文等领导的政治革新运动失败，

与柳宗元等八人被贬出为州郡司马，史称"八司马"。刘禹锡被贬为朗州（今湖南常德）司马，十年后又迁官更为遥远的连州。在长年累月的外放贬谪生涯中，诗人愤懑不平的内心自然蓄积了浓郁的乡愁。此诗记述了诗人在遥远荒僻的贬所收到家信后的所思所感。诗中描述了贬所迥异于中原的风土人情，以及在秋夜思乡难眠的情景，以至于诗人对流向长安方向的河水都产生了羡慕之情，表达了诗人独自在南方异乡的孤独寂寞之感以及渴盼早日北归的迫切心情。

【注 释】

① 炎州：传说中南海中的州名。
② 淫祀：不合礼制的祭祀。
③ 朝宗：诸侯朝见天子。

闻黄鹂

唐·柳宗元

倦闻子规^①朝暮声，不意忽有黄鹂鸣。
一声梦断楚江曲^②，满眼故园春意生^③。
目极千里无山河^④，麦芒际天摇青波^⑤。
王畿优本^⑥少赋役，务闲酒熟饶经过^⑦。
此时晴烟最深处，舍南巷北遥相语。
翻日迥度昆明^⑧飞，凌风斜看细柳矗^⑨。
我今误落千万山^⑩，身同伧人不思还^⑪。
乡禽^⑫何事亦来此，令我生心忆桑梓^⑬。
闭声回翅归务速^⑭，西林紫椹行当熟^⑮。

【题 解】

  这首七言排律是柳宗元在出守永州期间所作。被贬永州是柳宗元仕途的一个重要事件，他在精神上受到很大刺激而陷入忧伤压抑的心境。在此期间，为了排遣抑郁情绪，他常常借山水自然景物来寄托自己清高孤傲的情怀，抒写政治上失意的苦闷恼以及对现实的种种不满。此作即叙写诗人听闻黄鹂的鸣叫后追忆长安春色，勾起身世之感与贬谪之叹，借着劝说黄鹂北归之言，抒发自己深切的思归之愿。胡仔《苕溪渔隐丛话》对"一声梦断楚江曲，满眼故园春意生"二句赞赏有加，评价道："其感物怀土，不尽之意，备见于两句中，不在多也。"此诗托物言志，借歌咏黄鹂啼叫而言思乡之情，是一首构思别致、感情深挚的怀乡诗。

【注 释】

  ① 子规：鸟名，又名杜鹃、杜宇、布谷，初夏常昼夜鸣啼，其声凄楚，能动旅客归思。

  ② 楚：此处指贬所永州。永州旧时属楚国管辖，故有此言。这句大意是，黄鹂的一声鸣叫使置身异乡的我从梦中惊醒。

  ③ 故园：指长安。这句是说，在我眼前浮现出故乡春天的景象。

  ④ 无山河：指秦中地势平坦。

  ⑤ 际：连。青波：描摹麦浪如水波。这两句是描摹秦中平原的麦浪一望无际。

  ⑥ 王畿：京郊。优本：优待农民。古以农桑为本，以工商为末。

  ⑦ 饶：多。经过：来往。以上八句都是描写长安的春色，即诗人所谓"故园春意"。

  ⑧ 昆明：指昆明池，位于长安西南，汉武帝时为伐昆明国练习水战而修建的人工湖。

  ⑨ 细柳：细柳聚，又称柳市，地名，位于昆明池南。矞：飞举。这两句是描述黄鹂飞翔于昆明池和细柳聚一带。

  ⑩ 误落：指诗人遭遇贬谪。千万山：诗人被贬永州，该地多山，故云"误落

落千万山"。

⑪伧:《广韵》解释为"楚人别种"。此处指楚地人。不思还:不想还乡。

⑫乡禽:指黄鹂,因在北方多见,故云"乡禽"。

⑬生心:生出思念之心。桑梓:古代多以桑树和梓树植于家园内,后便以桑梓指代家乡。

⑭回翅:向回飞。务速:一定要快。

⑮椹:一作"葚",桑树的果实。桑椹为紫色,故曰"紫椹"。结尾两句是诗人对黄鹂所言,黄鹂你不要叫,快飞回北方去,家乡的桑葚快熟了。

【名句】

一声梦断楚江曲,满眼故园春意生。

与浩初上人同看寄京华亲故

唐·柳宗元

海畔尖山似剑芒,秋来处处割愁肠①。
若为化得②身千亿,散③上峰头望故乡。

【题解】

这首七言绝句是柳宗元出任柳州刺史期间所作。柳宗元被贬永州十年后召还,之后却又改任柳州刺史,离家乡和长安更加遥远,他的悲愤情绪更加深沉而强烈,一直思归念亲,郁郁寡欢。被贬柳州期间柳宗元创作了很多表达思乡心绪的作品。此诗即叙述了在一个秋高气爽的日子,

柳宗元与法名为浩初的僧人好友一同登山望景,只见四野群峰皆如剑锋,更触动了他的思乡愁绪,于是写下了这首七绝,寄给京城长安的亲友,以表达对他们强烈的思念之情。此作在柳宗元为数不多的绝句中别出心裁,山峰如剑、愁肠可割的比喻新颖奇特,历来颇受赞誉,是柳宗元七绝乃至全部诗歌创作中的精品。

【注释】

① 剑芒:剑尖。这两句描述了柳州山峰尖削峭立有如剑锋,秋来观此景,处处像割我心肠。

② 若为:怎能。化得:变成。

③ 散:分散。

客 思

唐·贾岛

促织①声尖尖似针,更深刺着旅人心。
独言独语月明里,惊觉眠童与宿禽②。

【题解】

诗题点明了此诗的主旨,即表达客中游子的思绪。作者旅居外地,独自徜徉,对月思乡。耳畔传来阵阵的蟋蟀声令诗人思念起家乡,忍不住自言自语,却惊起了林中沉睡的鸟儿和屋子里熟睡的孩童。在"促织声尖尖似针"一句中,诗人将属于听觉的"促织声"转换成了视觉形象的"针",仿佛那一声声促织的叫声,就像一根根尖针刺在因思乡而难

以入眠的诗人的心上。贾岛作诗以重推敲字词著称，"尖尖似针"四个齿间音连用，读来如同针刺一般，令人感同身受。

【注 释】

① 促织：蟋蟀。
② 宿禽：栖息的鸟。

谪岭南道中作

唐·李德裕

岭水争分^①路转迷，桃榔椰叶暗蛮溪^②。
愁冲毒雾^③逢蛇草，畏落沙虫^④避燕泥。
五月畲田收火米^⑤，三更津吏报潮鸡^⑥。
不堪^⑦肠断思乡处，红槿^⑧花中越鸟啼。

【题 解】

　　这首七言律诗为唐宣宗大中年间李德裕被贬岭南后所作。李德裕作为中唐一代名相，在政治、军事上都颇有建树，然而一生陷于党争，多次受到打击，晚年尤甚，最终卒于崖州（今海南琼山县南）贬所。大中元年（847）秋天，李德裕遭政敌排挤，以太子少保身份留守东都洛阳，不久出为潮州司马。此后又被贬为崖州司户，于大中三年（849）正月抵达珠崖郡。此诗便是李德裕赴任贬所途中所作。诗中描写了贬谪途中所见到的岭南风物，以及初次来到荒僻险恶贬所时的心理感受。异于北国的物候风俗既给诗人带来了新奇之感，同时也勾起了诗人强烈的怀乡

情绪。诗人在结尾处便直接表达了身在充满瘴疠之气的异乡而生发出的浓烈的思乡之愁。此作景中寓情,情景交融,在抒发浓郁的思乡情怀的同时,也表现了老年政治家身处末路境况下的无限苍凉之感。此诗不仅是李德裕的代表作,也是晚唐抒情诗中的名篇。

【注释】

① 岭水争分:指五岭一带山势高峻,水流湍急,支流岔路很多。
② 桄榔:一种常绿乔木,叶子呈羽状复叶。蛮溪:泛指岭南的溪水河流。
③ 毒雾:古人认为南方潮湿多云雾的环境中含有毒气,故有此称。实际当指瘴气。
④ 沙虫:传说南方有一种叫沙虱的虫子,色赤,进入人的皮肤能毒死人。
⑤ 畬田:用火烧掉田地里的草木,耕田种植粮食。火米:指赤谷米。
⑥ 津吏:管理摆渡的人。潮鸡:因潮水到来而鸣叫的鸡。
⑦ 不堪:不能忍受。堪:经得起,忍受。
⑧ 红槿:一种落叶小灌木,花朵有红、白、紫等不同颜色。

始为奉礼忆昌谷山居

唐·李贺

扫断马蹄痕①,衙回自闭门②。
长枪③江米熟,小树枣花春。
向壁悬如意④,当帘阅角巾⑤。
犬书⑥曾去洛,鹤病悔游秦⑦。
土甑封茶叶⑧,山杯锁竹根⑨。
不知船上月,谁棹满溪云⑩。

【题 解】

　　这首五言排律当作于李贺再度进京求仕期间。元和四年（809），李贺再次进京寻求仕途的发展。经宗人荐引与考试，于元和五年（810）初夏，被任命为奉礼郎，属于太常寺从九品上的小官。本诗便作于上任后不久。从诗云"小树枣花春"来看，枣树在五月开花，则李贺始任奉礼郎当在此之前。河南府福昌县之昌谷（今河南宜阳县西），是诗人李贺的故乡。作此诗时李贺离家已经一年，独自客寓京城，仕途发展并不如意，出任微职而无法返乡，思乡之情与日俱增。此作描述了诗人忙完公务闲暇之时怀念起在故乡轻松惬意的山居生活。诗人想象了昌谷家中的情景，回顾了昔日居家时出去游玩的悠闲日子，表达了对故乡山居生活的眷恋与神往，寄托了客寓异乡的诗人对故乡的深切思念。

【注 释】

　①扫断马蹄痕：意为谢客。

　②徇回自闭门：意为公务之余追忆家乡故居。

　③长枪：指形状如长枪枪头的江米。

　④如意：器物名，用竹、玉石、骨、铁等材料制作而成，长一尺到二尺，一端呈灵芝或云朵状，作指示方向、赏玩之用。

　⑤簾：门帘。角巾：四方形头巾，古人私居时戴用。

　⑥犬书：此处用陆机家犬为主人返回故乡传送家信之事。

　⑦鹤病：《乐府诗集·相和歌辞》十四《艳歌何尝行》古辞："飞来双白鹄，乃从西北来。十五五，罗列成行。妻卒被病，行不能相随。五里一反顾，六里一徘徊。"《乐府解题》曰："飞来双白鹄，乃从西北来，言雌病，雄不能负之而去。"用此事暗指诗人妻子卧病家中，诗人滞留京师不能前去守护而感到懊悔，所以说"悔游秦"。

　⑧土甑：土制的甑。甑：古代做饭用的一种陶器。封茶叶：茶叶被封存在甑里。

　⑨竹根：指用竹根制成的酒杯。这两句都是回忆昌谷故居的景物，"封"

与"锁"都可见出主人不在。

⑩ 这两句是回忆在昌谷家乡时出行游玩，曾在船上望月，边划船边看溪上之云，如今在京师为官，谁能再去过那种逍遥自在的生活！

题归梦

唐·李贺

长安风雨夜，书客梦昌谷^①。
怡怡中堂^②笑，小弟裁涧菉^③。
家门厚重意，望我饱饥腹。
劳劳一寸心，灯花照鱼目^④。

【题解】

这首五律当作于李贺远离家乡在长安供职期间。根据诗中所提及鲤鱼不瞑事以喻自己劳思不眠，可知作此诗时其妻子已亡故，该诗当作于李贺长安供职的后期。当时诗人忙于公务而无法返乡，却时刻挂念着家中亲人，久而成梦。此作便描述了诗人在一个凄风苦雨的夜晚梦见自己回家与亲人团聚的情景。诗人将梦境描述得栩栩如生，寄托了对故乡与亲人的深切思念。此诗在李贺众多描述阴森诡谲的怪梦作品中显得格外明亮温暖，充满了浓浓的亲情，表达了客寓异乡的诗人强烈的怀乡思亲之情。

【注 释】

① 梦昌谷：指梦见故乡。李贺是河南府福昌县（今河南宜阳）人，郡望陇西，家居福昌之昌谷（今河南宜阳县西），后人因称"李昌谷"。

② 中堂：堂之正中，长辈座位在此。这里指代母亲。

③ 菉：草名，即荩草。裁涧菉：采摘芹藻。此句叙述梦中情景，梦见小弟见兄而喜，采芹藻以馈赠。

④ 鱼目：鱼目不瞑，比喻诗人劳思难眠。此二句是描述诗人梦醒后独坐灯前凝思的情景。

题齐安城楼

唐·杜牧

鸣轧①江楼角一声，微阳潋潋落寒汀②。
不用凭栏苦回首，故乡七十五长亭③。

【题 解】

这首七言绝句约作于会昌四年（844）杜牧任黄州刺史的最后一年。诗题中的"齐安"，指齐安郡，亦即黄州，今湖北新洲。唐时每个州都有一个郡名，齐安即黄州的郡名。此诗塑造了一个宦游思乡的抒情主人公形象，描述了诗人独自登上齐安城楼，俯临大江，凭栏回首，远眺乡关之路。忽然一声角鸣，使他不由地蓦然惊醒，这才发现天色已晚，夕阳已沉没在水天之际。暮色苍茫时分，最易勾起游子的乡思离情。诗人的故乡在长安杜陵，位于黄州西北，而"微阳潋潋落寒汀"正是西望景色。此作末句历来备受称赞，盖脱胎自李白《淮阴书怀》诗："沙墩至梁苑，七十五长亭。"

【注 释】

① 鸣轧：吹角之声。

② 溅溅：犹冉冉，渐近貌。汀：水边平地。

③ 长亭：路边设置的供行人休息的亭子。此处指驿站。古时三十里置一驿站，有驿亭。杜牧家乡长安距离黄州二千二百二十五里，约有七十五个驿站，故云"七十五长亭"。

【名 句】

不用凭栏苦回首，故乡七十五长亭。

秋浦途中

唐·杜牧

萧萧^①山路穷秋雨，淅淅^②溪风一岸蒲。
为问寒沙新到雁，来时还下杜陵^③无？

【题 解】

这首七言绝句约作于会昌四年（844）杜牧由黄州刺史改任池州刺史的行役途中。诗题中的"秋浦"，即今安徽贵池，唐时为池州州治所在地。会昌二年(842)，杜牧因受到李德裕排挤而由朝官外放为黄州刺史，后又改任池州刺史，转徙于僻所小邑之间，这对于立志要在仕途上有所作为的杜牧而言，自然是落魄痛苦的境遇，心情苦闷。加之诗人赴任池

州正值秋凉之时，萧索的秋景更加剧了怀乡羁旅之愁。此诗一方面表现了诗人在人生低谷中的苦闷心绪，同时也表达了对故乡与亲人的挂念，以及漂泊异乡的羁旅情思。此诗体现了杜牧绝句擅长透过看似平常的景物描写，含蓄而蕴藉地抒情言志的艺术特点，堪称杜牧怀乡羁旅诗的代表作。

【注释】

①萧萧：象声词，形容下雨声。
②淅淅：象声词，形容风声。
③杜陵：地名，位于长安西南，是杜牧的故乡。

寒食行次冷泉驿

唐·李商隐

归途仍近节，旅宿倍思家。
独夜三更月，空庭一树花。
介山①当驿秀，汾水②绕关斜。
自③怯春寒苦，那堪禁火赊④。

【题解】

这首五律当为唐会昌五年（845）春李商隐往来太原、永乐时期所作。"寒食"禁烟火，只吃冷食。相传此俗源于纪念春秋时晋国的介之推（姓介名推，又称介子推）。冷泉驿，驿站名，位于汾州。归途，指归永乐。李商隐的故乡本在郑州，后移家永乐，并隐退于此地。此诗讲述的是诗人

夜宿冷泉驿的所见所感。由于冷泉驿位于寒食节的发源地,所以诗人恰逢寒食节夜宿此地,自然联想到子推隐死之事,加之客寓中怀乡思归情绪,感慨尤多。全诗风格清疏明秀,在李商隐五律中别具一格。

【注 释】

① 介山:山名,位于山西汾州灵石县东。传说介子推曾隐居此山,故名介山。

② 汾水:水名,出自山西汾阳县北管涔山,南至汾阴县北,西注于黄河。"驿"与"关"当为一事,地在介休、灵石之间,汾水沿岸,东对介山。

③ 自:已经,与"那堪"相应。

④ 禁火赊:禁火甚严。赊:剧甚。"赊"由有余义引申。此二句意为本已畏惧春寒之苦,又怎么受得了逢此寒食节,禁火甚严呢?

夜雨寄北

唐·李商隐

君问归期未有期①,巴山夜雨涨秋池②。
何当③共剪西窗烛,却④话巴山夜雨时。

【题 解】

这首七言绝句的诗题一作《夜雨寄内》,明嘉靖刊本《唐人万首绝句》等多数版本均作《夜雨寄北》。有学人考证此诗为李商隐于大中年间长期羁留梓州柳仲郢幕府期间所作。此作是寄给妻子(一说友人)的。当时诗人游宦在蜀地,而妻子却远在长安,故言"寄北"。在秋雨霖霪

的夜晚，诗人独自漂泊在外，不由思念起家中的妻子，想象着归家后与妻子团聚的温馨场景。结合此期义山全部诗文，首句所言"巴山"，泛指东川一带之山，且为其滞留梓幕期间诗文创作的习用语，并非具体实指某座山。此作主旨是表达诗人长期留滞异地、归期无日所引发的羁旅思乡之愁。首二句点明诗人愁思之源，一个"涨"字表现出滞留异乡的愁思随着滴答的雨声涨满秋池，直接表达急切的归思。后两句转入新境，遥想未来与家人重逢时刻，今夜巴山夜雨之情景都会成为西窗夜话之谈资。在重逢的欢娱中回首凄清往事，不仅使重聚更显珍贵而富有诗意，而且这种畅想本身也为原本孤寂凄寒的雨夜增添了几许温存，为寂寞的心灵带去了些许慰藉。此诗体现了义山诗善于将生活中凄清之情事化为凄美之诗境，也体现了其格调虽感伤却并未流于绝望颓废的诗美特质。

【注释】

①期：期限，日期。
②巴山：泛指东川一带群山。涨：涨满。秋池：秋天里的池塘。
③何当：什么时候才能。
④却：再，还。

【名句】

何当共剪西窗烛，却话巴山夜雨时。

写　意

唐·李商隐

燕雁迢迢隔上林①，高秋望断正长吟。
人间路有潼江②险，天外山惟玉垒深③。
日向花间留返照，云从城上结层阴④。
三年已制思乡泪，更入新年恐不禁。

【题解】

这首七律为唐宣宗大中七年（853）秋天李商隐滞留梓州幕府时期所作。从大中五年（851）九月起，李商隐入蜀追随时任东川节度使的柳仲郢，开始了漫长的滞留东川的生涯，这一时期诗人思乡念子之情屡见于诗文中。直至当年十一月中下旬，诗人才得以启程返回长安。此诗约作于启程前夕，题为"写意"，自然包含写思乡之意，但又不限于此。从尾联来看，诗人内心蓄积的思乡之情已达到了心理承受的极限，归家之愿格外迫切。此作以秋天怀乡为背景，以情观景，写景抒情，体现了义山诗善于营造凄美诗境的特点。

【注释】

①迢迢：遥远的样子。上林：即上林苑。此处借指长安。诗人暗用《汉书·苏武列传》之事，以表达思归京城而不得之情。

②潼江：水名。梓州射洪县有梓潼水，与涪江合流。

③玉垒：山名，位于成都。此二句描写蜀中山川之险阻，暗中表达滞留异乡的厌倦心绪，亦暗寓世道之险阻。

④此二句表达诗人远望时的迟暮之感与羁旅之愁。

菩萨蛮

唐·韦庄

人人尽说江南好，游人只合①江南老。春水碧于天，画船②听雨眠。炉边人似月③，皓腕凝霜雪④。未老莫还乡，还乡须断肠⑤。

【题解】

此作是韦庄避乱南方时期所写，描摹出江南水乡的秀丽风光与卖酒女子的姣好容颜，从风景和人物两方面极力渲染江南之令人陶醉忘返之处。尽管如此，下片笔锋一转，词人发出了"未老莫还乡，还乡须断肠"的喟叹，一方面表达了词人还是有老而返乡、落叶归根的愿望，同时也暗示出中原战乱，有家难归之创痛。此词的特别之处不仅在于对江南旖旎风光的传神呈现，更在于结尾处委婉含蓄地表达出浓郁的思乡之绪。唐代词人韦庄与温庭筠齐名，《花间集》收录其词四十八首，其词风除了花间词的婉媚、柔丽、轻艳的共有特征之外，还具有深婉低回之致。陈廷焯《白雨斋词话》评其词风"似直而纡，似达而郁"，外在劲直旷达，同时内含曲折悲郁，此作集中体现了韦庄词风的这种特点。

【注释】

①合：应该。
②画船：装饰华丽的船。
③炉边：酒炉旁边。这里用汉代司马相如与卓文君在临邛卖酒的故事。
人似月：美人面如满月。
④皓腕：女子洁白的手腕。凝霜雪：比喻女子洁白的手腕仿佛霜雪凝结而成。
⑤断肠：形容忧伤到极点。

【名句】

　　垆边人似月，皓腕凝霜雪。未老莫还乡，还乡须断肠。

长安晚秋

唐·赵嘏

　　云物凄清拂曙流，汉家宫阙^①动高秋。
　　残星几点雁横塞，长笛一声人倚楼。
　　紫艳^②半开篱菊静，红衣落尽渚莲愁^③。
　　鲈鱼正美不归去^④，空戴南冠学楚囚^⑤。

【题 解】

　　这首七言律诗是赵嘏客居长安时期所作。赵嘏是楚州山阳（今江苏淮阴）人，曾于大和六年（832）举进士不第，寓居长安。从诗题来看，此诗显然是以悲秋为主旨，通过描述深秋时节在长安的见闻与感受，表达了诗人独在异乡，怀乡思归之情。诗人清早起身，只见清幽的白云缓缓在长安宫殿的上空飘动，意识到又是一度深秋降临。只见清晨的天空还挂着几点残星，大雁已横越边塞，飞往南方。由于赵嘏是江南人，目睹此情此景，乡关之思油然而生。恰在此时，传来一曲悠扬的笛声，更勾起诗人浓郁的乡愁，思归不能，只有斜倚楼上，独自品味着思乡之苦。尾联诗人用两个典故表达故土难忘，直抒思归之情。"长笛一声人倚楼"一句历来为人称道，王定保《唐摭言》载，杜牧对此句"吟咏不已，因目嘏为'赵倚楼'"。自此"赵倚楼"也成为诗人的美称，可见此句影响之深远，确实营造出了一个闻笛思乡的悠远诗境，引发古今思乡游子的共鸣。

【注释】

①汉家宫阙：泛指唐王朝的宫殿。唐人喜用"汉"来自称。

②紫艳：此处指代紫色的秋菊。这句是说篱笆旁边紫色的秋菊静静地
　开放。

③红衣：指代莲花。渚：水中的小洲。这句是讲莲花也渐渐落尽了。

④此句用晋代张翰典故。据《晋书·张翰传》载，吴人张翰于洛中为官，
　见秋风吹起，想到菰菜羹、鲈鱼脍这些家乡美味，于是挂冠而归乡。

⑤此句用春秋时钟仪典故。据《左传》载，楚国人钟仪被俘虏到晋国，
　却难忘故土，依然带着楚人的帽子。诗人借此表达对故乡的眷恋。

【名句】

残星几点雁横塞，长笛一声人倚楼。

商山早行

唐·温庭筠

晨起动征铎①，客行悲故乡。
鸡声茅店月，人迹板桥霜。
槲②叶落山路，枳花照驿墙③。
因思杜陵梦④，凫雁满回塘⑤。

【题解】

这首五律当为唐宣宗大中末年温庭筠离开长安赴襄阳，路过商山而

作。商山，又名尚阪、楚山，位于今陕西商洛市东南，山阳县与丹凤县辖区交汇之处。据夏承焘《温飞卿系年》，温庭筠于唐宣宗大中十三年（859）四十八岁时投奔镇守襄阳的徐商。他从长安出发南下当途经商山。温庭筠虽祖籍山西，却久居杜陵，将其视为故乡。他久困科场，年近五十又为生计所迫出为地方官，心绪自然不佳，离开长安时生发去国怀乡之情在所难免。此诗便描述了他在南下宦游途中的见闻与感受，表达了对故乡的眷恋与羁旅之愁。诗人以其细腻敏感的洞察、准确传神的景物描摹以及对故乡梦境的描述，道出了引发游子共鸣的心声。其中颔联纯用名词结构而成，写早行情景宛在目前，堪称"意象具足"的晚唐佳句，也成就了这篇流传千古的怀乡羁旅诗中的名篇。

【注 释】

① 征铎：古代车行时悬挂在马颈上的铃铛。铎：大铃铛。
② 槲：陕西山阳县盛产的一种落叶乔木。每逢端午节用这种树叶包槲叶粽是当地的风俗。
③ 枳：一种落叶灌木，春天开白花，果实似橘而略小，酸不可食，可入药。驿墙：驿站的墙壁。驿：古代递送公文的人或来往官员暂住、换马的处所。
④ 杜陵：地名，在长安城南（今陕西西安市东南），上古为杜伯国，秦置杜县，汉宣帝筑陵于东原上，故名杜陵。这里指长安。这句大意是说，因此回忆起在长安时的梦境。
⑤ 凫：野鸭。雁：一种候鸟，春往北飞，秋往南飞。回塘：岸边曲折的池塘。这句描述的是所谓"杜陵梦"的梦中景象。

【名 句】

鸡声茅店月，人迹板桥霜。

杨柳枝八首 八首选一

唐·温庭筠

其 二

南内墙东御路旁①，须知春色柳丝黄。

杏花未肯无情思，何事行人最断肠②。

【题解】

《杨柳枝》是温庭筠创作的组词，共计八首，主要写男女相思之情，但第二首的主题有别。这首小词以抒写游子怀乡情思为主旨。词的前半部分叙事，讲述游子因见柳丝变黄而觉春光已至，引发怀乡之愁。后半部分拿杏树与柳树作比，以杏树为多情之物，为何亦似柳树而当春发花，令人见之思乡断肠。词人将游子见春色而唤起的思乡之情，欲归不得的感伤情绪，转化为对柳杏炫耀春色，撩人思乡之情的责备。此作构思别致，感悟写怀，含蓄蕴藉，寄托了词人深沉丰富的思乡感慨，也体现了温词特有的风格。

【注释】

①南内：指兴庆宫。原为唐玄宗为藩王时的故宅，登基后扩建为宫，因位于大明宫（东内）之南，故名南内。御路：皇帝车驾经过的道路。
②何事：意为"为何"，为什么。行人：出门远行之人。

【名句】

杏花未肯无情思，何事行人最断肠。

河渎神三首 三首选一

唐·温庭筠

其 二

孤庙对寒潮①，西陵②风雨萧萧。谢娘惆怅依兰桡③，泪流玉箸④千条。

暮天愁听思归乐⑤，早梅香满山郭。回首两情萧索，离魂⑥何处漂泊？

【题 解】

黄升《花庵词选》卷一曰："唐词多缘题，所赋《临江仙》则言仙事，《女冠子》则述道情，《河渎神》则咏祠庙，大概不失本题之意。"温庭筠创作的这组词即借歌咏祠庙、赛神活动等，营造一种肃穆、悲凉的意境，以抒写离愁别绪。此作为该组词中的第二首，以抒发游子的羁旅相思之情为主旨。此词上片写主人公泊舟于孤庙之前，只见西陵风雨，不禁泪如雨下。下片解释伤心的缘由，描述了暮春黄昏之时，主人公耳闻"思归乐"之声，更增添了思念之情。想到自身漂泊遭际，所思之人又音信杳无，顿觉伤心无限。此作将游子的离情别恨、羁旅思归之愁苦写得曲折细腻，不失为唐代羁旅词中的精品。

【注 释】

① 寒潮：寒冷的潮水。
② 西陵：即巴峡，长江三峡之一。此处用以渲染思念的愁苦悲情。
③ 谢娘：本指唐朝宰相李德裕家的歌妓谢秋娘，后泛指歌妓。兰桡：即兰舟，是对船的美称。

④ 玉箸：玉石制成的筷子。此处喻指眼泪。

⑤ 思归乐：唐代有曲调名《思归乐》。一说杜鹃鸟的叫声因近似"不如归去"，故亦指杜鹃的鸣叫。元稹《思归乐》云："山中思归乐，尽作思归鸣。"

⑥ 离魂：指离家远游的旅人。

除夜有怀

唐·崔涂

迢递三巴路①，羁②危万里身。

乱山残雪夜，孤独异乡人。

渐与骨肉远，转于童仆亲③。

那堪正飘泊，明日岁华新。

【题解】

这首五律当为晚唐诗人崔涂游历巴蜀期间所作。崔涂是江南人，唐僖宗光启四年（888）进士及第。他一生漂泊，游踪广泛，遍及巴蜀、吴楚、河南、秦陇等地。此诗叙写了除夕之夜，离家在外的诗人置身异乡的感怀，呈现出游子漂泊生涯之况味，抒发了"每逢佳节倍思亲"的羁旅愁思。此诗呈现乡愁的视角较为独特，"渐与骨肉远，转于童仆亲"写尽了游子内心的悲凉与无奈。全诗将除夕夜的离情、漂泊生涯的苦辛表现得真实感人。此作明显受盛唐王维《宿郑州》和中唐戴叔伦《除夜宿石头驿》的影响。领联显然从戴诗"一年将尽夜，万里未归人"化出，而颈联则脱胎自王维的"他乡绝俦侣，孤客亲童仆"。此诗融合了前代除夕感怀题材的精华，是晚唐诗中的上乘之作。

【注 释】

① 迢递：遥远的样子。三巴：古地名，巴郡、巴东、巴西的合称，相
当于今四川嘉陵江和綦江流域以东的大部地区。此处当泛指四川。

② 羁：寄居在外。

③ 这句的大意是诗人常年在外，自觉与骨肉亲人逐渐疏远，反而与朝
夕相处的仆人亲近起来。

西江月三首 三首选一

唐·佚名

其 二

浩渺天涯无际，旅人船薄孤洲①。团团明月照江楼②，远望荻花③
风起。

东去不回千万里，乘船正值高秋④。此时变作望乡愁，一夜苦
吟云水⑤。

【题 解】

这首小词是敦煌词一组联章歌辞《西江月》中的第二首，作者不详。
这组歌辞描写了一群少女在秋天的月夜泛舟江面的见闻和感受。第二首
的主旨是描述少女们泛舟江面时只见江面浩渺无垠，皓月当空，风吹荻
花，旅船独泊，江楼耸立，这一幅秋夜江景图唤起了少女们的思乡之愁。
这首词在刻画景物方面很成功，营造出了空灵杳渺的意境，由江景继
而引出乡愁，以景衬情。在词体尚处于初级阶段的唐代，此作显得难
能可贵。

【注 释】

① 浩渺：形容水面旷远。薄：泊近，停靠。孤洲：水中孤立的小块陆地。
② 团团：圆圆的。江楼：江边的楼阁。
③ 荻花：多生长在水边的芦荻花。
④ 高秋：秋季天高气爽，故称高秋。
⑤ 苦吟云水：指把游历中的感受用诗词表达出来。云水：由于漫游正如云水般漂泊不定，故此处用"云水"指代漫游中的感受。

定西番

五代·牛峤

紫塞^①月明千里。金甲^②冷，戍楼^③寒，梦长安。
乡思望中天阔，漏残星亦残。画角^④数声呜咽，雪漫漫。

【题 解】

《定西番》原为唐教坊曲，后用作词调名。《词林纪事》载，南宋陆游云："牛峤《定西番》为塞下曲，《望江怨》为闺中曲，是盛唐遗音。"《花间集》中所收录的《定西番》，多与调名本意有关，述征夫思妇之怨。此作即是其中代表，抒写戍边士卒的思归心绪。上片由望月言及思乡之情，下片从满怀希望的望乡过渡到有家难归的失望感伤。结尾处的塞外雪景衬托出戍卒们埋藏心底的沉重乡愁，呈现出悲凉的气氛，韵味悠长。

【注 释】

① 紫塞：长城。秦筑长城，用紫色泥土，故称紫塞。

② 金甲：铁甲。
③ 戍楼：驻守边境的营房。
④ 画角：军中所用乐器。

南乡子 十七首选一

五代·李珣

其 五

烟漠漠，雨凄凄，岸花零落鹧鸪①啼。
远客扁舟临野渡②，思乡处，潮退水平春色暮③。

【题 解】

　　《南乡子》十七首是以描写岭南风土为主题的组词，饶有民歌风味，不过较之民歌更典雅优美。李珣，字润德。其祖先为波斯人，后定居梓州（今四川三台县）。李珣少有诗名，曾以秀才预宾贡，又通医理，兼卖香药，不脱波斯人本色。蜀亡后不仕，著有《琼瑶集》，已佚。李珣词现存五十四首，《花间集》收录三十七首，可见其在五代词人中的重要位置。此词记述了在暮春时节的阴雨天里，词人乘船来到南国的所见所感。此作在整体格调明快的《南乡子》组词中显得较为特殊，色调黯淡，衬托出词人的思乡之愁。即使置身南国秀丽的春光之中，想到自己的故乡，也觉得春色迟暮。此作体现了李珣词婉约中不失恬淡素雅的艺术风格。

【注 释】

　　① 鹧鸪：鸟名，外形似鹑而稍大。

② 扁舟：小船。野渡：荒野中的渡口。

③ 春色暮：春色将尽。暮：晚，末。

菩萨蛮 五首选一

五代·孙光宪

其　五

木棉花映丛祠小①，越禽②声里春光晓。铜鼓与蛮歌③，南人祈赛④多。

客帆风正急，茜袖偎樯立⑤。极浦⑥几回头，烟波无限愁。

【题解】

此作抒写江上旅人的情怀。孙光宪，字孟文，自号葆光子，陆州贵平（今四川仁寿县东北）人。唐末为陆州判官，后仕荆南，入宋后为黄州刺史。孙光宪喜收藏书，著有《北梦琐言》。其词载于《花间集》、《尊前集》等书，共存八十五首，为五代词人之最。孙词内容多涉及艳情，间或以咏史、田园、行旅题材入词，较之花间诸家更为丰富。此词以捕捉典型景物和表现人物心灵深处的微妙情感见长。上片写西南地区特有的地方风物，写出了旅人对两岸景色的鲜明印象。下片写词人客中所见，突出船上女子引起旅人的无限愁思，表达了寂寞惆怅的羁旅之思。此作集中体现了孙词清新俊逸的整体风格，在脂粉气浓重的五代词中令人耳目一新，是五代时期羁旅词中的代表作。

【注 释】

① 木棉：落叶乔木，花朵硕大，色红如火，生长于滇黔两广地区。丛祠：
树林间的神庙。

② 越禽：南越地方的鸟。

③ 铜鼓：铜制的鼓，西南少数民族所用的乐器，祭祀时演奏以迎神。
蛮歌：南方少数民族祭祀时为娱神而唱的歌曲。

④ 祈赛：指祭祀活动。

⑤ 茜袖：茜草染红的袖子，意同"红袖"。茜：茜草，一种多年生蔓草，
根可作红色染料。这里借指大红色。偎：依靠。樯：船上的桅杆。

⑥ 极浦：遥远的水边。浦：水边，岸边。

忆秦娥

南唐·冯延巳

风淅淅①，夜雨连云黑②。滴滴，窗下芭蕉灯下客。
除非魂梦到乡国，免被关山隔③。忆忆④，一句枕前争忘得⑤。

【题 解】

《忆秦娥》最早出自传为李白所作的词《忆秦娥·箫声咽》，因有
"秦娥梦断秦楼月"句，故名"忆秦娥"。此调别名甚多，有《秦楼月》、
《玉交枝》、《碧云深》、《双荷叶》等。此词主旨是写别后亲人间的
相思之情。上片描绘了一个凄风苦雨之夜，词人独自远在异地他乡，深
感寂寞凄清。下片开始转到抒发对远方亲人的思念，归乡之梦萦绕心头，
亲人的话语仿佛在耳边响起，表达了词人心底如潮水般涌动的怀乡思亲
之情。冯延巳是五代时期最为高产的词人，其词作虽仍以相思离别、花

月风情为主要题材，但不再局限于女子的容貌服饰与具体情节，而是着力表现人物的心境意绪，引发丰富的启示与联想。此作便充分体现了冯词的这一特点。

【注释】

① 淅淅：此处指雨水声。
② 此句讲乌云密布，夜雨下个不停，天地间一片昏黑。
③ 此句是说只有梦中才能见到故乡，才能不远远地被关山所阻隔。
④ 忆忆：不断地思念。
⑤ 争忘得：怎么会忘记。这句大意是从前在枕边说过的那句话，我怎么会忘记。

虞美人

南唐·李煜

春花秋月何时了①，往事知多少②。小楼昨夜又东风③，故国不堪回首月明中④。

雕栏玉砌依然在，只是朱颜改⑤。问君⑥能有几多愁：恰似一江春水向东流。

【题解】

《虞美人》为唐教坊曲，取义于项羽"虞兮"之歌，音节悲凉慷慨。此词为南唐后主李煜被俘囚禁于汴京时期所作，抒写亡国后的惨痛心情。上片触景伤怀，以怕见春花秋月、追忆故国的美好生活起笔，委婉地道

出了词人深藏心底的故国之思与亡国之痛。下片写多忧易老，把满腔的悲怆以春江水作比，可见其愁苦之绵长，感人肺腑。据说此词传入宋宫，太宗闻之大怒，遂遣人赐酒毒杀李煜。王国维在《人间词话》中评价此作为"以血书者"，其中的确凝结着一个亡国之君的心血与生命，也因此被后世称为后主之绝命词，成为李煜词中脍炙人口的名篇。

【注 释】

① 春花秋月：既实指春天里的花，秋天皎洁的月亮，又借指一年中最美好的景物。了：完结，尽头。

② 往事：指词人过去在金陵做皇帝时的种种回忆。知多少：不知有多少，意即很多。

③ 故国：指已经覆亡的南唐。回首：回顾，追忆。

④ 雕栏玉砌：雕刻了图案的栏杆和玉石铺砌的庭阶。这里泛指南唐朝廷的宫殿。

⑤ 朱颜：指年轻人红润的面容。朱颜改：指面容变得憔悴。这里是说在被囚禁的生活中，人很快老去了。

⑥ 问君：设问之词，实则是自问，暗藏无限悲痛。

【名 句】

问君能有几多愁：恰似一江春水向东流。

望江南 二首选一

南唐·李煜

其 一

多少恨①，昨夜梦魂中。还似旧时游上苑②，车如流水马如龙③，
花月正春风。

【题解】

《望江南》，一作《忆江南》。此词为李后主亡国入宋后所作，在被
囚禁中追念往昔欢游盛况，悲叹今日难再续。俞陛云在《南唐二主词辑述评》
中评曰："'车水马龙'句为时传诵，当年之繁盛，今日之孤凄，欣戚之怀，
相形而益见。"短短三句不仅将梦境传神地呈现出来，并且蕴涵了词人对
往昔宫廷生活的无限怀念，只以一个"恨"字出之，却道出了词人心底无
限的悲凉感伤。这种以乐写悲的对比衬托手法在李煜亡国后的词作中具
有代表性，体现了其降宋后创作的小词语短情长的艺术风貌。

【注释】

①多少恨：即无限恨。
②旧时：指亡国之前。上苑：皇室园林。
③此句形容车马之盛，络绎不绝。

望江梅

南唐·李煜

闲梦远①，南国正芳春②：船上管弦江面渌③，满城飞絮辊轻尘④，忙杀⑤看花人。

闲梦远，南国正清秋：千里江山寒色⑥远，芦花深处泊孤舟，笛在月明楼⑦。

【题解】

《望江梅》，萧江声抄本《南唐二主词》调作《望江南》，作一首。《全唐诗》作《忆江南》，作两首。萧本来源颇古，必有所据。从词中流露出的凄冷感伤情绪来看，此词当为后主亡国入宋后所作。此词借梦境写回忆中的故国风光，以表达囚居中的故国情思和现实困境下的巨大痛楚。上片写江南春景，下片转为江南秋景。陈廷焯《别调集》卷一评云："寥寥数语，括多少景物在内。"全词含蓄委婉，气氛由热烈的春意而过渡为萧索凄清的秋色，寒山、芦花、孤舟、笛曲、月明楼等意象本身，以及意象组合之间都表露出无法言说的寂寞感伤之情，是李煜以写梦境而表达怀乡之思的词中颇具特色的佳作。

【注释】

① 闲梦远：指囚居中百无聊赖的心情下梦见遥远的地方。
② 南国：江南一带，这里指南唐故土。芳春：美好的春天。
③ 管弦：泛指乐器，这里指各种乐器共同演奏。江面渌：春天江水明澈。
　　渌：水清澈貌。
④ 辊：车轮飞快地转动。这句描述游春的车马嘈杂，满城尘土飞扬，
　　柳絮漫天飞舞的情景。

⑤忙杀：犹言"忙坏了"。杀：同"煞"，形容极，甚。

⑥寒色：指秋色。

⑦此句是说从秋月朗照下的阁楼中传出悠扬的笛声。

浪淘沙

南唐·李煜

帘外雨潺潺①，春意阑珊②。罗衾不耐五更寒③。梦里不知身是客，一晌④贪欢。

独自莫凭栏。无限江山⑤，别时容易见时难。流水落花春去也，天上人间⑥！

【题解】

《浪淘沙》原为唐教坊曲。唐人多用七言绝句入曲，如刘禹锡、白居易并作此词，歌咏江浪淘沙。自李煜始演变为长短句双调小令，五十四字，平韵。又名《曲入冥》、《过龙门》、《卖花声》。此为李煜国亡入宋被囚禁时所作。此词借暮春之景抒写对囚禁生活的不堪和深重的故国之思。上片以梦里贪欢反衬醒来后的苦闷。下片追怀故国，感慨万千。今昔对比之下，幽怨悱恻，悲恸欲绝。亦有人将此作称为后主绝笔。

【注释】

①潺潺：此处指雨水声。

②阑珊：衰残。

③罗衾：丝绸的被子。不耐：受不了。

④ 一晌：片刻，一会儿。

⑤ 无限江山：指沦亡的南唐国土。

⑥ 天上人间：往日的盛景不再，今昔有天壤之别，恍如隔世，不堪回首，悲怆欲绝。此句表达了词人在囚禁生活中精神上的诸多挣扎，却只能在现实困境中发出无可奈何的慨叹，以寄托其心底无限的悲慨。

破阵子

南唐·李煜

四十年来①家国，三千里地②山河。凤阙龙楼连霄汉③，玉树琼枝作烟萝④，几曾识干戈⑤？

一旦归为臣虏⑥，沈腰潘鬓⑦销磨。最是苍黄辞庙日⑧，教坊⑨犹奏别离歌，垂泪对宫娥⑩。

【题 解】

《破阵子》为唐教坊曲，一名《十拍子》。唐太宗李世民击破刘武周后，军中相与创作曲子《秦王破阵乐》，来歌颂其武功，流传颇广。该曲本是大套的舞曲，后从大曲里面抽出一段来作为清唱的令曲，其音节依然保持着激烈昂扬的情调。此词为李煜被俘入宋后，追忆昔日故国情事而作，上片追忆当年宫廷盛景，下片难忘去国时候的惨状。其中有对往昔宫廷帝王生活的眷念，也有沦为亡国之君后的无限悔恨，字里行间都流露出深沉的故国之思、亡国之痛。此词为李煜后期创作中的上乘之作，读之令人不由唏嘘感叹。

【注释】

① 四十年来：南唐自李昪于 937 年建国，至 975 年为宋太祖所灭，历时三十八年。四十年为取其整数而言。

② 三千里地：南唐辖境包括今江苏、安徽、江西等地，约三千里。

③ 凤阙龙楼：指皇帝的宫殿，上面雕有龙凤图案。霄汉：云汉。此处形容宫殿的高度，仿佛与天河相接。

④ 玉树琼枝：指宫殿内用玉石雕琢而成的各种饰品玩物。烟萝：烟雾笼罩着的菟丝草。此句形容宫中宝物极多，以至于把玉树琼枝看作野草一般。

⑤ 几曾：何曾。识：懂得。干戈：古代兵器，此处借指战争。

⑥ 臣虏：被俘虏的臣子。

⑦ 沈腰：用南朝沈约的典故，《梁书·沈约传》载：沈约写信给好友徐勉说："百日数旬，革带常应移孔，以手握臂，率计月小半分。"后以"沈腰"形容消瘦。潘鬓：用晋朝潘岳的故事，潘岳《秋兴赋并序》："晋十有四年，余春秋三十有二，始见二毛。"后以"潘鬓"形容未老先衰。

⑧ 苍黄：一作"仓皇"，匆忙仓促。辞庙：辞别宗庙，离开故国，向祖先告别。

⑨ 教坊：教习歌舞的官方机构。始于唐开元年间，下延至南唐、北宋都有设置。

⑩ 宫娥：宫中美貌的歌舞女子。

子夜歌

南唐·李煜

人生愁恨何能免，销魂独我情何限①！故国②梦重归，觉来③双泪垂。

高楼谁与上？长记秋晴望。往事已成空，还如一梦中。

【题 解】

此词一名《菩萨蛮》。从"故国梦重归"等词句来看，此词显然作于亡国入宋之后，抒写了李后主追怀故国的沉痛心绪。上片表白内心的离愁别恨何其深重，下片通过今昔处境的对比，感叹故国的欢乐时光一去不复返，就像做了一场大梦，道不尽的伤心与悔恨。此作以梦回故国、追忆往昔为核心，表现了李煜沦为亡国之君后的故国之思与亡国之痛，凄婉缠绵，写出了对欢乐易逝的普遍的人生体验，寄慨极深，将怀乡之愁推向了极致，同时又超越了单纯怀乡题材的范畴，能引发广泛的共鸣。

【注 释】

① 销魂：在意外刺激下，连魂魄都消散了。何限：无限。
② 故国：指已沦亡的南唐。
③ 觉来：醒来。

【名 句】

往事已成空，还如一梦中。

闻雁寄故人

北宋·徐铉

久作他乡客，深惭薄宦①非。

不知云上雁，何得每年归。

夜静声弥怨，天空影更微^②。

往年离别泪，今夕重沾衣^③。

【题 解】

这首五律为徐铉宦游他乡时所作。徐铉，字鼎臣，广陵（今江苏扬州）人，五代末至宋初的著名学者、诗人。徐铉曾出仕南唐，入宋后亦在京城及邠州任职。此篇应是他入宋之后宦游他乡时所作。徐铉的诗作平易浅近而又饱含深情，正如这首五律所体现的风格。全诗通过叙写诗人听到大雁鸣叫后的所思所感，抒发了身在异乡的孤独漂泊之感以及怀乡思归之情。

【注 释】

①薄宦：为微薄的俸禄而做官。

②这两句是描写夜晚听到大雁的叫声更加哀怨，看到大雁在天空飞翔的影子显得更加微小。

③沾衣：泪水打湿衣襟。

【名 句】

往年离别泪，今夕重沾衣。

雨 夜

北宋·张咏

帘幕萧萧^①竹院深，客怀孤寂伴灯吟。
无端^②一夜空阶雨，滴破思乡万里心^③。

【题解】

这首七言绝句约作于张咏在鄂州崇阳时期，主旨是抒发宦游异地的诗人在寂寞的雨夜生发出的怀乡思归之情。张咏（946—1015），字复之，号乖崖。濮州鄄城（今属山东）人，性格刚直，以豪侠与文才闻名。他在宋朝历任鄂州崇阳县（今属湖北）知县、相州（今河南安阳）通判、益州（今四川成都）、杭州（今属浙江）、升州（今江苏南京）等地知州。张咏对晚唐五代诗歌的绮靡鄙陋文风表示不满，主张恢复古诗"疏通物理，宣导下情"的传统，其诗作多真实自然，不事雕琢，诗风清丽明朗。此首表达雨夜思乡之情的七绝便鲜明地体现了张诗的风格特征。

【注 释】

①萧萧：象声词，形容风雨声。
②无端：无缘无故，没有来由。
③此句是说，整夜连绵不断的雨滴，仿佛要滴碎离家万里之外的诗人那颗思念故乡的心。

【名 句】

无端一夜空阶雨，滴破思乡万里心。

村 行

北宋·王禹偁

马穿山径菊初黄，信马悠悠野兴长^①。
万壑有声含晚籁^②，数峰无语立斜阳。
棠梨^③叶落胭脂色，荞麦^④花开白雪香。
何事吟馀^⑤忽惆怅？村桥原树^⑥似吾乡。

【题 解】

　　这首七言律诗是王禹偁在宋太宗淳化二年（991）被贬为商州团练副使时所作。此诗描写了诗人秋天里骑马出行时所见到的山村暮色。当他在骑行中聆听着黄昏时分山谷中的声响，欣赏着沿途风光时，突然发现眼前村庄里的小桥和原野上的树木与故乡的景致颇为相似，因而引发了思乡愁绪。王禹偁是北宋初期具有代表性的诗人，他出身贫寒，入仕后多次遭到贬谪，使其人生态度和文学思想皆迥异于同时期的馆阁词臣。作为宋初"白体"诗人的主要人物，其诗风并不局限于模仿白居易的闲适诗，而是同时以杜甫为典范。此作语言自然晓畅，情感含蓄深沉，体现出王禹偁诗歌创作中杜诗风格因素向白体诗风渗透的特点。

【注 释】

　　① 信：随意，随便。野兴：指陶醉于山林美景，怡然自得的游赏乐趣。
　　② 万壑：形容山谷之多。壑：山沟。晚籁：指傍晚大自然各种孔窍中发出的种种声响。籁：从孔穴中发出的声音。
　　③ 棠梨：杜梨，又名白梨、白棠。一种落叶乔木，叶含红色，故言"胭脂色"。
　　④ 荞麦：一年生草本植物，秋季开白色小花，故言"花开白雪香"。

⑤吟馀：除吟诗之外。馀：以后，以外。

⑥原树：原野上的树木。

【名句】

万壑有声含晚籁，数峰无语立斜阳。

南平驿

北宋·寇准

心随流水还乡国，身向青山上曲盘^①。

秋梦不成秋雨细，西风一夜客亭寒。

【题解】

这首七言绝句是寇准在天禧四年（1020）被贬道州司马上任时所作。南平驿，地名，在今湖北安乡县境内。他在上任途中经安乡南平驿，直赴澧州城，再经澧州青化驿至武陵。在澧州城换马留宿时写下此诗纪行。寇准作为一宋一代名相，此诗是他处于仕途低谷时期的创作，表达了他在人生失意时的特殊感悟。全诗精致工稳，意境凄迷，思乡情怀中还带有些许身不由己的惆怅，是宋代羁旅怀乡诗中的上乘之作。

【注释】

①曲盘：弯曲盘绕的山路。

秋日有怀乡国

北宋·杨亿

长安久客逢摇落^①，不独悲秋更忆乡。
潘岳二毛^②行欲变，渊明三径^③已应荒。
书裁尺素鸿难托^④，梦绕重湖蝶自狂。
游宦十年归未得，尘缨却悔濯沧浪^⑤。

【题 解】

　　这首七言律诗是杨亿在京城为官时因思念故乡而作。诗题中的"乡国"，即指故乡而言。杨亿（974—1020），字大年，福建浦城人，北宋著名文学家，为"西昆体"诗人群领袖人物。杨亿生平作诗甚多，留传至今的尚有《武夷新集》二十卷。他为人耿直，其仕宦生涯也并不都在馆阁之中。他曾几次出任地方官，其诗作中不乏内容充实、反映社会现实之作，但他在当时影响最大的却是其京师任官时期的唱酬之作。这些诗作多师法李商隐诗的雕润密丽、音调铿锵，显示出对仗工稳，用事深密，辞藻华美的特点。此诗虽然不是杨亿与西昆诗人的唱和之作，但也同样体现了西昆体的主要特点。由于诗人长期客居长安，故怀乡之情颇为深切浓烈，所以此作避免了"西昆体"常见的缺乏真挚情感的弊病，是杨亿全部诗歌中的上乘之作。

【注 释】

　　① 摇落：指代树叶凋零的秋季。
　　② 潘岳二毛：用潘岳的典故。二毛：指出现白发。潘岳《秋兴赋并序》
　　　云："晋十有四年，余春秋三十有二，始见二毛。"诗中引此典有
　　　感叹岁月蹉跎之意。

③渊明三径：陶渊明《归去来辞》中有"三径就荒，松竹犹存"之句，此处代指隐居之所。

④尺素：指书信。鸿难托：古代有鸿雁传书之说。

⑤尘缨：指代尘俗之事。濯沧浪：语出屈原《渔父》："沧浪之水清兮，可以濯吾缨；沧浪之水浊兮，可以濯吾足。"此处指超乎尘世之外，保持高洁之姿。

渔家傲

北宋·范仲淹

塞下秋来风景异，衡阳雁去①无留意。四面边声连角起②，千嶂③里，长烟落日孤城闭。

浊酒一杯家万里，燕然未勒④归无计。羌管⑤悠悠霜满地，人不寐，将军白发征夫泪。

【题 解】

此调为北宋年间的流行歌曲，始见于北宋晏殊，因词中有"神仙一曲渔家傲"句，便取"渔家傲"三字作调名。1038年元昊称帝后，连年侵宋。北宋朝廷积贫积弱，边防空虚，宋军接连败退。当此危难之时，范仲淹于1040年自越州改任陕西经略副使兼知延州（今陕西延安）。延州为西夏出入要冲，战后城寨焚掠殆尽，戍兵皆无壁垒，散处城中。此作很可能即作于范仲淹知延州时。此作原有数阕，皆以"塞下秋来"为首句，但流传至今的只有此阕。作品以边塞生活为主题，表现了边塞将士生活的艰苦，以及将士们久戍边地、怀乡思归，然因外患未除、功业未成而无法旋归的矛盾复杂心绪。词的上片是从戍边将士的视角，描

述了塞外的秋景与军营中的特有景观，呈现一种旷远苍凉、雄浑悲壮的氛围。词的下片转入对将士内心的刻画，边患未除，归期渺茫，这令寒夜中听着笛曲的将士们如何不起怀乡之愁，滴下征夫之泪！范仲淹是最早尝试用词体写边塞生活的词人，欧阳修称其为"穷塞外之词"，此词堪称边塞词的开山之作。

【注 释】

① 衡阳雁去：即"雁去衡阳"的意思。湖南衡阳县南有回雁峰，相传北来的大雁到此不再南飞。一说其峰势如雁之回，故有此称。
② 边声：指胡笳声、马嘶、风号之类边地特有的声音。角：军中的号角。
③ 嶂：形容像屏障一样并列的山峰。
④ 燕然：山名，即今蒙古人民共和国境内的杭爱山。勒：刻石纪功。《后汉书·窦宪传》载，窦宪大破北单于，"登燕然山，去塞三千余里，刻石勒功"而还。燕然未勒，意思是抗击西夏的功业还未完成。
⑤ 羌管：指羌笛。

【名 句】

羌管悠悠霜满地，人不寐，将军白发征夫泪。

苏幕遮

北宋·范仲淹

碧云天，黄叶地，秋色连波，波上寒烟翠。山映斜阳天接水，芳草无情，更在斜阳外①。

黯乡魂^②，追旅思^③，夜夜除非，好梦留人睡。明月高楼休独倚，酒入愁肠，化作相思泪。

【题解】

《苏幕遮》原为由西域传入的唐教坊曲。"苏幕遮"是当时高昌国语的音译。宋代词人用此调是另度新曲，又名《云雾敛》、《鬓云松令》。这是一首以抒写乡思旅愁为主旨的词。上片写景，下片抒情，以秋景烘托出词人的思乡之情。写景部分极为成功，写出了天高气爽的无边秋意。王实甫《西厢记·长亭送别》里的名曲《正宫·端正好》便是化用了上片写景的诗意，辞曰："碧云天，黄花地，西风紧，北雁南飞。晓来谁染霜林醉？总是离人泪。"词的下片由写景转而抒发思乡之愁。词人无论是睡梦中还是饮酒之时，都被深深的思念之情所缠绕。这首词通篇即景生情，情景交融，将怀乡之愁与儿女之情表现得淋漓尽致，余韵悠长。

【注释】

① 此句化用李煜《清平乐》："离恨恰如春草，更行更远还生。"
② 黯：形容心情忧郁。"黯乡魂"借用江淹《别赋》："黯然销魂者，惟别而已矣"。
③ 旅思：羁旅之思，漂泊在外的愁思。

【名句】

明月高楼休独倚，酒入愁肠，化作相思泪。

青玉案

北宋·欧阳修

一年春事都来几？早过了、三之二。绿暗红嫣浑可事①，绿杨庭院，暖风帘幕，有个人憔悴。

买花载酒长安市②，又争似家山见桃李③？不枉④东风吹客泪，相思难表，梦魂无据，惟有归来是⑤。

【题 解】

此调名出自东汉《四愁诗》："美人赠我锦绣段，何以报之青玉案"，又名《横塘路》、《西湖路》、《青莲池上客》等。欧阳修的这首词以抒发羁旅乡愁为主旨，表达了词人对"家山"故乡的深切思念。该词上片描述了词人置身花红柳绿的春色之中，却无心游赏怡人春景，而独坐庭院之中，想起故乡面露憔悴之色。下片讲述了尽管词人也在京城的万丈红尘中"买花载酒"，寻欢作乐，然而终难解思乡之苦，以至潸然泪下。结尾处的"梦魂无据，惟有归来是"道出了众多游子对故乡魂牵梦绕而渴盼归期的共同心声。

【注 释】

①绿暗红嫣：指绿叶茂密，红花娇艳。浑：全，满。可事：可心的快意之事。

②长安市：借指北宋京城汴京。

③争似：怎似，怎比得上。家山：家乡。

④不枉：不怪罪。

⑤此句的意思是只有回到家乡才能称心如愿。

花山寒食

北宋·欧阳修

客路逢寒食，花山^①不见花。
归心随北雁，先向洛阳家^②。

【题解】

　　这首五言绝句作于明道二年（1033）欧阳修返回洛阳途中。这年春天，时任西京留守推官的欧阳修南下汉东，三月还洛阳，归途中行至花山时正值寒食节，诗人有感异乡独自过寒食而作此诗。花山，是唐州湖阳的一个镇。当时欧阳修由随州北上，经唐州、汝州，抵河南府。此诗主旨是抒发宦游异地的诗人正逢节日生发出愈加强烈的怀乡思归之情。

【注释】

　　① 花山：地名，位于唐州湖阳附近。
　　② 洛阳家：在洛阳的家园。欧阳修是江西永丰人，但长期在洛阳为官。

初出真州泛大江作

北宋·欧阳修

孤舟日日去无穷，行色苍茫杳霭^①中。
山浦^②转帆迷向背，夜江看斗辨西东。
潆田^③渐下云间雁，霜日初丹水上枫。

莼菜鲈鱼方有味，远来犹喜及秋风^④。

【题 解】

　　这首七言律诗是景祐三年（1036）欧阳修被贬峡州夷陵（今湖北宜昌市）县令赴任途中所作。是年，范仲淹上书言事得罪吕夷简，落职知饶州。欧阳修替范仲淹鸣不平而降为峡州夷陵（今湖北宜昌市）县令。欧阳修此次南贬之行是从京师出发，沿汴水绝淮河溯江而下，赴夷陵贬所。诗题中的"真州"，即今江苏仪征，是其途中所经过的一站，诗人于此地稍事休整。据其《于役志》载，休息十数日后，离开真州，继续泛江西行。此诗抒写了诗人在旅途中的见闻与感受，表达了漂泊异乡的羁旅之思与怀乡之情，含蓄蕴藉，不仅是欧阳修诗歌中的代表作，亦堪称宋代怀乡羁旅诗中的上乘之作。

【注 释】

　　① 杳霭：昏暗的雾霭。杳：昏暗。
　　② 山浦：山麓近水处。
　　③ 潋田：水田。
　　④ 此二句用张翰的典故。据《晋书·张翰传》载，张翰见到秋风吹起，便思念起故乡吴中的菰菜、莼羹、鲈鱼脍等美食。此处用以表达诗人对故乡的思念之情。

戏答元珍

北宋·欧阳修

春风疑不到天涯^①，二月山城未见花。

残雪压枝犹有桔，冻雷^②惊笋欲抽芽。

夜闻归雁生乡思，病入新年感物华^③。

曾是洛阳花下客^④，野芳^⑤虽晚不须嗟。

【题解】

这首七言律诗是景祐四年（1037）欧阳修被贬峡州夷陵（今湖北宜昌市）县令期间，回赠友人之作，一题为《戏答元珍花时之雨之作》，抒发了诗人被贬官后抑郁寡欢的心绪。景祐三年（1036）欧阳修被贬为峡州判官。次年他的好友丁宝臣寄了一首名为《花时久雨》的诗给他，欧阳修便写下这首诗作为赠答。诗中叙写了他谪居山城时期的心情，虽多半是思乡之苦和年华逝去的感伤，但篇末故作宽解之态，委婉地倾诉了内心的感触。全诗流丽畅达，是欧阳修本人较为得意的作品。

【注释】

① 天涯：与下句"山城"皆指地处偏远的夷陵。
② 冻雷：春雷。因天气未暖，尚未解冻，故云"冻雷"。
③ 物华：泛指自然景物。
④ 洛阳花下客：花指牡丹。欧阳修曾在洛阳任职，而洛阳盛产牡丹，故有此言。
⑤ 野芳：指夷陵地区生长的野花。

【名句】

春风疑不到天涯，二月山城未见花。

自河北贬滁州初入汴河闻雁

北宋·欧阳修

阳城^①淀里新来雁,趁伴南飞逐越船^②。
野岸柳黄霜正白,五更惊破客愁眠。

【题解】

这首七言绝句是庆历五年(1045)欧阳修被贬滁州赴任途中所作。是年欧阳修支持范仲淹的政治改革,不顾个人安危毅然上书斥责权臣,最终范仲淹被罢官,欧阳修也遭到贬谪。他此次南行赴任的路线是由河北先舟行至汴河口,再沿汴河南下。此诗记述了诗人在旅途中听到南飞大雁的鸣叫声而生发出羁旅之思,当时正值深秋,诗境愈发凄凉萧索。此诗体现了他置身人生低谷时愁绪满怀的心理状态,抒发了他被迫南迁途中的孤寂惆怅之情。全诗出语自然,语淡而情深,是宋代羁旅诗中的精品。

【注释】

① 阳城:今属山西,宋时属泽州,汴河口在其东南。
② 越船:指诗人所乘南行之船。

社　前

北宋·梅尧臣

欲社^①先知雨,将归未见花。

那能^②长作客，夜夜梦还家。

【题 解】

  这首五言绝句作于庆历四年（1044）梅尧臣四十三岁时。社前，指社日之前。社，是古代祭祀土地神的节日，在春分前后。汉代以前只有春社，汉代以后开始有秋社。自宋代起，以立春、立秋后的第五个戊日为社日。这年春天，梅尧臣任湖州监税，归宣城。此诗当作于他游宦湖州时，抒写了身在异乡的诗人在春季社日即将到来之时生发出强烈的思乡之情，以至于每晚都会梦回家园。此作表达了梅尧臣对宦游生活的厌倦以及对故乡亲人的无限牵挂。

【注 释】

  ① 欲社：社日即将到来之时。
  ② 那能：怎么能。

淮中晚泊犊头

北宋·苏舜钦

春阴垂野^①草青青，时有幽花一树明。
晚泊^②孤舟古祠下，满川风雨看潮生。

　　这首七言绝句作于庆历二年（1042）苏舜钦赴山阳（今江苏淮安）旅途当中。诗题中的"淮中"指淮河。犊头，地名，疑为犊头镇，在今江苏淮阴县境内。此诗取景与唐代韦应物的《滁州西涧》相似，但立意与抒情方式却有所不同，开篇"春阴垂野"的背景所透露出的压抑感，诗人置身风雨孤舟中的凄凉之境，迥异于韦诗从容悠闲的格调。此作通过描述诗人旅途当中的几个片段画面，折射出其身为寂寞旅人的羁旅之思，情景浑融一体，是苏舜钦的名作，历来传诵不衰。

【注 释】

　　① 春阴垂野：指春天的阴云笼罩着原野。
　　② 泊：停船。

乡　思

北宋·李觏

人言落日是天涯①，望极②天涯不见家。
已恨碧山③相阻隔，碧山还被暮云遮。

【题 解】

　　这首七言绝句的诗题点出了此诗的主旨，所要表现的正是客居在外的游子落日黄昏时分所滋生的浓郁乡愁，表达了陷入思乡情绪中的诗人因青山阻隔又被暮云笼罩的情景下十分沉重的心情。李觏（1009—

1059），字泰伯，号盱江先生，建昌军南城（今江西抚州资溪县高镇）人，是北宋时期著名的思想家、教育家、改革家。李觏曾在麻姑山读书林讲学，对家乡麻姑山的赞美诗文颇多。诗题所言"乡思"，当包括思念麻姑山。此诗的主旨是叙写日暮怀望乡的所见所感，营造出苍茫悠远的意境，表达了诗人心底浓郁的思乡之情。

【注 释】

① 此句意为落日处就是天尽头。

② 极：尽头。

③ 恨：遗憾。碧山：青山。

【名 句】

人言落日是天涯，望极天涯不见家。

少年游

北宋·柳永

长安古道马迟迟①，高柳乱蝉嘶。夕阳岛外，秋风原上，目断四天垂②。

归云③一去无踪迹，何处是前期④？狎兴⑤生疏，酒徒萧索，不似去年时。

【题 解】

　　此调初见于晏殊词，因词中有"长似少年游"，乃以为调名。柳永一生漂泊，对羁旅之苦体会尤为深刻，故羁旅词甚多。这首小词与其他词相比，其特别之处在于，此作没有追忆往昔的狎妓生活，而直接以词人眼前所见暮色中的萧索秋景入笔，由此引出游子旅途跋涉的艰辛，漂泊异乡的孤寂等羁旅情思。这深切的羁旅之愁又融入了无边的旷野秋色之中，也塑造了一位倦于漂泊，身心疲惫，意兴阑珊的游子形象。

【注 释】

　　① 迟迟：缓缓而行。
　　② 目断四天垂：目光可达四方垂下来的天幕。目断：目极，极目远眺。
　　③ 归云：驾云而归。此处喻指一别难再见的情人。
　　④ 前期：从前的誓约。
　　⑤ 狎兴：狎妓游乐的兴致。

夜半乐

北宋·柳永

　　冻云①黯淡天气，扁舟一叶，乘兴离江渚②。渡万壑千岩，越溪③深处。怒涛渐息，樵风④乍起，更闻商旅相呼。片帆高举。泛画鹢、翩翩过南浦⑤。
　　望中酒旆⑥闪闪，一簇烟村，数行霜树。残日下，渔人鸣榔⑦归去。败荷零落，衰杨掩映，岸边两两三三、浣纱游女。避行客、含羞笑相语。
　　到此因念，绣阁轻抛，浪萍⑧难驻。叹后约丁宁⑨竟何据！惨离怀、空恨岁晚归期阻。凝泪眼、杳杳神京路⑩。断鸿声远长天暮。

【题 解】

　　《夜半乐》原为唐教坊曲，后用为词牌。《乐章集》将此入"中吕调"。一般分三叠，一百四十四字。此作是一首分三叠的慢词，叙写词人漂泊至若耶溪时的见闻与感受，以抒发羁旅乡愁为主旨。前两叠记述旅途上的所见所闻，既有万壑千岩、樵风乍起的宏观视角，更有扁舟、烟村、渔人、游女的细部描摹，构成了一幅丰富多彩的立体画面。在大量自然景物描摹后出现了渔夫和浣纱女在残阳中归去的片段，这很容易唤起旅人内心思归的情绪。第三叠直接表达去国怀乡的感叹，抒发岁暮却滞留他乡的惆怅。最后以暮色中的孤雁消逝于远天的画面作结，不仅首尾呼应，且有余音绕梁的审美效果，令人回味不尽。总之，此作代表了柳永长调慢词"工于羁旅行役"，擅长大开大阖的笔法特点。

【注 释】

　　① 冻云：指下雨或下雪前天空凝聚的厚厚云层。

　　② 江渚：江中的小块陆地。

　　③ 越溪：越地之溪，此处指若耶溪，在今浙江绍兴县南若耶山下。传说西施曾浣纱于此地，故又名浣纱溪。

　　④ 樵风：顺风。据《嘉泰会稽记》载，汉代郑宏入山砍柴时拾得一箭，归还其主人。来人问郑宏有何愿望，郑宏便告诉他说若耶溪水运送柴薪很难，希望能朝北风，暮南风。后果然如其所愿。后世以樵风为顺风。

　　⑤ 画鹢：船头绘有鹢鸟图案的船。这里借指舟船。南浦：泛指水边。

　　⑥ 酒旆：挂在酒店门前，以杂色翅尾饰边的酒旗。

　　⑦ 鸣榔：据清初施闰章《矩斋杂记》载，渔人择水深鱼潜处引舟环聚，各以二椎击榔，声如击鼓，鱼闻皆伏而不动。江西饶州等地，皆用此法以捕鱼。榔：船后横木，近舱。

　　⑧ 浪萍：随着水波飘荡的浮萍，喻指行踪漂泊不定的游子。

　　⑨ 丁宁：即叮咛，嘱咐。

⑩ 杳杳：深远的样子。神京：京城，这里当指汴京（今河南开封）。

八声甘州

北宋·柳永

对潇潇①暮雨洒江天，一番洗清秋。渐霜风凄紧，关河冷落，残照当楼。是处红衰翠减②，苒苒物华休③。惟有长江水，无语东流。

不忍登高临远，望故乡渺邈④，归思难收。叹年来踪迹，何事苦淹留？想佳人、妆楼颙望⑤，误几回、天际识归舟。争⑥知我、倚栏杆处，正恁凝愁⑦。

【题 解】

唐教坊大曲有《甘州》，杂曲有《甘州子》。二曲属边地乐曲，故以甘州为名。《八声甘州》是从大曲《甘州》截取一段改制而成的慢词。因全词前后片共八韵，故名"八声"。又名《潇潇雨》、《宴瑶池》等。这是一首以抒发羁旅之愁、漂泊之恨为主旨的怀乡词。此作通篇贯穿一个"望"字。上片是词人登楼远眺之所见，笼罩在悲凉的秋意之中，引发词人的归乡之思。下片是词人于望中之所思所感，从个人望乡联想到意中人的盼归，更见出词人对千里之外意中人的体贴之微，也表达出归心之切。此词多用双声叠韵字，以声写情，形成时而嘹亮，时而幽咽的艺术效果，更充分地表现出词人心绪的起伏不平，确为望乡词中声情并茂的上乘之作。

【注释】

① 潇潇：形容雨声急促。

② 是处：到处。红衰翠减：红花绿叶凋残零落。

③ 冉冉：茂盛的样子。物华：美好的景物。休：停止。

④ 渺邈：遥远。

⑤ 颙望：凝望。

⑥ 争：怎。

⑦ 恁：如此，这般。凝愁：凝结不解的愁绪。

迷神引

北宋·柳永

一叶扁舟轻帆卷，暂泊楚江①南岸。孤城暮角，引胡笳怨②。水茫茫，平沙雁，旋惊散。烟敛寒林簇③，画屏展，天际遥山小，黛眉④浅。

旧赏轻抛，到此成游宦⑤。觉客程劳，年光晚。异乡风物，忍萧索，当愁眼。帝城赊⑥，秦楼⑦阻，旅魂乱。芳草连空阔，残照满，佳人无消息，断云远。

【题解】

《迷神引》是柳永自己创制的词牌，《乐章集》归入"仙吕调"。这首词以吟咏羁旅别情为主旨，是柳永晚年长期游宦漂泊各地之后的心灵写照。词的上片叙写词人在一个深秋的黄昏，宦游经过楚江时所见之景，营造出秋天日暮时分的江边空旷而寂寥的氛围，衬托出旅途之中词人内心的凄楚。下片展开铺叙词人作为游子在旅途跋涉中的所思所感，融入了仕途失意的苦闷，与情人分离的惆怅，这更加剧了词人对"异乡风物"的疏离感以及奔波劳顿的辛酸。此作代表了柳永羁旅词善于以凄清之景烘托愁情的艺术特点。

【注 释】

① 楚江：指流经楚国的一段长江，此地先秦时属楚国，故有此称。

② 胡笳怨：胡人卷芦叶而吹者谓之胡笳，其声哀怨。

③ 簇：簇拥，聚集。

④ 黛眉：原指女子的蛾眉。这里代指远山。

⑤ 游宦：为做官而漂泊在外。

⑥ 赊：长，远。

⑦ 秦楼：原指女子所居的楼台。据《列仙传》载，春秋时有萧史善吹箫，秦穆公将女儿弄玉嫁给他。夫妇二人于楼上吹箫引来凤凰，二人乘之而去。这便是秦楼的典故。后用来代指歌妓的住所，称为"秦楼楚馆"。

昼 梦

北宋·邵雍

梦里到乡关^①，乡关二十年^②。
依稀新国土^③，隐约旧山川。
身已烟霞^④外，人家道路边。
觉来^⑤犹在目，一饷但萧然^⑥。

【题 解】

　　这首五言律诗作于治平二年（1065）邵雍五十六岁为父亲守孝期间。邵雍（1011—1077），字尧夫，自号安乐先生，祖籍范阳（今北京附近），生于衡漳，后迁居河南辉县百泉。三十岁时又侍父南迁，隐居伊川神荫原西南大莘店（今河南伊川县平等乡），晚年迁居洛阳安乐窝，卒后遵其嘱，葬于伊川平等西卧龙山之阳，其父母坟墓旁。因此邵雍视伊川为自己的故乡。邵雍作为北宋理学五子之一，一生未曾涉足仕途，是五子中最为纯粹的学者与隐士。从宋神宗康定元年（1040）起，邵雍与父亲邵古隐居伊川神荫原，到嘉祐七年（1062）邵雍移居洛阳，他在伊川隐居了大约二十年时间。这首《昼梦》即是他迁居洛阳后对隐居伊川期间与家人那一段共同生活的美好回忆。

【注 释】

①　乡关：指诗人隐居与家人共同生活多年的伊川。
②　二十年：邵雍从宋仁宗康定元年（1040）隐居到伊川神荫原，到嘉祐七年（1062）移居洛阳，隐居二十余年。
③　新国土：指诗人隐居的伊川神荫原西南的有莘地，《汉书·地理志》称为"新城，故蛮子国"。
④　烟霞：指红尘俗世。
⑤　觉来：梦中醒来。
⑥　饷：一餐饭。萧然：虚空。

和张屯田秋晚灵峰东阁闲望

北宋·文同

直栏横绝紫微阴①，凭久秋光照客襟②。
一道山川寒色远③，万家灯火夕阳深。
泾④滩水落群鸦集，秦岭云高断雁沉⑤。
此兴浩然⑥须把酒，可怜难醉异乡心。

【题 解】

这首七言律诗为嘉祐初年（1056）文同在邠县（今陕西彬县）任静难军节度判官期间所作。此作为文同与好友张屯田的唱和之作。张屯田，作者好友，生平已不可考。屯田为官名，是屯田郎中或屯田员外郎的简称。灵峰，寺院名，位于彬县紫薇山上，文同曾为之撰文《静难军灵峰寺新阁记》。文同（1018—1079），字与可，自号笑笑先生，人或称石室先生。梓州永泰（今四川盐亭县东）人，皇祐元年（1049）进士。文同早年以文学受文彦博、司马光等人赞誉。他还以擅画著称，尤精于墨竹，是当时著名的"湖州画派"领军人物。文同是苏轼的从表兄，在绘画方面是苏轼的老师，二人经常探讨诗文书画技艺。虽然文同的画名远大过诗名，但其诗作亦有过人之处，他能以画家的眼光取景构图，又以诗人的手法驱词遣意，寄托清新别致的情思。此作即用看似寻常笔法勾勒描绘了与友人登高远望的见闻，但自有一种深沉的情思意绪流宕其间。诗中"万家灯火夕阳深"的取景构图，把酒寻醉的场面描写，都道出了身在异乡的诗人登高远眺时生发出的怀乡羁旅之情，浓烈真挚而含蓄动人。

【注 释】

①直栏：此处指灵峰寺东阁的栏杆。紫微：今陕西彬县紫薇山。阴：

山之北为阴。灵峰寺坐落在紫薇山北面，故言"紫微阴"。

② 凭：凭栏，意为靠着栏杆。客：诗人自指。

③ 寒色远：大意是说秋天日落时分远方的山川给人寒冷的感觉。

④ 泾：泾水，源自宁夏南部六盘山，流经甘肃，进入陕西，流经彬县、泾阳，入渭河。

⑤ 秦岭：山脉名。广义的秦岭山脉指西起甘肃，东至河南省中部，包括岷山、终南山、华山、嵩山等。此处当特指狭义的秦岭，即陕西省境内的一段，主峰为太白山。断雁：失群的孤雁。

⑥ 浩然：广大充沛的样子。此处形容诗人登高望远时生发出的情思意绪之强烈丰富。

【名句】

一道山川寒色远，万家灯火夕阳深。

千秋岁引

北宋·王安石

别馆寒砧①，孤城画角②，一派秋声入寥廓。东归雁从海上去，南来雁向沙头落。楚台风③，庾楼月④，宛如昨。

无奈被些名利缚，无奈被他情担阁，可惜风流总闲却。当初漫留华表语⑤，而今误我秦楼约。梦阑⑥时，酒醒后，思量着。

【题解】

《千秋岁引》为王安石自创调，被收入《钦定词谱》。这首词约作

于王安石早年游宦奔波的旅途当中。作为一个拥有远大政治抱负的年轻人，王安石在这首词中表达了潦倒不遇时的羁旅感怀。此词上片从词人独居旅馆起笔，秋日里的捣衣声、画角声都易唤起思乡之情。下片词人慨叹被名利所困，不得不四处宦游漂泊，而辜负了与秦楼佳人的约定。王安石这类抒发羁旅之愁的词作，往往以秋景烘托离情，以秦楼失约暗含仕途失意，语言风格浅白流俗，显然深受柳词风格的影响。

【注 释】

① 别馆：旅馆。砧：捣衣石。

② 画角：古代一种乐器，发声凄厉高亢，军营中用来报时。

③ 楚台风：出自宋玉《风赋》："楚王游于兰台，有风飒至，王乃披襟以当之，曰：'快哉此风！'"

④ 庾楼月：此处有庾亮的典故。刘义庆《世说新语·容止》篇载：晋庾亮在武昌，与诸佐吏上南楼赏月，据胡床咏谑。

⑤ 漫：空自，徒劳。华表：典出《续搜神记》："辽东城门有华表柱，有鹤集其上言曰：'有鸟有鸟丁令威，去家千年今来归。城郭如故人民非，何不学仙冢累累。'"

⑥ 梦阑：从梦中醒来。

葛溪驿

北宋·王安石

缺月昏昏漏未央①，一灯明灭照秋床。
病身最觉风露早，归梦不知山水长。
坐感岁时歌慷慨，起看天地色凄凉。
鸣蝉更乱行人②耳，正抱疏桐叶半黄。

【题解】

这首七言律诗作于皇祐二年（1050）。葛溪，地名，位于今江西弋阳。驿，指驿站、客舍。王安石知鄞县任满后归临川，当年秋天，他又离开临川赴钱塘（今浙江杭州），途经弋阳时作此诗。这是一首典型的行旅抒怀之作，抒发了诗人宦游异乡的天涯漂泊之感，抱病行旅之苦，又融合了诗人旅途中生发出的思乡之情、忧国之念，使得其感慨愈发复杂深沉，发为吟唱更显慷慨顿挫。与王安石早年的大部分诗作较为直露的特点不同，此作尽显沉郁含蓄之妙。此作不仅在王安石早期诗歌中显得别具一格，在宋代的怀乡羁旅诗中也是意境不凡之作。

【注释】

① 漏未央：夜还没有尽。漏：漏壶，古代的计时器具。央：尽。
② 行人：此处为诗人自指。

泊船瓜洲

北宋·王安石

京口瓜洲一水间^①，钟山只隔数重山^②。
春风自绿^③江南岸，明月何时照我还^④？

【题解】

这首七言绝句作于宋神宗熙宁元年（1068）王安石赴汴京任职途中。瓜洲，地名，在今江苏扬州市南，位于长江北岸，大运河入长江处。治

平四年（1067）九月，宋神宗召王安石为翰林学士，转年即熙宁元年初，王安石自江宁府赴汴京任职，经过京口稍作停留，在金山寺与僧人宝觉会晤，并留宿一晚。告别京口后他又在瓜洲停船稍事休息，此作即作于此时，是王安石向宝觉表明将来功成身退的心志之作，因此开篇便点明金山寺所在的"京口"，向友人传达隔江相望之意。此作成为思乡诗中的名篇不仅仅因其所抒发的思归之情，更重要的原因在于"春风"句中的"绿"字，历来被视为王安石作诗精于锤炼的例证。

【注 释】

① 京口：地名，即今江苏镇江，位于长江南岸。瓜洲：地名，在今江苏扬州市南，位于长江北岸，与京口隔江而望。

② 钟山：即紫金山，位于今江苏南京市东。这里指代江宁（今南京）。此句是说江宁与京口之间只隔着数重山，相距并不远。

③ 春风自绿：今通行本多作"春风又绿"，所据为洪迈《容斋随笔》所记，实不足为据。今存南宋大和刊《临川先生文集》、龙舒刊《王文公文集》、李壁注《王荆文公诗笺注》等三个不同版本系统的王安石诗集，此处均作"春风自绿"。并且王安石《与宝觉宿龙华院三绝句》自注引此诗亦作"春风自绿江南岸"，故"自"最为可信，故从之。绿：吹绿。

④ 还：指归还江宁。王安石景祐四年（1037）随父定居江宁，后父母皆葬于江宁，他便将江宁视为自己的故乡。

【名 句】

春风自绿江南岸，明月何时照我还？

寄友人

北宋·王安石

飘然羁旅尚无涯^①，一望西南^②百叹嗟。
江拥涕洟^③流入海，风吹魂梦去还家。
平生积惨应销骨^④，今日殊乡又见花。
安得^⑤此身如草树，根株相守尽年华^⑥。

【题解】

这首七言律诗疑为王安石早年任职舒州时期所作。当时诗人已经很久没有回过故乡临川了，只得一次次向着西南故乡的方向眺望。而收到故乡友人的来信更会牵动诗人心底对故乡深切的思念，思乡的泪水在心底流淌，蓄积已久的乡愁顷刻间喷涌而出。他在诗中向朋友倾诉了漂泊异乡孤苦凄凉的感受，抒发了怀乡思归之念，以及对命途多舛的身世之叹，表达了希望与朋友相守相持的美好愿景。全诗营造出凄凉哀婉的意境，对客居异地的乡愁有深刻的表达，代表了王安石早年诗歌创作所达到的艺术水准。

【注释】

① 飘然：漂泊的样子。羁旅：客居他乡。涯：边际，尽头。
② 西南：指诗人故乡临川所在的方向。
③ 涕洟：指因思乡而流下的涕泪。
④ 积惨：长期积蓄的悲伤。销骨：使人毁损。
⑤ 安得：怎得，表示一种希望。
⑥ 株：露出地面的树根。尽年华：度过全部岁月。

阮郎归

北宋·晏几道

天边金掌^①露成霜，云随雁字^②长。绿杯红袖趁重阳^③，人情似故乡。

兰佩紫，菊簪黄，殷勤理旧狂^④。欲将沉醉换悲凉^⑤，清歌莫断肠^⑥。

【题 解】

《阮郎归》又名《醉桃源》、《醉桃园》、《碧桃春》。唐教坊曲有《阮郎迷》，疑为《阮郎归》的初名。词名用刘晨、阮肇遇仙之事。据《神仙记》载，刘晨、阮肇入天台山采药，遇二仙女，留住半年，思归甚苦。既归则乡邑零落，经已十世。曲名本此，故作凄音。双调四十七字，前后片各四平韵。这首小词写重阳宴饮所引发的复杂感受，以抒发羁旅乡愁为主旨。开篇以北雁南飞，带出思乡情绪。下片点出"佩紫"、"簪黄"等重阳风习，恍如回到了故乡，更加深了词人的怀乡意绪。这首小词整体流露出比较开朗的情怀，在晏几道词中是极其少见的，也是其怀乡羁旅词的代表作。

【注 释】

①金掌：用汉武帝铜人金掌的典故。据《三辅黄图》载，汉武帝为求长生，在长安建章宫铸造高二十丈的铜柱，上有铜仙人，手掌托铜盘承接露水，供汉武帝服食。

②雁字：指飞翔的大雁排成的一字形或者人字形的行列。

③绿杯：指绿酒。红袖：代指美女。此句意为要趁重阳佳节饮酒听歌，寻欢作乐。

④旧狂：往昔放浪不羁的性格和行为。

⑤这句意为想以沉醉来暂时忘记心中的悲凉。

⑥ 这句是说不要再唱凄凉的歌曲这会令人更加悲伤。

醉落魄·席上呈杨元素

北宋·苏轼

分携如昨①，人生到处萍漂泊。偶然相聚还离索②，多病多愁，须信从来错。

尊前一笑休辞却，天涯同是伤沦落。故山犹负平生约③，西望峨眉④，长羡归飞鹤⑤。

【题解】

《醉落魄》，南唐李煜词即有此调，载《尊前集》。又名《一斛珠》、《章台月》、《怨春风》等。这首小词约作于宋神宗熙宁七年（1074），苏轼离开京口赴密州，好友杨元素还朝，二人是四川同乡，在杭州相遇，他乡遇故知又面临分别，感慨自然颇多。此作便是二人自杭州同行至润州，苏轼为赠元素而作。此词表现了苏轼对游宦漂泊生活的厌倦，以及对回归故乡的无限向往。此词感情深沉，意境旷远，超越了一般以抒写离情别绪为主旨的词，堪称苏轼怀乡羁旅词中的上乘之作。

【注释】

① 分携：分离。如昨：好像是昨天发生的事情一样。

② 离索：离群索居。

③ 故山：故乡。平生约：指苏轼与其弟苏辙在京城应试时，读到韦应物的诗句凄然有感，相约早退，共践雨夜联床之约。此句意为本想

早日回到故乡，却一直不能实现此愿。

④ 西望峨眉：苏轼的故乡在四川眉山县，离峨眉山很近，而峨眉山地
　处西南，故言西望峨眉。

⑤ 归飞鹤：指学道成仙，用丁令威典故。据《搜神后记》载，丁令威
　学道于灵虚山，后化鹤归辽，集华表柱云："有鸟有鸟丁令威，去家
　千里今始归。城郭如故人民非，何不学仙冢累累。"

蝶恋花·京口得乡书

北宋·苏轼

雨后春容清更丽，只有离人，幽恨终难洗①。北固山②前三面水，
碧琼梳拥青螺髻③。

一纸乡书来万里，问我何年，真个④成归计。回首送春拼一醉，
东风吹破千行泪。

【题 解】

《蝶恋花》原为唐教坊曲，调名取义于梁简文帝"翻阶蛱蝶恋花情"
句。又名《鹊踏枝》、《凤栖梧》等。这首小词作于熙宁七年（1074），
此年正月苏轼在京口，此作为苏轼在润州收到家书时所作。春日收到催
归的家书，倍增了身处异乡词人的思乡之情。清丽明媚的春光与词人怀
乡之愁形成反差，更衬托出其乡愁之深，令词境含蓄蕴藉，韵味悠长。
最后两句讲到春已归去人却不得归，只能以醉酒来慰藉内心无尽的惆怅。
这首小词将游子心底深切的怀乡之情表现得淋漓尽致。

【注 释】

① 此句意为自己滞留他乡的离愁别恨难以被雨水冲洗掉。
② 北固山：山名，在江苏镇江市北。据《元和郡县志》载：（北固山）
　下临长江，其势险固，因以为名。
③ 青螺髻：女子盘起的发型，此处以女子发髻之形比喻山峰的形状。
④ 真个：真正地。

【名 句】

回首送春拼一醉，东风吹破千行泪。

临江仙·送王缄

北宋·苏轼

　　忘却成都来十载，因君未免思量①。凭将清泪洒江阳②，故山知
好在③，孤客自悲凉。

　　坐上别愁君未见，归来欲断无肠④。殷勤且更尽离觞⑤，此身如
传舍⑥，何处是吾乡？

【题 解】

　　此调原为唐教坊曲，最初多咏水仙，故名《临江仙》。后用作一般
词牌，又名《谢新恩》、《雁后归》、《画屏春》等。双调，五十八字
或六十字，别体甚多，皆用平韵。题目中的王缄当为王箴，字元直，苏
轼的妻弟。这首小词抒写词人见到故乡亲人后生发出的思乡之愁与身世

之叹，写作时间难以确考。此作上片记述了词人因见到故乡来人而唤起了故园之思，得知亲故安好，愈发感到独自漂泊异乡的凄苦悲凉。下片是由送别亲人而引发的身世慨叹。词人并没有停留在单纯的离愁别恨的叙写上，而是进一步追索精神层面的归属感问题，对如何安放心灵，寻找到精神家园进行反思。这是此作超越一般送别词之处。

【注释】

① 成都：宋代西川路的首府。苏轼的故乡眉州隶属西川路，此处当是以成都代指故乡。这两句是说淡忘家乡已经有十年了，如今见到你才又思念起来。

② 江阳：即江北。水北为阳。

③ 故山：即故乡。好在：安好。此句意为知道故乡亲朋都健在安好。

④ 欲断无肠：古人用"断肠"来形容悲伤的情绪，此处言无肠可断，表示悲伤到了极点。

⑤ 离觞：送别的酒。

⑥ 传舍：古代为官吏提供食宿的旅舍。这句的大意是感觉自己的身躯仅是一个暂时借住的旅舍，精神上并没有真正安顿下来。表达了词人四处宦游漂泊中的孤苦无依之感。

【名句】

此身如传舍，何处是吾乡？

题宝鸡县斯飞阁

北宋·苏轼

西南归路远萧条①，倚槛魂飞不可招②。
野阔牛羊同雁鹜③，天长草树接云霄④。
昏昏水气浮山麓⑤，泛泛⑥春风弄麦苗。
谁使爱官轻去国⑦，此身无计老渔樵⑧。

【题 解】

这首七言律诗作于嘉祐七年（1062）苏轼初登仕途，出任陕西凤翔判官期间。斯飞阁，登高观景的阁楼名，据《宝鸡县志》载，斯飞阁位于县治西南部。此诗叙写了诗人在公务之暇来到斯飞阁登高远望，眼前呈现出辽远开阔的景象，但因思乡之情牵绕而无法释怀，流露出初涉仕途的苏轼对仕与隐的矛盾心理。

【注 释】

① 西南归路：返回故乡的路。苏轼的故乡眉山位于宝鸡西南方。萧条：冷清的样子。

② 槛：栏杆。此句用宋玉《招魂》典，暗指帝王的召唤。《招魂》曰："乃下招曰：'魂兮归（来）。'"

③ 野阔：原野十分辽阔。鹜：鸭子。

④ 天长：天宇深广。云霄：天空。

⑤ 山麓：山脚下。

⑥ 泛泛：形容广大无边际的样子。

⑦ 去国：此处指离开故乡。

⑧ 老渔樵：指以隐居而终老。

游金山寺

北宋·苏轼

我家江水初发源①，宦游直送江入海②。
闻道潮头一丈高，天寒尚有沙痕在③。
中泠南畔石盘陀④，古来出没随涛波。
试登绝顶望乡国，江南江北青山多。
羁旅畏晚寻归楫⑤，山僧苦留看落日。
微风万顷靴文细，断霞半空鱼尾赤⑥。
是时江月初生魄⑦，二更月落天深黑。
江心似有炬火明⑧，飞焰照山栖鸟惊。
怅然归卧心莫识，非鬼非人竟何物？
江山如此不归山，江神见怪警我顽。
我谢江神岂得已⑨，有田不归如江水⑩！

【题解】

　　这首七言古诗是苏轼在宋神宗熙宁四年（1070）赴杭州通判任途经镇江金山寺时所作。熙宁初年，苏轼由于写了《上神宗皇帝书》、《拟进士对御试策》等批评新法的文章，受到诬陷，难以在京任职，自请外放，被任命为杭州通判。苏轼在经过位于今江苏镇江西北长江边的金山时，游览了金山上的寺庙。据《太平寰宇记》载，金山之寺原名为泽心寺，因头陀开山得金，故更名为金山寺。此作叙写了诗人游览金山寺的见闻与所思所感，通篇寓情于景。诗人有意略去对寺景的刻画描摹，着重写登高眺远之景，将古与今，虚与实，情与景融为一体。尤其是在对景物的刻画中，渗透着浓郁的思乡之情，真挚动人。此诗体现出苏轼七古波澜壮阔、开阖自如的艺术特点。

【注 释】

① 江：长江。初发源：古人认为长江的源头在岷山，而苏轼的故乡眉山正在岷江边上，故有此言。

② 直送江入海：镇江一带的江面较宽，古称"海门"，故言"直送江入海"。

③ 这两句是讲，由于苏轼登临金山寺是在冬天，水位下降，而他曾听人说长江涨潮时潮头有一丈多高，如今只见岸边沙滩上的浪痕，令人想见涨潮时的情形。

④ 中泠：泉名，位于金山西面。石盘陀：形容石块巨大。

⑤ 归楫：从金山回去的船。楫：船桨，此处指代船。

⑥ 这两句是描述微风吹皱水面，泛起的波纹像靴子上的细纹；落霞映在水里，如金鱼身上片片的红鳞。

⑦ 初生魄：新月初生。苏轼游金山在农历十一月初三。

⑧ 江心似有炬火明：指江中能发光的某些水生动物，或只是月光下诗人看到的某种幻象。

⑨ 谢：告诉。岂得以：犹言"不得以"。

⑩ 如江水：古人发誓的一种方式。苏轼认为所见江中炬火是江神向他发出的示警，所以他说，自己如果有了田产而不归隐，就"有如江水"。由此可见，诗人现在未能弃官还乡，实在是不得已的事。

秀州报本禅院乡僧文长老方丈

北宋·苏轼

万里家山一梦中^①，吴音渐已变儿童^②。
每逢蜀叟谈终日^③，便觉峨眉翠扫空^④。
师已忘言真有道^⑤，我除搜句百无功^⑥。

明年采药天台去^⑦，更欲题诗满浙东。

【题解】

这首七言律诗为熙宁五年（1072）苏轼任杭州通判期间所作。秀州，地名，即今浙江秀水。报本禅院，为唐时所建寺院，宋时改名为本觉寺。文长老方丈，即本觉寺方丈文及。熙宁年间，苏轼出任杭州通判，期间曾三次过访秀州本觉寺，寺僧文及是苏轼的眉山同乡，故称"乡僧"。二人因是异地相逢的同乡知音，故交往甚厚。此诗作于苏轼第二次前往本觉寺之时。诗人在异乡得见故土之人，自然引发怀乡之情，因此全诗以思乡念亲之情思为底蕴，同时也体现出苏轼对文及的敬重感佩，以及他置身仕途低谷人生逆境之时，依然保持的豁达乐观的生活心态。

【注释】

① 此句意为故乡遥远，诗人思乡心切，只能梦回故乡。

② 此句用《南史·顾琛传》典故，意为由于太久没有回乡，家乡话已经变得像儿童初学说话一样稚嫩。

③ 蜀叟：意为来自蜀地的老人，此处指本觉寺的文长老方丈。

④ 翠扫空：描述峨眉山上树木葱茏，满山是遮天蔽日的翠绿。

⑤ 师：这是对僧人的尊称，此处指文长老方丈。忘言：陶渊明《饮酒》诗曰："此中有真意，欲辨已忘言。"此处是称赞僧人文及已参悟人生真意。

⑥ 搜句：指写诗。这句是说自己除了写诗以外，什么事都做不成。

⑦ 采药：指求道。天台：天台山，浙江东部的名山。

次韵孙推官朴见寄二首 二首选一

北宋·苏辙

其 二

病懒近来全废学①，宦游唯是苦思乡。
粗知会计②犹堪仕，贪就功名有底忙。
怀旧暗听秋雁过，梦归偏爱晓更③长。
故人知我今何念，拟向东山赋首章④。

【题解】

这首七言律诗是苏辙与好友的赠答之作。诗题中的"孙推官朴"，名孙朴，是苏辙的同僚及好友。此诗是苏辙对好友寄诗的回赠之作。苏辙（1039—1112），字子由，号颍滨遗老，四川眉山人，苏轼之弟，宋代著名文学家。此诗主旨在通过抒写宦游之苦，表达诗人对漂泊生涯的厌倦，以及心底蓄积着的深切的思乡之情。

【注释】

①废学：废止学问之事。
②会计：指管理钱账事宜。
③晓更：指五更，天欲亮而未亮之时。
④东山：《诗经·豳风》里的一篇，主旨是写出征士卒的怀乡思归之情，首章云："我徂东山，慆慆不归。我来自东，零雨其蒙。"此句借以表达诗人的思乡之情。

新喻道中寄元明用觞字韵

北宋·黄庭坚

中年畏病不举酒,孤负东来数百觞^①。
唤客煎茶山店远,看人秧稻午风凉。
但知家里俱无恙^②,不用书来细作行^③。
一百八盘^④携手上,至今犹梦绕羊肠。

【题 解】

这首七言律诗为崇宁元年(1102)黄庭坚自萍乡归途经过新喻时所作。诗题中的"新喻"为地名,即今江西新余县南。元明,指黄大临,字元明,黄庭坚之兄。崇宁元年四月,黄庭坚从故乡分宁赴萍乡探望其兄长黄大临。此诗即自萍乡返回途中所作。黄庭坚当年被贬官黔州时,黄大临曾一直护送他到达贬所,一路上兄弟二人共同历经千辛万苦。黄庭坚在此诗中回忆起当年赴贬所途中与兄长共同经历的磨难,既表现了兄弟二人患难与共的感人亲情,也表达了对故乡与亲人的深切眷念。此作体现了黄庭坚晚年诗歌创作返璞归真的倾向,已不同于早年"山谷体"的生新硬峭,而是趋向于简淡平静,朴实老成。

【注 释】

①觞:古代喝酒用的器具。
②无恙:无病,古代问候的常用语。
③细作行:意思是细字作书,写家信。
④一百八盘:地名,在蜀中巫山境内。此地当为黄大临送黄庭坚赴贬所途经之地。

踏莎行

北宋·秦观

雾失楼台，月迷津①渡，桃源望断无寻处②。可堪③孤馆闭春寒，杜鹃声里斜阳暮。

驿寄梅花④，鱼传尺素⑤，砌成此恨无重数。郴江幸自绕郴山⑥，为谁流下潇湘去⑦？

【题解】

《踏莎行》调名取自唐人韩翃诗句"踏莎行草过春溪"，又名《喜朝天》、《柳长春》、《踏雪行》等。这首小词作于秦观贬谪郴州期间。词的上片写词人登楼远眺，只见眼前一片笼罩着愁云惨雾的蒙眬世界，又听到杜鹃的啼归哀鸣，更加剧了萧索凄楚的气氛。下片写收到友人从远方寄来的书信礼物，不仅没能驱散词人心头的愁苦，反而唤起了他远谪异地的沦落之悲，以及思乡怀友之感。结尾两句是词人在极度愁烦中生发出的奇思妙想，责备江水无情，不留驻片刻以稍解词人之寂寞，表露了词人内心无法释怀的悲苦哀伤情绪已达到了极点，读之令人动容。

【注释】

① 津：渡口。

② 桃源：指陶渊明《桃花源记》所描写的理想世界。望断：望尽。
   无寻处：无处可寻。

③ 可堪：哪堪。

④ 驿寄梅花：驿指驿站。此处用南朝陆凯自江南寄梅花并赠诗给范晔之雅事，意思是指远方朋友寄来了礼品与书信。

⑤ 鱼传尺素：古人写信用素绢，通常长约一尺，故称尺素，并以鲤鱼

木函装书信寄赠。语出《古诗》："客从远方来，遗我双鲤鱼。呼儿烹鲤鱼，中有尺素书。"

⑥ 郴江：在郴州，北流至郴口，与耒水汇合后注入湘江。幸自：本自。

⑦ 为谁：为何。潇湘：潇水与湘水的合称。

【名句】

郴江幸自绕郴山，为谁流下潇湘去？

梦扬州

北宋·秦观

晚云收。正柳塘①、烟雨初休。燕子未归，恻恻②轻寒如秋。小栏外、东风软③，透绣帷、花蜜香稠。江南远，人何处？鹧鸪啼破春愁④。

长记曾陪燕游。酬妙舞轻歌，丽锦缠头⑤。殢酒⑥为花，十载因谁淹留⑦？醉鞭拂面归来晚，望翠楼、帘卷金钩。佳会阻，离情正乱，频梦扬州。

【题解】

据《词谱》载，《梦扬州》是秦观自制词，取词中结句为名。此词当作于元丰二年（1079）秦观将赴湖州任之时，他在此期的诗作中也表露过怀乡之情，如《泊吴兴西观音院》中便有"志士耻沟渎，征夫念桑梓"之类的慨叹。作为扬州高邮（今属江苏）人，少游此作的主旨显而易见，抒发羁旅漂泊中的怀乡之情。上片写绣帷中人对征夫之思念，下

片抒写征人之离情。词人借征人思妇之口，道出了自己对故乡扬州的深切眷恋与思念。清人万树在《词律》中评曰："如此风度，岂非大家杰作！"可见此词不仅是怀乡词中的精品，也代表了秦观作为宋词大家的创作水准。

【注释】

① 柳塘：植有杨柳的池边堤岸。

② 恻恻：通"侧侧"，指寒侵肌肤的感觉。

③ 东风软：春风柔和。

④ 此句由唐郑谷《席上赠歌者》诗："坐中亦有江南客，莫向春风唱鹧鸪"化用而来。鹧鸪：鸟名，崔豹《古今注·鸟兽》载："南山有鸟名鹧鸪，自呼其名，常向日而飞，畏霜露，早晚希出。"

⑤ 丽锦缠头：指给歌儿舞女的奖赏。《太平御览》卷八一五引《唐书》："旧俗赏歌舞人，以锦采置之头上，谓之缠头。"

⑥ 殢酒：病酒，困于酒。

⑦ 此句化用杜牧《遣怀》诗句"十年一觉扬州梦"，自喻在扬州淹留之久。

阮郎归

北宋·秦观

湘天①风雨破寒初，深沉庭院虚。丽谯吹罢小单于②，迢迢清夜徂③。

乡梦断，旅魂孤，峥嵘④岁又除。衡阳犹有雁传书⑤，郴阳⑥和雁无。

【题 解】

此词作于宋哲宗绍圣四年（1097）秦观谪居郴州之时，据"峥嵘岁又除"句可知，此作当作于此年除夕。从结尾两句来看，当时词人已久无故乡亲朋的音讯，独在异乡又逢佳节，乡思之深可想而知。这首小词抒发了久居异乡的词人怀乡怀人之情，以及强烈的思归之愿。"乡梦断，旅魂孤"道出了词人内心无尽的孤寂与凄苦。

【注 释】

① 湘天：泛指今湖南一带。郴州属湘地，故云。
② 丽谯：指城门楼。小单于：唐代曲调名。
③ 徂：往。
④ 峥嵘：寒气凛冽，这里指岁末的严寒。
⑤ 衡阳：地名，即今湖南衡阳。雁传书：相传衡阳有回雁峰，鸿雁南飞，至此遇春而回。
⑥ 郴阳：地名，即今湖南郴县。秦观晚年贬官于此地。

望长安

北宋·贺铸

排办张灯①春事早，十二都门②，物色宜新晓。金犊车③轻玉骢小，拂头杨柳穿驰道。

莼羹鲈脍④非吾好，去国讴吟，半落江南调⑤。满眼青山恨西照，长安不见令人老⑥。

【题解】

此词约作于宋哲宗元祐六年（1091）正月贺铸流寓江南之时，借追忆往昔京师上元节日景象表达怀念京国之思。

【注释】

① 张灯：唐以后有正月十五后开坊市门燃灯的习俗，宋代因袭。

② 十二都门：据《东京梦华录》载，旧京城东南西北各有三道壁门，共计十二门。

③ 金犊车：装有金饰的犊车。

④ 莼羹鲈鲙：用《世说新语》张季鹰典。《世说·识鉴》载："张季鹰辟齐王东曹掾，在洛，见秋风起，因思吴中菰菜羹、鲈鱼脍，曰：'人生贵得适意尔，何能羁宦数千里以要名爵！'遂命驾便归。"莼羹：莼菜羹，产自吴江，味道甘而滑。鲈脍：鲈鱼细切而成的肉。鲈：鲈鱼，产自吴江的一种鱼。

⑤ 江岸调：江南流行的曲调。

⑥ 此句化用李白《登金陵凤凰台》诗句"长安不见使人愁"。长安：此处借指东京。

天 香

北宋·贺铸

烟络横林①，山沉远照②。迤逦③黄昏钟鼓。烛映帘栊，蛩催机杼④，共苦清秋风露。不眠思妇，齐应和、几声砧杵⑤。惊动天涯倦客，骎骎岁华行暮⑥。

当年酒狂⑦自负，谓东君⑧、以春相付。流浪征骖北道⑨，客

墙南浦⑩，幽恨无人晤语。赖明月、曾知旧游处，好伴云来，还将梦去。

【题解】

《天香》为词牌名，双片九十六字，前片四仄韵，后片六仄韵。这首词的主题是叙写宦游漂泊中的羁旅之思，以及忆旧游、念旧欢。贺铸词集《东山乐府》中既有风格接近东坡词的豪迈壮阔之作，也有表达柔情蜜意的婉约之词，还有部分处于这两者演化融合过程中的作品，表现出刚柔相济的过渡性特征，《天香》即为典型一例。上片描写从黄昏到夜晚的见闻，呈现凄清之境况，由此兴起宦游四方、浪迹天涯之叹。下片抚今追昔，融入词人多年来仕途蹭蹬、流离动荡的身世遭际，写尽羁旅之愁。全词在表现"天涯倦客"的凄苦心境的柔婉之辞中掺入刚健峭拔之笔，体现了词人对不同词风的熔铸。

【注释】

① 络：缭绕。横林：一带平林。

② 山沉远照：意为远处的夕阳开始西沉。

③ 迤逦：曲折连绵的样子。

④ 蛩：蟋蟀。机杼：织布机。

⑤ 砧杵：捣衣石和捶衣棒。古代妇女秋季常连夜捣洗寒衣以寄征人。此处代指捣衣声。

⑥ 骎骎：快速飞驰的样子。此处比喻时光飞逝。岁华行暮：一年将尽。

⑦ 酒狂：用《汉书·盖宽饶传》事。汉宣帝时，盖宽饶任司隶校尉，为人刚正不阿，敢于弹劾不法官吏，公卿贵戚皆惮畏之。席间曾对人云："无多酌我，我乃酒狂！"这里词人以盖宽饶自喻。

⑧ 东君：司春之神，此处代指春天。

⑨ 骖：古代指驾在车前两侧的马。北道：北行之路。

⑩南浦：语出江淹《别赋》："送君南浦，伤如之何！"后以"南浦"
　　泛指离别分手之所。

宿齐河

北宋·陈师道

烛暗人初寂，寒生夜向深。
潜鱼聚沙窟，坠鸟滑霜林。
稍作他方计①，初回万里心②。
还家只有梦，更着晓寒侵③。

【题解】

　　这首五言律诗是陈师道元符三年（1100）冬赴棣州途中所作。诗
题中的"齐河"，在今山东禹城县南。这首诗是诗人在宦游途中夜宿齐
河有感而发，置身幽寂的旅舍之中，那昏暗的烛光，深潜水底的鱼儿，
滑翔林中的鸟儿，都令诗人联想到四处游宦漂泊中的自己，从而勾起深
深的思乡之情，凄冷萧瑟的冬景更衬托出诗人心底怀乡情思之浓烈。方
回在《瀛奎律髓》卷十五评价此作云："句句有眼，字字无瑕。"对尾
联尤其称道，认为"尾句尤深幽"。此诗是陈师道五律中的上乘之作。

【注 释】

①他方计：客游他方的打算。
②回：收回。万里心：宦游天下之心。这句是讲诗人不再有四方之志。
③这两句化用杜甫《东屯月夜》中"天寒不成寐，无梦有归魂"句意，

大意是讲只有梦里才能回家，而归家的梦也被拂晓的寒气所侵扰。

【名句】

还家只有梦，更着晓寒侵。

兰陵王

北宋·周邦彦

柳阴直①，烟里丝丝弄碧②。隋堤③上，曾见几番，拂水飘绵④
送行色。登临望故国，谁识京华倦客⑤。长亭路，年去岁来，应折
柔条过千尺。

闲寻旧踪迹，又酒趁哀弦⑥，灯照离席。梨花榆火催寒食⑦。愁
一箭风快，半篙波暖⑧，回头迢递便数驿。望人在天北。

凄恻，恨堆积。渐别浦萦回⑨，津堠岑寂⑩，斜阳冉冉春无极。
念月榭携手，露桥闻笛。沉思前事，似梦里，泪暗滴。

【题解】

此调原为教坊曲。据史载，宋文襄帝之子长恭封兰陵王，上阵戴假
面以对敌，败周师金墉城下，勇冠三军。武士因作《兰陵王入阵曲》。
宋人当是依据旧曲另制新声。此调始见于秦观词。三叠，一百三十一字，
仄韵。此词以柳为题，主旨却是抒写京华倦旅之叹，以及离愁别恨。该
词一叠借柳发端，兴起羁旅之叹；二叠切入眼前辞别友人的情景；三叠
转入别后的凄凉感受以及对往事的感伤回忆。全词布局井然有序，章法
错综多变，且感情真挚，声调谐美。此作曾在北宋绍兴初年盛行，被称

为"渭城三叠"，影响极大。

【注释】

① 柳阴直：一道长堤，两行垂柳，远望中柳阴连缀成直线。
② 烟：形容柳丝浓密如烟。弄碧：柳丝飞舞，闪弄它娇嫩的碧色。
③ 隋堤：隋代开通济渠，沿渠筑堤植柳，后称隋堤。这里指汴京附近的汴堤。
④ 飘绵：指柳絮飘飞。
⑤ 京华倦客：作者自谓。作者久居京城，渐生厌倦之意，故云倦客。
⑥ 趁：追随，伴和。哀弦：哀怨的乐声。
⑦ 榆火：寒食日禁火禁烟，节后另取新火。唐宋时朝廷在清明日取榆柳之火赐百官，故有"榆火"之说。
⑧ 一箭风快：顺风行船，迅疾如箭。半篙波暖：竹篙没入水中，因时近暮春，水波已暖。
⑨ 别浦萦回：送别的水滨，水波还在回旋。
⑩ 津堠：码头上瞭望、歇宿的处所。岑寂：寂静。

苏幕遮

北宋·周邦彦

燎沉香①，消溽暑②，鸟雀呼晴③，侵晓④窥檐语。叶上初阳干宿雨⑤，水面清圆，一一风荷举。

故乡遥，何日去？家住吴门⑥，久作长安⑦旅。五月渔郎相忆否？小楫轻舟，梦入芙蓉浦⑧。

【题 解】

　　这首词作于周邦彦仕宦汴京期间,以怀念故乡钱塘以及旧友为主旨。词的上片展开了一幅五月京城的晨景画卷,视角从室内的焚香炉到室外的鸟语花香、开满荷花的池塘,动静兼备,描摹出夏日的情景,明洁恬静,颇为传神。下片写在独自欣赏荷花之际油然而生的乡思。词人的故乡杭州素以荷花繁盛著称,那接天映日的荷花塘是在异乡难以寻觅到的,也是令游宦京城的词人所魂牵梦绕的。"故乡遥,何日去"的自问,表露出词人久客京华、倦于漂泊的羁旅之思。而这种深切的乡思随之入梦,词人在梦里又回到了当年与好友们一起在荷塘划船的美好情境当中。此作是一首颇为别致的怀乡词,代表了周词柔婉工丽、典雅精巧的整体艺术风格。

【注 释】

①燎:小火烧炙。沉香:沉香木,一种名贵的香料。
②溽暑:潮湿的暑气。
③呼晴:唤晴。旧时有鸟鸣可占晴雨之说。
④侵晓:破晓,天刚亮。
⑤宿雨:隔夜的雨水。
⑥吴门:原指吴郡治所苏州。周邦彦家在钱塘(今浙江杭州市),旧属吴郡。这里以吴门借指其故乡钱塘。
⑦长安:汉唐故都,这里借指北宋都城汴京。
⑧芙蓉浦:开满荷花的池塘。

满庭芳·夏日溧水无想山作

北宋·周邦彦

风老莺雏,雨肥梅子①,午阴嘉树清圆②。地卑山近,衣润费炉烟③。

人静乌鸢^④自乐，小桥外、新绿溅溅^⑤。凭栏久，黄芦苦竹^⑥，拟泛九江船。

年年，如社燕，飘流瀚海，来寄修椽^⑦。且莫思身外，长近尊前。憔悴江南倦客^⑧，不堪听急管繁弦^⑨。歌舞畔，先安簟枕^⑩，容我醉时眠。

【题解】

此词作于宋哲宗元祐八年（1093）周邦彦任溧水县令之时。溧水，今属江苏南京。无想山，在溧水县南十八里。在周邦彦的仕宦生涯中，有很长一段时期是被外放出任地方官的，因此《清真集》中颇多羁旅行役题材的词作。这些作品往往将词人的身世之感融入景物的描写之中，营造出以情写景、情景交融的艺术效果。此作即借描述溧水风光以抒发身世之感以及宦游漂泊之叹。上片描写溧水夏季风光，呈现莺雏、梅子、嘉树、小桥等颇具江南特色的景物。下片转入漂泊之叹，塑造了一位宦海浮沉、四处奔波中的游子倦客形象，感慨遥深。词中多化用前人诗句，贴切如己出，有点化之妙，也体现了清真词"富艳精工"的艺术特质，堪称其怀乡羁旅词的代表作。

【注释】

① 此句意为夏日的暖风将小黄莺吹拂得成长起来，雨水使梅子长得肥大。此处"老"、"肥"作动词。

② 清圆：指树阴清凉而又圆正。

③ 此句是说江南空气湿润，衣服上沾满潮气，需要花费许多炉火来熏烤除湿。

④ 乌鸢：乌鸦。

⑤ 新绿：指雨后新涨的绿水。溅溅：流水声。

⑥ 黄芦苦竹：语出白居易《琵琶行》："住近湓江地低湿，黄芦苦竹绕

宅生。"当时白居易谪居九江，因此词人有"拟泛九江船"的联想。

⑦ 社燕：燕子春社来，秋社去，故又称社燕。社：指春、秋祭祀土地神的日子。瀚海：指大海。修椽：承载屋瓦的长形木椽，燕子喜欢筑巢于此。

⑧ 江南倦客：作者自指。溧水在长江以南，故云江南。倦客：指倦于客寓游宦之人。

⑨ 急管繁弦：指宴席上弹奏管弦乐器而发出的激越繁复之声。

⑩ 簟枕：竹席枕头。

临江仙

北宋·朱敦儒

直自凤凰城破后①，擘钗破镜分飞②。天涯海角信音稀。梦回辽海北③，魂断玉关西④。

月解团圆星解聚，如何不见人归？今春还听杜鹃啼。年年看塞雁⑤，一十四番回。

【题 解】

此调原为唐代教坊曲。最初多咏水仙，故名。后用作一般词牌，又名《谢新恩》、《雁后归》、《画屏春》等。这首小词以抒发刻骨铭心的家国之恨为主旨。"靖康之变"使避世隐逸的朱敦儒再也无法逃避国破家亡的惨痛现实，在词作中唱出时代的旋律。当时词人正处于流离失散，"天涯海角"句即慨叹与妻子儿女至今仍天各一方，杳无音信。"辽海北"、"玉关西"都泛指北方沦陷区，而词人的亲人们正流落于此，令他怎不日夜牵挂！词作最后道出了词人在失却故园，与亲人分离后的十四年中，如何苦苦期盼着亲人的消息，读来令人唏嘘不已。朱敦儒在

这首词中将失去家国、思念亲人的愁苦充分表达出来，词境上有了很大开拓，反映了整个时代的悲剧，在宋代怀乡羁旅词中颇具代表性。

【注释】

① 直自：自从。凤凰城：指北宋都城汴京。相传秦穆公之女弄玉，吹箫引凤，凤凰降于京城，后因称京城为"凤城"或"凤凰城"。城破：指宋钦宗靖康二年（1127）汴京沦陷事。

② 擘钗：指分钗。古代情侣离别时常分钗以作纪念。破镜分飞：指南朝陈后主之妹乐昌公主在陈亡后打破梳妆镜，与其夫各执一半，分头逃难之事。中间经过极为曲折。

③ 辽海北：泛指东北边疆地区。

④ 玉关西：泛指西北地区。玉关：玉门关。

⑤ 塞雁：从边塞飞回的鸿雁。

听　雨

南宋·吕本中

日数归期似有期①，故园无语说相思②。
芭蕉叶上三更雨，正是愁人睡觉时③。

【题解】

这首七言绝句是吕本中于绍兴五年(1135)在福州(今属福建)所作。吕本中是宋代诗史上的重要人物，早年所写《江西诗社宗派图》成为江西诗派的纲领之作，对宋诗发展影响深远。"靖康之难"时，吕本中被

围困在汴京城中，亲身经历了惨痛的亡国之辱，内心必然受到巨大震动。此后他的诗歌创作取法杜诗，呈现出悲怆苍凉的风格。此诗是吕本中晚年因感念故国而作，抒发了他在异乡漂泊中某个雨夜生发出的怀乡之情，语短情长，因用情真挚而颇具感发人心的艺术力量，堪称吕本中全部诗歌创作中的代表作。

【注释】

① 似有期：意思是其实没有归期。此句从李商隐《夜雨寄北》："君问归期未有期"化用而来。

② 故园：故乡，故国。此句是说诗人对故乡的思念之情无法用语言表达出来。

③ 睡觉时：睡醒的时候。这两句从唐徐凝《宿冽上人房》诗："觉后始知身是梦，更闻寒雨滴芭蕉"化出。

【名句】

芭蕉叶上三更雨，正是愁人睡觉时。

春 残

南宋·李清照

春残①何事苦思乡，病里梳头恨最长。
梁燕语多②终日在，蔷薇风细一帘香③。

【题 解】

　　这首七言绝句当为李清照晚年的作品。李清照（1084—1151？），号易安居士，齐州章丘（今属山东）人。其父李格非是一代名士，以文章受知于苏轼。李清照原本婚姻生活十分美满，其夫赵明诚精通金石书画，夫妻二人趣味相投，曾共同致力于金石书画的收藏研究。然而宋廷南迁成为她生活的转折点。南渡后，赵明诚病逝，她只得独自辗转流徙于江浙一带，晚年处境尤其悲苦。作为宋代著名词人，李清照在诗文创作上亦达到了很高水准，其诗作以感慨深沉、情真意切见长。此诗即抒写了诗人在暮春时节所生发的感伤之情，以及南渡后孤寂多病的黯淡时光里对北方故乡深切的思念。李清照这首小诗与其词作风格相类，细腻工致，哀婉凄切，是其晚年诗歌中的代表作。

【注 释】

　　① 春残：暮春时节。
　　② 梁燕语多：屋梁间的燕子一直在呢喃。
　　③ 此句从唐高骈《山亭夏日》诗句"水晶帘动微风起，满架蔷薇一院香"化出，大意是说细细的微风将蔷薇花的香气吹进了门帘。

牡 丹

南宋·陈与义

一自胡尘 ① 入汉关，十年伊洛路漫漫 ②。
青墩溪畔龙钟客 ③，独立东风看牡丹 ④。

【题 解】

　　这首七言绝句是陈与义绍兴六年（1136）春天所作，此时他以病告退，寓居浙江桐乡县北青墩寿圣禅院之无住庵。陈与义（1090—1138），字去非，号简斋居士，洛阳（今属河南）人。陈与义是两宋之际的著名诗人，他的诗歌创作以靖康之难为界分为前后两期。前期局限于个人生活范围，多闲情逸致、流连光景之作。从靖康之难起，他自陈留向南奔逃，辗转于襄汉湖湘之间，体验了亡国之痛、流亡之苦，诗歌开始向杜诗的沉郁苍凉转变。宋高宗绍兴元年（1131）陈与义经广东、福建，辗转到达临安（今浙江杭州），出仕南宋朝廷。此作即抒写了诗人在南渡后四处流离漂泊际遇中的心绪。诗题名为"牡丹"，实际上抒写了由异乡所见牡丹花而勾起的怀乡之愁，表面看不动声色，却抒发了伤悼故国、慨叹身世的深沉情感，自有悲凉慷慨之气蕴含其中，颇具杜诗神韵。

【注 释】

　　① 胡尘：指金兵。
　　② 十年：从靖康元年（1126）汴京沦陷至诗人写作此诗之时，已经过去十年。伊洛：伊水和洛水，此处指代诗人的故乡洛阳。
　　③ 龙钟客：诗人自指。龙钟：疲惫的样子，也形容老态。
　　④ 看牡丹：暗指诗人思念故乡。洛阳盛产牡丹，故诗人在异乡看到牡丹，自然思念起故乡。

临江仙·夜登小阁忆洛中旧游

南宋·陈与义

忆昔午桥①桥上饮，坐中多是豪英。长沟流月去无声。杏花疏

影里，吹笛到天明。

二十余年如一梦，此身虽在堪惊^②。闲登小阁看新晴。古今多少事，渔唱起三更^③。

【题 解】

此词约作于宋高宗绍兴五年（1135）陈与义引疾去官，卜居浙江桐庐之时。此作借回忆青年时代在洛中的旧游来表达故国之思、身世之感与家国之痛。词的上片描述了宋徽宗在位时词人与友人们度过的一段潇洒自在的青春时光。十余年后，金人入侵，词人被迫南下，动荡流离，九死一生。下片开始转入这段苦难黯淡的生涯，词人只用了"二十余年如一梦，此身虽在堪惊"一句便写尽世事沧桑，包含了多少亡国丧家的悲苦慨叹！创作此词时陈与义四十五岁，已进入创作生涯的晚期，三年后离世。此作历来受到颇高评价，被公认为《无住词》中的压卷之作，代表其清婉奇丽的整体风格。

【注 释】

① 午桥：村庄名，午桥庄在洛阳城东南。据《新唐书·裴度传》载，裴度晚年退居洛阳，在午桥建有别墅，与白居易、刘禹锡把酒作文，不问人间事。

② 此句意为虽然我还在人世，但二十年来的坎坷遭遇足以惊心动魄。

③ 此句的大意是，古往今来许多人事沧桑的变化，不过是当作渔夫半夜里唱歌的内容罢了。

【名 句】

长沟流月去无声。杏花疏影里，吹笛到天明。

渔家傲·寄仲高

南宋·陆游

东望山阴①何处是？往来一万三千里。写得家书空满纸。流清泪，书回已是明年事。

寄语红桥②桥下水，扁舟何日寻兄弟？行遍天涯真老矣。愁无寐，鬓丝几缕茶烟里③。

【题 解】

此词是陆游为寄信给从堂兄而作。诗题中的"仲高"，指陆升之，陆游的同曾祖之从堂兄，年长陆游十二岁。此作借叙写思念兄弟而抒发怀乡之情。当时陆游正宦游西蜀，距离家乡山阴不足四千里，而词中言"往来一万三千里"，不过是在思乡的心境下极言两地相隔遥远而已。陆游的怀乡之情往往是与家国之思联系在一起的，所以显得分外沉痛悲苦。此作融思乡、念亲、国殇于一体，体现了陆游词激昂慷慨、流丽绵密的整体风格。

【注 释】

①山阴：今浙江绍兴，是陆游的故乡。
②红桥：地名，在山阴西七里。
③此句意为时光都在喝茶抽烟的闲散生活中流逝了。

晚晴闻角有感

南宋·陆游

暑雨初收白帝城①，小荷新竹夕阳明。
十年尘土青衫色②，万里江山画角③声。
零落亲朋④劳远梦，凄凉乡社负归耕⑤。
议郎博士⑥多新奏，谁致当时鲁二生⑦？

【题 解】

这首七言律诗是孝宗乾道七年（1171）夏天，陆游四十七岁时在夔州通判任上所作。当时诗人远赴蜀地异乡出任闲职，一来有感于故乡的亲朋渐趋零落，自己却不能返乡探问，有负归耕之志，二来自己因固守气节而不被朝廷重用而深感失落，也加剧了诗人在外寓居漂泊的痛苦与彷徨。诗题中的"闻角"，是指听到画角的声音。画角是古代军乐队常用乐器，甚至成为军营、兵事的代称。此作抒写了诗人由异乡晚晴所见所闻而引发对故乡亲朋的追念，以及对壮志难酬的叹息。全诗形式上对仗工稳，内涵上寄意遥深，将一位满腔报国热忱的文士的心理活动与情感世界呈现得淋漓尽致而又细腻动人。

【注 释】

① 白帝城：地名，在今四川奉节县东白帝山上，为东汉初公孙述所筑。

② 十年：此处取约数。陆游自绍兴二十八年出任宁德县主簿，至乾道七年为十三年。青衫：古代低级文官的官服。

③ 画角：古代乐器名。形如竹筒，以竹木或皮革制成，外加彩绘，故称"画角"，是古代军乐队的常用乐器，声音高亢动人可振奋士气。此处用充满画角之声来暗指国家不太平。

④ 零落亲朋：指亲戚朋友中有的亡故，有的失散。

⑤ 负归耕：不能回到故里乡社种田。

⑥ 议郎：掌管顾问应对的官职。博士：负责传授儒家经典的官职。

⑦ 致：招来。鲁二生：鲁地的两位儒生。此处用《史记·叔孙通传》
典，《叔孙通传》载："于是叔孙通使征鲁诸生三十馀人，鲁有两
生不肯行。"此处指代有气节之人。

宿武连县驿

南宋·陆游

平日功名浪自期^①，头颅^②到此不难知。
宦情^③薄似秋蝉翼，乡思多于春茧丝。
野店风霜傲装早，县桥灯火下程^④迟。
鞭寒熨手戎衣窄，忽忆南山射虎时。

【题解】

　　这首七言律诗是宋孝宗乾道八年（1172）十一月间，陆游携带家
眷从南郑到成都府任职，在由陕入川途经剑阁武连县时，由于仕途上的
不得志，他触景生情，写下了《剑门道中遇微雨》等佳作，此诗亦为其
中一首。武连驿，据《大清一统志》载，位于剑州南八十里，旧属绵州
梓潼县。诗中用绵长不尽的春茧比喻自己对故乡刻骨铭心的思念之情。
此作堪称陆游律诗的代表作。

【注 释】

① 此句是诗人自嘲树立功名不过是空自期许而已，表达了陆游对仕途的极度失望。

② 头颅：陶弘景《与从兄书》："仕宦期四十左右作尚书郎，即投簪高迈，今三十六方作朝奉请，头颅可知。"此处用头颅比喻自己的政治生命，表示诗人对仕途生涯已彻底灰心失望。

③ 宦情：做官的意愿、志趣。

④ 下程：停驻，休憩。

【名 句】

宦情薄似秋蝉翼，乡思多于春茧丝。

临安春雨初霁

南宋·陆游

世味年来薄似纱①，谁令骑马客京华②？

小楼一夜听春雨，深巷明朝卖杏花。

矮纸斜行闲作草③，晴窗细乳戏分茶④。

素衣莫起风尘叹⑤，犹及清明可到家⑥。

【题 解】

这首七言律诗是淳熙十三年（1186）春陆游被任为朝请大夫、权知严州（今浙江建德），奉召自山阴赴临安觐见皇帝时所作。临安，即今浙江杭州，南宋于绍兴八年（1138）建都于此。霁，本指雨止，引申为天气放晴。此诗作于陆游在临安朝觐之时，此时他年事已高，历经世态炎凉，对于仕途已无太多期望，故身在京城繁华之地却甚感无聊。然而一场春雨激发了极富诗人气质的陆游的诗兴，令他在这无趣的时光中信笔漫书，写下这篇流畅工整、情味浓郁的佳作。此诗描述了一场春雨过后诗人在临安的见闻与感悟，从对日常生活、平凡事物的体察中抒发了诗人对仕宦客寓生活的厌倦，委婉地表达了对故乡的思念以及对早日回家的渴盼。

【注释】

① 世味：对世俗情事的兴味。薄：淡薄。

② 京华：即京城临安。

③ 矮纸：幅面短小的纸张。草：草书。

④ 细乳：烹茶时浮于盏面的细白泡沫，又称乳花。分茶：宋代流行的一种烹茶方法，宋人诗词中常常提及。

⑤ 素衣：白衣。此句化用陆机《为顾彦先赠妇》诗："京洛多风尘，素衣化为缁。"

⑥ 此句是说可以赶在清明节前回家，委婉地表达了身在京师的诗人对故乡和亲人的思念。

【名句】

小楼一夜听春雨，深巷明朝卖杏花。

念奴娇·书东流村壁

南宋·辛弃疾

野棠花落，又匆匆、过了清明时节。划地东风欺客梦①，一夜云屏寒怯。曲岸持觞，垂杨系马，此地曾轻别。楼空人去，旧游飞燕能说②。

闻道绮陌③东头，行人曾见，帘底纤纤月④。旧恨春江流不尽⑤，新恨云山千叠。料得明朝，尊前重见，镜里花难折⑥。也应惊问：近来多少华发⑦？

【题 解】

此词是辛弃疾渡江南下，途经东流村时所作。东流村，在今安徽东至县，临近长江。长江是当时南北统治者的分界线。辛弃疾渡江南下，故乡山东便被阻隔在了江水的另一边。当他在清明时节经过江边东流村时，对故土的眷恋之情再也抑制不住，作此词以抒发怀乡之情。此作颇具特色之处在于，词人并未直抒胸臆，而是借对往昔佳人的追怀而寄托乡思。全词追往伤今，无限惆怅，华发早生的身世之悲，"春江流不尽"的乡思之切都蕴涵其中，体现了稼轩词以文为词，沉郁悲壮的艺术风格。

【注 释】

① 划地：无端地、平白无故地。欺客梦：寒意侵扰客子（词人自指）的睡梦。

② 此句用苏轼《永遇乐·夜宿燕子楼》词意。苏词写唐代关盼盼事："燕子楼空，佳人何在？空锁楼中燕。"

③ 绮陌：繁华的街道。宋人往往指妓女聚居之地。

④ 纤纤月：喻指女子纤柔的小脚。

⑤ 此句化用李煜《虞美人》："问君能有几多愁？恰似一江春水向东流。"

⑥ "料得"三句：料想明天和伊人在酒筵上重逢之时，她的容颜已老，
残花已不堪重折了。

⑦ 华发：白发。

菩萨蛮·书江西造口壁

南宋·辛弃疾

郁孤台下清江水^①，中间多少行人泪。西北望长安^②，可怜无数山！
青山遮不住，毕竟东流去。江晚正愁余^③，山深闻鹧鸪^④。

【题解】

此词是辛弃疾于宋孝宗淳熙三年（1176）任江西提点刑狱时在造
口壁上所书。诗题中的"造口"，又名皂口，今江西万安县西南六十里
处有皂口溪，赣江由此流入鄱阳湖。此作从叙写南渡初年，金兵追击隆
裕太后至江西皂口之屈辱往事起兴，继而表达故国之思、身世之感与故
乡难回的抑郁之情。词人登台远眺所见的绝不仅仅是奔腾不息的江水，
在他眼中还流淌着无数家破人亡、流离失所的逃难者的血泪！词作最后
以伫立江边独自听闻深山鹧鸪鸣叫的个人形象作结，暗示出词人乡思之
痛切，意味深长。

【注 释】

① 郁孤台：在今江西赣州市东南。清江：指赣江。

② 长安：此处借指北宋京城汴京。

③ 愁余：使我愁苦。语出屈原《九歌·湘夫人》："帝子降兮北渚，

目眇眇兮愁予。"

④ 闻鹧鸪：古人认为鹧鸪的叫声悲切，听似"行不得也哥哥"。这里
喻指时局艰难，暗示故乡难归之郁闷心绪。

【名句】

青山遮不住，毕竟东流去。

添字采桑子

南宋·李清照

窗前谁种芭蕉树？阴满中庭①。阴满中庭，叶叶心心，舒卷有
余情②。

伤心枕上三更雨③，点滴霖霪④。点滴霖霪，愁损北人⑤，不惯
起来听。

【题 解】

此调一作《添字丑奴儿》。《丑奴儿》、《采桑子》同调而异名，
来自唐教坊曲名。"添字"是唐宋曲子词中的术语，词的句数和声韵，
皆须按谱填写，不能变换。若要变旧曲为新声，需增减字数，词牌上须
有"添字"或"减字"加以标示。"添字"在本词中具体表现为，在《采
桑子》原调上下片的第四句各添入二字，由原来的七字句，改组为四字、
五字两句。增字后，音节和乐句亦相应发生了变化。宋廷南渡后，李清
照避乱江南，漂泊无依，日夜思念故土。此作即是她借咏叹芭蕉，来抒
发对故国乡土的深切怀念。

【注 释】

① 阴满中庭：芭蕉树的树阴遮满庭院。中庭：即庭中。

② 此句讲芭蕉树的树叶舒展，而蕉心却卷缩。一舒一卷的样子都似带着情意。舒：以状蕉叶。卷：以状蕉心。

③ 三更雨：深夜下的雨。三更：旧时一夜分为五更，三更即深夜。

④ 霖霪：雨下个不停。霖：久下不停的雨，超过三日的雨为霖。霪：久雨。

⑤ 北人：李清照自称。作者自幼生长在北方，如今背井离乡流落南方，故自称北人。

菩萨蛮

南宋·李清照

风柔日薄①春犹早，夹衫乍著②心情好。睡起觉微寒，梅花③鬓上残。

故乡何处是？忘了除非醉。沉水④卧时烧，香消酒未消。

【题 解】

这是一首主题颇为鲜明、情感极其深挚的怀乡词。从语言、内容、风格来看，此词当是李清照南渡后客寓建康时期所作。此作抒发了词人客寓异地期间时刻萦绕心间的思乡浓愁。当时北宋王朝已经灭亡，北方金兵不断南侵，词人的故乡已陷入金人之手。而词人独自在南方过着颠沛流离的逃难生活，内心积蓄着国破家亡的悲凉苦楚。但这种巨大的情感浓度并非一触即发，而是由涓涓细流而渐进至波涛汹涌。上片词人从春日里的日常生活画面起笔，本该尽情领略大好春光的时节却只想昏睡，并感觉到阵阵寒意，无心梳妆打扮。下片道出了其中因由，原来昏睡是

因为醉酒，而酒醉又是为暂时消解思乡之愁。上片之喜反衬出下片之悲，悲喜对照之下，将汹涌澎湃的怀乡之思推向了高潮。此作婉约情深，体现了李清照南渡之后创作的主要风格，也是宋代怀乡词中的代表作。

【注 释】

① 日薄：指阳光和煦宜人。

② 乍著：刚刚穿上。

③ 梅花：插在鬓角上的春梅。另一说指梅花妆。据《宋书》载，南朝宋武帝女寿阳公主卧于含章殿檐下，梅花落额上，成五出之花，拂之不去，此后便有梅花妆。

④ 沉水：即沉水香，一种熏香料。

清波引

南宋·姜夔

　　余久客古沔，沧浪之烟雨，鹦鹉之草树，头陀、黄鹤之伟观，郎官、大别之幽处，无一日不在心目间。胜友二三，极意吟赏。揭来湘浦，岁晚悽然，步绕园梅，搞笔以赋。

　　冷云迷浦，倩谁唤、玉妃①起舞。岁华如许，野梅弄眉妩②。屐齿印苍藓③，渐为寻花来去。自随秋雁南来，望江国④、渺何处。
　　新诗漫与⑤，好风景常是暗度。故人知否，抱幽恨难语。何时共渔艇，莫负沧浪烟雨。况有清夜啼猿，怨人良苦。

【题 解】

　　此词为姜夔于淳熙十三年(1186)客湘中所作。小序中提及"古沔"，即今湖北武汉汉阳，此地为词人的第二故乡。姜夔是江西鄱阳人，其父曾任汉阳知县，他幼年随父居汉阳，其姐姐亦出嫁在汉阳，后又曾依姐姐生活，往来汉阳二十年。沧浪之烟雨，是指汉水。头陀，指头陀寺，位于汉口西北。黄鹤，指黄鹤楼，在武汉蛇山黄鹄矶，下临长江，风光优美。郎官是湖名，在汉阳东南。大别是山名，即今龟山。此作表面看似是歌咏梅花，实际是借咏梅而寄托怀乡怀人之思。上片写独自"步绕园梅"，引发乡关之思与漂泊之叹。末句"望江国"引出汉阳故里。下片写怀乡思友。友人与己关山远隔，心事难通，以至"抱幽恨难语"。继之表达期盼再与友人相会同游的愿望。结尾处转向低沉，"清夜啼猿"的意境烘托哀思欲绝，感人至深。

【注 释】

　　① 玉妃：喻梅花。
　　② 眉妩：眉目妩媚，此处形容梅花美丽之姿。
　　③ 屐齿：古人登山爱穿一种底子有齿的木鞋。苍藓：青苔一类的植物。
　　④ 江国：当指汉阳，因其濒临长江、汉水，故有此称。
　　⑤ 新诗漫与：即兴写诗。

惜红衣

南宋·姜夔

　　吴兴号水晶宫，荷花盛丽。陈简斋云："今年何以报君恩，一路荷花相送到青墩。"亦可见矣。丁未之夏，予游千岩，数往来红香中，

自度此曲，以无射宫歌之。

　　簟①枕邀凉，琴书换日，睡馀无力。细洒冰泉，并刀②破甘碧。墙头唤酒③，谁问讯、城南诗客。岑寂。高柳晚蝉，说西风消息。

　　虹梁④水陌，鱼浪吹香，红衣半狼藉。维舟试望，故国⑤眇天北。可惜渚边沙外，不共美人游历。问甚时同赋，三十六陂⑥秋色。

【题解】

　　此词约为姜夔淳熙年间往来江淮时所作。白石词前多有小序，交代作词的缘起。淳熙十四年（1187），姜夔投靠时任湖北参议的福建诗人萧德藻而寓居吴兴（今浙江湖州）。吴兴为水乡，北临太湖，境内有苕、霅二溪，水清如镜，亭台楼阁皆可倒映水中，仿佛水中宫殿，故有水晶宫之美称。令姜夔印象最为深刻的，还是吴兴的荷花。他引用陈与义居住吴兴青墩镇时写的《虞美人》词句，赞美吴兴荷花之美。继而记述了丁未夏天，词人独自游吴兴之弁山千岩，印证了简斋词中"一路荷花相送到青墩"之境。姜夔对此有所感而作此词。取调名为《惜红衣》，有惜荷花凋零之意。此曲为姜夔自制，属无射宫调。此作借歌咏荷花表现了词人客居异乡的生活和心境，抒发了词人的怀念故国之情与羁旅愁思，风格清新刚健，声情并茂，代表着白石词的基本特点。

【注 释】

　　① 簟：凉竹席。
　　② 并刀：并州（今山西太原）出产的刀具，以锋利著称。
　　③ 墙头唤酒：隔着院墙买酒。此处反用杜甫《夏日李公见访》诗意："隔屋唤西家，借问有酒不？墙头过浊醪，展席俯长流。"表现出词人

独居之寂寞。

④ 虹梁：构建精美的桥梁。

⑤ 故国：指北宋的汴京（今河南开封）。

⑥ 三十六陂：指数不清的水塘。宋王安石《题西太乙宫壁》："柳叶鸣蜩绿暗，荷花落日红酣。三十六陂春水，白头想见江南。"

浣溪沙

南宋·姜夔

丙辰岁不尽五日，吴松作。

雁怯重云不肯啼，画船愁过石塘①西，打头风浪恶禁持②。
春浦渐生迎棹绿，小梅应长亚③门枝，一年灯火④要人归。

【题 解】

此词为宋宁宗庆元二年（1196）姜夔舟行归家途中所作。白石于当年移家行都（今浙江杭州）投靠张鉴，居近东青门。这年岁末，姜夔由无锡返回杭州，其时距年夜只有五天，归舟至吴松而作此词。这首小词虽属短制，写来却颇有波澜起伏之致。上片借雁写人，大雁面对重云"怯"的表现，也带有些许"近乡情更怯"的意味。眼看归舟渐近余杭，还是顶风逆浪，层云密布，怎不令归家心切的词人心焦发愁呢？下片峰回路转，柳暗花明。船过余杭之后，两岸春风拂面，但见一江绿波。词人的情绪也随之一振，黯淡的心情被归家的欣喜所冲淡，继而引出词人对故园的想象，猜测着园中的梅花应已长高，家人们都在翘首企盼自己回家。将返乡途中急于回家团聚的游子心态呈现得真切动人。

【注 释】

① 石塘：在苏州小长桥附近。
② 打头风浪：顶风，逆浪。恶：猛，厉害。禁持：宋人口语，意为摆布。
③ 亚：旁，靠。
④ 一年灯火：词人岁末除夕前五日才得以归家，故言"一年"。

【名 句】

春浦渐生迎棹绿，小梅应长亚门枝，一年灯火要人归。

夜书所见

南宋·叶绍翁

萧萧①梧叶送寒声，江上秋风动客情②。
知有儿童挑促织③，夜深篱落一灯明④。

【题 解】

　　这首七言绝句是南宋诗人叶绍翁行旅途中所作。叶绍翁，字嗣宗，号靖逸，祖籍浦城（今属福建），后徙居龙泉（今属浙江），生卒年均不详。由于他的诗歌被收入书商陈起所刻印的《江湖集》，故被归入江湖诗派。同大部分江湖诗人相似，叶绍翁的诗也以绝句最佳，善于从日常生活中一些稀松平常的事物中挖掘其审美意义，以独具匠心之笔法结构成诗，在宋末诗坛上自成一家。此作描写了诗人在一次行旅中所见的夜景以及由此引发的乡思。全诗出语平淡自然却极具画面感，营造出一种萧瑟

凄凉的意境，烘托出诗人内心的孤寂之感与深切的怀乡羁旅之愁。

【注 释】

① 萧萧：指风声。
② 动客情：勾起游子的羁旅之愁。
③ 挑促织：捉蟋蟀。
④ 篱落：指篱笆。一灯明：指儿童捉蟋蟀时提的灯。

唐多令

南宋·吴文英

何处合成愁？离人心上秋①。纵芭蕉、不雨也飕飕。都道晚凉天气好，有明月、怕登楼。

年事②梦中休，花空烟水流。燕辞归③、客尚淹留。垂柳不萦裙带住，漫长是、系行舟。

【题 解】

《唐多令》首见于刘过的《龙洲词》。吴文英是浙江宁波人，一生足迹未曾离开过江浙。他是一位颇为独特的江湖游士，长期充当一些权贵的门客与幕僚。此词作于宋理宗景定年间，吴文英受知于丞相吴潜，往来于苏杭之间，抒发了他在漂泊旅途中的羁旅之思与怀乡之情。"有明月、怕登楼"表现出词人月夜思乡怀人而又充满矛盾的微妙心理。全词字句不事雕琢，自然浑成，在吴词中堪称别调。

【注 释】

① 此句表面看是个字谜，"心"上着"秋"即成"愁"字。实是言离
　别之人心中充满了愁绪。
② 年事：往事。
③ 燕辞归：语出曹丕《燕歌行》："群燕辞归燕南翔，念君客游多思肠。
　慊慊思归恋故乡，君何淹留寄他方。"

【名 句】

都道晚凉天气好，有明月、怕登楼。

柳梢青·春感

南宋·刘辰翁

铁马蒙毡①，银花②洒泪，春入愁城。笛里番腔③，街头戏鼓，
不是歌声。

那堪独坐青灯。想故国、高台月明。辇下④风光，山中岁月⑤，
海上心情⑥。

【题 解】

　　此调又名《云淡秋空》、《雨洗元宵》。此作是刘辰翁在宋亡后所
写的十余首元夕词中的一首，借感春意而抒发故国之思与亡国之痛。此
词上片描述了宋亡国之后的元夕景象。江山易主，风月全非。上元之夜，
耳目所接，不再有繁华灯市，满城的仕女箫鼓，取而代之的竟是元蒙铁
骑的横行与北地番腔的喧嚣。上片感时，下片述志。"想故国、高台月

明"，除了心怀故国，还含有杜甫《月夜》中"月是故乡明"的怀乡意味。最后三句使得此词的精神境界超越了一般追怀故国的词作，"辇下风光"不仅追怀故都临安的风月繁华，"山中岁月"还表现了词人为国守节的坚定意志，"海上心情"则又是关切崖山流亡君臣的安危存亡，表达出词人复杂而微妙的心绪。

【注释】

① 铁马：指元人骑兵。蒙毡：指战马身上蒙有御寒的毛毡。
② 银花：元宵夜的花灯。
③ 番腔：指笛中吹出的蒙古族曲调。
④ 辇下：帝辇之下，指京城。辇：原指用人拉挽的车子，秦汉以后专指皇帝的车子。
⑤ 山中岁月：指词人避难山中的生活。
⑥ 海上心情：南宋都城临安沦陷后，陆秀夫、文天祥等先后拥立赵昰、赵昺在福建、广东一带海上继续抗元，引发词人的关切，故云。另有一说，此处是用苏武囚于匈奴，在北海上杖节牧羊之事。

玉京秋

南宋·周密

长安独客，又见西风，素月丹枫，凄然其为秋也，因调夹钟羽一解。

烟水阔，高林弄残照，晚蜩①凄切。碧砧度韵②，银床③飘叶。衣湿桐阴露冷，采凉花、时赋秋雪④。叹轻别，一襟幽事，砌蛩⑤能说。

客思吟商还怯⑥，怨歌长、琼壶暗缺⑦。翠扇恩疏⑧，红衣

香褪^⑨，翻成消歇。玉骨西风，恨最恨、闲却新凉时节。楚箫咽^⑩，谁倚西楼淡月。

【题 解】

《玉京秋》为周密自度曲，为周密客居临安时所作。此调歌咏调名本意，作此调者甚少。此作主旨是抒写客中秋思。异乡悲秋，感伤无限，而怀乡情绪的背后又是故国之思。上片从视觉、听觉、感觉等不同角度呈现出一幅秋景图的长卷，继而引出离情别绪的主题。下片则层层深入，照应小序中所言"长安独客，又见西风"，将离情别恨、悲秋怀乡融为一体，愈见怨恨之深。最后以月下闻箫作结，将伊人的思念与词人孤寂凄凉的心境一并呈现，余韵悠长。此作语言典丽精工，意境高远幽深，堪称草窗词中的代表作。

【注 释】

① 蜩：蝉。蝉鸣往往引发凄切之情。柳永《雨霖铃》："寒蝉凄切，对长亭晚，骤雨初歇。"

② 砧：捣衣石。度韵：有节奏的捣衣声。

③ 银床：银饰的井栏。庾信《侍宴九日》："银床落井桐。"

④ 凉花：此处当指芦花。秋雪：芦花白如雪花，故云。

⑤ 砌蛩：指蟋蟀。

⑥ 客思：客寓他乡的羁旅思乡之情。吟商：吟咏秋天。《礼记·月令》："孟秋之月其音商。"商：宫、商、角、徵、羽五音之一。商音凄厉，与肃杀的秋气相应。

⑦ 琼壶暗缺：用《晋书·王敦传》典故。史载东晋大将军王敦酒后歌曹操乐府："老骥伏枥，志在千里。烈士暮年，壮心不已。"边唱边以如意打唾壶为节，壶边尽缺。

⑧ 翠扇恩疏：用班婕妤失宠后作诗托辞于纨扇之事。这里借用其意，

感伤与情人离别。

⑨ 红衣香褪：意为女子留下的红罗衣上的香气逐渐消退。红衣：一说
指荷花。

⑩ 楚箫咽：有人用湘竹制成的箫吹奏出悲凉的乐曲。

瑞鹤仙·乡城见月

南宋·蒋捷

绀①烟迷雁迹，渐断鼓零钟，街喧初息。风檠②背寒壁，放冰蟾③，
飞到蛛丝帘隙。琼瑰④暗泣，念乡关、霜芜似织。漫将身、化鹤归来⑤，
忘却旧游端的⑥。

欢极。蓬壶蕖浸⑦，花院梨溶，醉连春夕。柯云罢弈⑧，樱桃在，
梦难觅⑨。劝清光，乍可幽窗相伴，休照红楼夜笛。怕人间、换谱
伊凉⑩，素娥未识。

【题 解】

《瑞鹤仙》调始见于周邦彦词。双片一百零二字，前片七仄韵，后
片六仄韵。此作当为蒋捷于宋亡后羁旅漂泊中所作。宋亡之后，蒋捷遁
迹不仕，过着四处漂泊的生活。他乡赏月，更易牵动乡关之思。上片营
造了一个为愁云惨雾所笼罩的月夜之景，烘托乡思之绪。过片语气一转，
"欢极"与上片的凄楚心境形成强烈反差，下片描述已经忘记亡国之痛
的小儿女情态。通过"柯云罢弈"、"樱桃在"两个典故，表达今昔
剧变、沧海桑田之感触。此作借赏月而抒写遗民词人的亡国之恨与故
园之思，词风清雅秀丽，音节和谐，语浅情深，表现了竹山词主要的
风格特征。

【注释】

① 绀：一种深青带红的颜色。

② 檠：灯架，此处代指灯。

③ 冰蟾：指月光。传说月宫中有蟾蜍，故以冰蟾代指皎洁的月光。

④ 琼瑰：美玉。

⑤ 化鹤归来：用丁令威事。《搜神后记》中载有丁令威学道于灵虚山
后化为仙鹤返乡之事。

⑥ 端的：实际情况。

⑦ 蓬壶：蓬莱，传说中的海上仙山。这里指倒映水中的月亮。蕖：荷花。

⑧ 柯云罢弈：用王质伐木遇仙之事。南朝梁任昉《述异记》卷上载：
"信安郡石室山，晋时王质伐木至，见童子数人棋而歌，质因听之。
童子以一物与质，如枣核。质含之，不觉饥。俄顷，童子谓曰：'何
不去？'质起视，斧柯尽烂。既归，无复时人。"柯：斧头柄。

⑨ 此句用唐段成式《酉阳杂俎》典，《酉阳杂俎》卷八云："有悦邻女者，
梦女遗二樱桃，食之。既觉，核坠枕侧。"形容思念至深，到了朝
思暮想，梦境与现实难以分辨的程度。

⑩ 伊凉：唐代商调乐曲名，指《伊州》、《凉州》。

月下笛

南宋·张炎

孤游万竹山中，闲门落叶，愁思黯然，因动黍离之感。时寓甬
东积翠山舍。

万里孤云，清游渐远，故人何处。寒窗梦里，犹记经行旧时路。连
昌约略①无多柳，第一是、难听夜雨。谩惊回凄悄②，相看烛影，拥衾谁语。

张绪③，归何暮④。半零落，依依断桥鸥鹭⑤。天涯倦旅，此时心事良苦。只愁重洒西州泪⑥，问杜曲、人家在否⑦。恐翠袖、正天寒，犹倚梅花那树⑧。

【题 解】

《月下笛》调始于周邦彦《片玉词》，因词中有"凉蟾莹彻"、"静倚官桥吹笛"句，故名"月下笛"。此词约作于元成宗大德二年（1298）张炎流寓甬东（今浙江舟山定海县）期间，词人独游万竹山，亡国之痛、怀乡之思再次涌上心头而填此词。词人所游"万竹山"，位于浙江天台西南四十五里处。宋亡之后，张炎心怀国亡家破的巨大悲痛而四处漂泊。他以孤云自况，抒写故交零落、故官荒芜、故园残破的无限悲痛，表达对故国、故人、故乡的深切怀念。上片写羁旅漂泊生活的孤寂凄清以及怀人之思，下片以张绪自比，抒写羁旅思归之愁苦，并以持高节的隐者自喻以自明心志。全篇以羁旅漂泊之叹为抒情主线层层推进，不断切换时空，虚实相映之间意脉清晰，化用典故贴切无迹，将故国之思、怀乡之情、羁旅之愁表现得凄婉动人，是张炎清空词风的代表作。

【注 释】

①连昌：唐代宫殿名，唐高宗所置，宫中多植柳树。这里借指南宋故宫。
约略：大概。
②惊回：梦被惊扰。凄悄：凄凉寂静。
③张绪：南齐吴郡人，少有文才，姿韵清雅，官至国子祭酒。《南史·张绪传》载：齐武帝植蜀柳于灵和殿前，叹曰："此杨柳风流可爱，似张绪当年时。"张炎《南楼令》云："可是而今张绪老，见说道，柳无多。"可见，词人常以张绪自比。
④归何暮：词人慨叹自己迟迟不能回到故乡杭州。
⑤断桥：西湖一景，在杭州西湖白堤之上。鸥鹭：暗指隐居不仕的故交。

⑥ 西州泪：西州为古城名，故址在今南京市朝天宫西。此处用《晋书·谢安传》所载羊昙典故。羊昙为谢安所赏识器重，谢安去世后，羊昙为之一年不听音乐，并且不再经行谢安抱病还都时走过西州门的道路，避免伤感。有一天，羊昙因大醉而不觉走到了西州门，伤心恸哭而去。

⑦ 杜曲：地名，位于唐长安城南，高门大族聚居此地。唐代杜氏世居于此，故名。此句意为，不知旧时住在临安显贵地区的高门大族是否还有人家在。

⑧ 此二句化用杜甫《佳人》："天寒翠袖薄，日暮倚修竹。"此处以翠袖佳人隐喻宋亡不仕、守节不移之士。

金陵驿

南宋·文天祥

草合离宫转夕晖①，孤云②飘泊复何依？
山河风景元无异③，城郭人民半已非④。
满地芦花和我老，旧家燕子傍谁飞⑤！
从今别却江南路，化作啼鹃带血归⑥。

【题 解】

这首七言律诗是祥兴二年（1279）文天祥被押解北上途经金陵（今江苏南京）时所作，当时南宋已覆亡。文天祥（1236—1283），字履善，号文山，吉州庐陵（今江西吉安）人，宋末著名的民族英雄。他为了挽救南宋的亡国命运，百折不挠，进行了殊死的抗争。他的诗歌以德祐元年（1275）为界明显分为前后两期，成就主要是后期那些记录抗战经历，表现忠贞不渝的民族气节以及誓死不投降的血性精神的爱国诗歌。此诗

即其后期代表作之一，叙写了诗人在被俘虏押解途中的见闻与感悟，表现了诗人深重的亡国之痛以及对故国的无限怀念。

【注释】

① 草合：长满了草。离宫：即行宫，指皇帝的临时住所。

② 孤云：此处为诗人自比。

③ 元：同"原"。此句用东晋初周凯的话"风景不殊，正自有山河之异"，原意是讲沦陷了的北方与南方不同。作者此处反其意用之，大意是说南方北方都已沦陷，再无任何区别了。

④ 此句用丁令威典故。据《搜神后记》载，汉曲阿太霄观道士丁令威学道于灵虚山，后化鹤归辽，空中下望云："有鸟有鸟丁令威，去家千年今始归，城郭如故人民非。"这两句是说山河无恙，而原本宋朝子民却已成了元朝的臣民。

⑤ 此句化用刘禹锡《乌衣巷》诗句："旧时王谢堂前燕，飞入寻常百姓家。"

⑥ 带血归：古有杜鹃啼血的传说。此句是说诗人想象自己死后化作杜鹃鸟啼血而归，以此追悼纪念故国。

【名句】

从今别却江南路，化作啼鹃带血归。

诉衷情

金·吴激

夜寒茅店不成眠，残月照吟鞭①。黄花细雨时候，催上渡

头船。

鸥^②似雪，水如天，忆当年。到家应是，童稚^③牵衣，笑我华颠^④。

【题 解】

此词调按万树《词律》及《钦定词谱》应为《诉衷情令》。双调，四十四字，平韵，为正体，始见于宋晏殊《珠玉词》。又名《一丝风》、《渔父家风》。本词作者吴激，字彦高，号东山，建州（今福建建瓯）人。宋钦宗靖康年间使金被留，命为翰林待制。吴激工诗善画，尤擅词，元好问推为"国朝第一手"，与蔡松年齐名，世称"吴蔡体"。其词多故国之慨，哀婉清朗，善于化用前人成句而具深情。此作即表现了吴激使金被扣留后，整日为思乡南返之愿魂牵梦绕。可悲的是他客死北地，归乡竟终成空梦。此词上片写凄寒的夜景与失眠之状，而下片所描述的归家团聚之场景，全属幻想之辞，虽表面流露欢愉之情，但对照词人的真实遭际，读来更添哀伤。此词出语自然毫无雕琢之迹，体现了吴激秀朗中透出凄婉的风格，是金代怀乡词中难得的佳作。

【注 释】

① 吟鞭：诗人惯用词，吟哦着挥动马鞭。
② 鸥：水鸟，白羽为多，主要生活于沿海和南方内陆河川。
③ 童稚：幼童。
④ 华颠：头发花白。

八月并州雁

金·元好问

八月并州雁，清汾照旅群^①。

一声惊晚笛，数点入秋云。

灭没楼中见，哀劳^②枕畔闻。

南来还北去，无计得随君^③。

【题解】

这首五律为兴定元年（1217）元好问携家眷南渡逃亡期间所作。并州，即太原府，今山西太原。据《金史·宣宗上》载，贞祐四年（1216）二月，"大元兵围太原"。元兵退后，元好问携带家眷南渡，与母亲寓居南京路嵩州福昌县三乡镇（今河南宜阳西），此作即为旅居时所作。全诗借看到并州征雁的所思所感，抒发了颠沛流离中的诗人内心深切的思乡之情。尤其篇末对北归大雁的羡慕之情表达了诗人有家难归的惆怅心绪。

【注释】

①清汾：清澈的汾水。汾水为黄河支流，源出山西宁武县管涔山，流经太原。旅群：指征雁之群体。

②哀劳：大雁的叫声。

③无计：没有办法。君：此处指征雁。

梦 归

金·元好问

憔悴南冠一楚囚^①，归心江汉日东流^②。
青山历历乡国梦^③，黄叶潇潇^④风雨秋。
贫里有诗工作祟^⑤，乱来无泪可供愁^⑥。
残年^⑦兄弟相逢在，随分齑盐万事休^⑧。

【题解】

　　这首七言律诗为天兴三年（1234）元好问在聊城期间所作。时年正月，蒙古军与南宋联军攻陷蔡州，金哀宗自杀。金亡之后，元好问与大批官员被俘，被押往山东聊城看管。两年后，居住冠氏县（今山东冠县）。在此期间，元好问无时无刻不怀念故国，朝思暮想回到故乡，以至于梦境中出现归乡的情景。此诗便记述了诗人归梦醒来后的所思所感，表现出诗人对故国的无限怀念以及对归乡的强烈渴望，抒发了诗人欲哭无泪的离乱之愁以及深挚的怀乡念亲之情。

【注释】

　　① 憔悴：形容人在困境中身形瘦弱、面色晦暗的样子。南冠：指俘虏。古时候楚国的钟仪作了晋国的俘虏，但他仍戴着楚国的帽子。因为楚国位于南方，因此称其帽子为"南冠"。后来便以此代指俘虏。
　　② 归心：思归之心。这句是将流亡中的诗人内心渴望返回故乡的心情比作长江、汉水，日夜奔流不息。
　　③ 历历：形容清晰分明的样子。乡国梦：回到故国家园的梦。
　　④ 潇潇：形容风雨急促。
　　⑤ 作祟：作怪。这句大意是讲贫困潦倒的生活常常可以激发诗兴，尚

可聊以自慰。

⑥ 乱：战争祸乱。这句讲诗人历经战祸，国破家亡，无数艰辛与悲伤，使其泪水已干枯。

⑦ 残年：指人到晚年。

⑧ 随分：随意，随便。虀盐：素食，指代清贫的生活。虀：调味的细碎咸菜。这两句描述了诗人在梦里与兄弟相逢，虽然已是晚年，但亲人团聚在一起随便料理家务，不论世事，即使过着清贫的生活，苦乐相依也很满足。

太常引

元·陈孚

短衣孤剑客乾坤。奈无策①，报亲恩。三载隔晨昏②。更疏雨，寒灯断魂。

赤城霞外，西风鹤发，犹想倚柴门。蒲醑③漫盈尊。倩④谁写、青衫⑤泪痕。

【题 解】

词牌《太常引》始见于辛弃疾《稼轩长短句》中。调入仙吕宫，又名《太清引》、《腊前梅》。陈孚，字刚中，浙江台州临海人，生于南宋朝，他十七岁时元军占领了台州，对汉人施行严酷的打压政策，当地汉族百姓不少遭遇家破人亡的惨剧。身为南方读书之人的陈孚可谓生不逢时，仕途之路异常艰辛，但他还是有机会出仕，二十六岁时以布衣授临海上蔡书院山长，后又任元世祖出使安南的副使，接触到了元朝上层统治阶级的内幕后，逐渐对官场心生厌恶而有归乡之愿，此词便是在这种心境下创作而成。此作表达了游子对家人的深切思念，从实景落笔到

设想家人盼望自己归来的虚境，再回到孤馆独酌的场景，任凭感情的自然游走而结构全篇。其字里行间流露出的怀乡思亲之情痛彻心扉，词人最后的泪湿青衫也便显得真实动人。

【注 释】

① 无策：没有办法。

② 晨昏：《礼曲》云："冬温而夏清，昏定而晨省。"后以"晨昏"指对父母的侍养。

③ 蒲醑：用香蒲泡制的酒。蒲：草名，有一种为香蒲，嫩时可食用。醑（xǔ）：美酒。

④ 倩：请别人代自己做事。

⑤ 青衫：青色的官服。此处用白居易《琵琶行》"江州司马青衫湿"的典故。古时官服的颜色按官职品级的高低而定，唐代官位低微的官员穿青色的官服。

天净沙·秋思

元·马致远

枯藤老树昏鸦①，小桥流水人家，古道西风②瘦马。夕阳西下，断肠人③在天涯。

【题 解】

《天净沙》旧作曲调。杜文澜据《老学丛谈》录无名氏词，与此词调同列为元人小令，录入《词调补遗》。马致远，号东篱，元大都（今

北京）人。元曲四大家之一，曾任江浙省务提举官。《秋思》被评为元曲第一，颇受世人推重。马致远年轻时热衷功名，然而始终抑郁不得志，穷困潦倒，漂泊一生。他在某次羁旅途中，写下了这首小令。此作将多种旅途所见景物并置，描摹出一幅秋郊夕照图作为背景，瘦马之上的天涯游子是此图的亮点，透露出凄楚哀愁的氛围，表现了浪迹天涯的游子思念故乡、倦于漂泊的愁苦心境。此作用密集意象的组合来表达悲秋羁旅之愁，被誉为"秋思之祖"。

【注释】

① 枯藤：枯萎的枝蔓。昏鸦：黄昏时归巢的乌鸦。
② 古道：古老荒凉的道路。西风：寒冷、萧瑟之风。
③ 断肠人：形容伤心悲痛到极点的人，此处指漂泊忧伤的旅人。

【名句】

夕阳西下，断肠人在天涯。

听 雨

元·虞集

屏风围坐鬓毵毵^①，绛蜡摇光照暮酣^②。
京国多年情致改^③，忽听春雨忆江南。

【题 解】

　　这首七言绝句是虞集客居元大都时期所作。虞集（1272—1348），元代著名学者和诗人，字伯生，号道园，人称邵庵先生。他出生于湖南衡阳，彼时正当宋末，兵戈扰攘，为避战乱，随父迁居临川崇仁（今属江西省）。元朝统一全国后，虞集先在江西南行台中丞董士选府中教书。元成宗大德元年（1297），虞集移居至大都（今北京市）。大德六年（1302），他被荐为大都路儒学教授，不久升任国子助教。他以师道自任，声誉日显，求学者甚多。从小长在江南的虞集客居京城多年，往昔在家乡形成的习惯、情趣、兴致都悄悄发生了改变，然而始终无法抹去对故乡的眷恋。相对于江南，雨在北方实属难得，于是每每降雨便会勾起诗人追忆故里江南。此作即表现了诗人由下雨引发的对江南故乡的追忆与遐想。

【注 释】

　　① 毵毵（sān）：形容毛发细长的样子。
　　② 绛：深红色。酣：畅快，尽情。
　　③ 京国：京城。情致：情趣，兴致。

京下思归

元·范梈

黄落蓟①门秋，飘飘在远游。
不眠闻戍鼓②，多病忆归舟。
甘雨从昏过，繁星达曙流。
乡逢徐孺子③，万口薄南州④。

【题 解】

　　这首五言律诗是范梈在京城游宦期间所作的怀乡思归诗。大德十一年（1307），范梈三十六岁时怀抱博取功名之愿景来到京师，先是以卖卜为生，后以诗名得荐。虽仕途平平，但在诗文创作上成就斐然，与同在京城的虞集、杨载、揭傒斯等人往来酬唱，同倡雅正之声，并称"元诗四大家"。从试题来看，此诗显然作于京城，抒写了独自游宦异乡的所思所感。那深秋飘飞蓟门的黄叶令诗人不由想到远游中的自己，夜不成眠，拖着多愁多病之身在凄风苦雨中更加归心似箭。诗人甚至遥想返乡后的生活，希望能像徐孺子那般淡泊明志，美名远扬。此作表达了范梈久客京城、沉沦下僚后生发的对仕宦漂泊生涯的厌倦以及对返回故乡的渴盼。范梈的五律专学杜甫，颇有杜诗沉郁凝练之风。

【注 释】

　　① 蓟：古地名，在今北京城西南，曾为周朝时燕国国都。
　　② 戍鼓：边防驻军的鼓声。戍：边防的营垒或城堡。
　　③ 徐孺子：豫章南昌人，东汉著名经学家，崇尚"恭俭义让，淡泊明志"，
　　　　不愿为官而乐于助人，被尊奉为"南州布衣"、"布衣学者"。
　　④ 万口：形容很多人。薄：迫近。

京师得家书

明·袁凯

　　　　江水三千里，家书十五行。
　　　　行行①无别语，只道早还乡。

【题 解】

　　这首五绝是袁凯在京师南京收到家信生发思乡之情而作。当时的袁凯以病免归，返乡心切。明初诗人袁凯，松江华亭（今上海市松江县）人，洪武年间的举人，荐授监察御史。后因事为朱元璋所不满，佯装疯癫，以病免归。此诗通篇紧扣家书展开叙述，信中只劝早早还乡，与诗人以病免归的情事完全吻合。沈德潜评价此作为"天籁"。唐人五绝往往自然真切，不假雕饰，后世可达此境界的作品并不多见。袁凯此作围绕家书一事，纯用白描，情真意切，恰到好处，颇有唐人之风，在明代怀乡诗中实属难得。

【注 释】

　　①行行: 指行而不止。《古诗十九首》云: "行行重行行, 与君生别离。"

【名 句】

　　行行无别语, 只道早还乡。

长相思

明·李攀龙

秋风清，秋月明。叶叶梧桐槛①外声，难教归梦②成。
砧蛩③鸣，树鸟惊。寒雁行行天际横，偏伤旅客情。

【题 解】

　　此词牌最先系唐教坊曲名，始见《全唐诗》。《长相思》又名《山渐青》、《吴山青》、《长相思令》、《常思仙》、《相思令》、《越山青》等。此作是明代小令中的精品，代表了李攀龙在词学方面的成就。李攀龙，字于鳞，号沧溟，历城（今山东济南）人。明代著名文学家。继"前七子"之后，与谢榛、王世贞等倡导文学复古运动，为"后七子"的领袖人物，被尊为"宗工巨匠"。主盟文坛二十余年，其影响及于清初。此作的词牌名暗示其主旨是表达"相思"，从内容看纯粹抒发羁旅之怀。上下两片写法高度一致，皆先写景后言情，故园之思、羁旅之情逐层递进，以情观景，由景衬情。此词体现出圆熟精巧的构思，有自然流丽之趣，不仅是李攀龙的代表词作，也代表了明代怀乡羁旅词的艺术水准。

【注 释】

　　①槛：栏杆。
　　②归梦：返回故乡的美梦。
　　③砌蛩：指蟋蟀。

【名 句】

　　寒雁行行天际横，偏伤旅客情。

除夕九江官舍

明·欧大任

　　饯岁浔阳①馆，羁怀强笑欢。

烛销深夜酒，菜簇异乡盘^②。

泪每思亲堕，书频寄弟看。

家人计程远，应已梦长安^③。

【题 解】

这首五律是明清之际的诗人欧大任于除夕夜在九江府邸所作。明代的九江府，治所在德化，位于今江西九江市。此诗叙述了诗人在游宦异乡中过年的经历和感受，以"独在异乡为异客"的游子视角，表达了对故乡亲人的深切思念。全诗看似以白描手法，用语自然浅近，但感情真挚，语淡情深，深得唐人遗风。尤其尾联实从高适《除夜作》"故乡今夜思千里，双鬓明朝又一年"脱胎而来，连环婉转，可见其效仿唐诗的意图。

【注 释】

① 饯岁：以酒食送别旧年。浔阳：即浔阳江，位于江西九江。

② 古代立春日民间有做春饼生菜的风俗，这种节日食物叫做春盘。

③ 此二句的意思是，料想故乡亲人按路程计算，以为自己定已到京城。

嘉陵江上忆家

清·王士禛

自入秦关^①岁月迟，栈云^②陇树^③苦相思。

嘉陵驿路^④三千里，处处春山叫画眉。

【题 解】

这首七绝作于王士禛进入秦蜀腹地，舟行嘉陵江上的所见所感。嘉陵江是长江北岸主要支流之一，发源于秦岭北麓的宝鸡市凤县，因凤县境内的嘉陵谷而得名。嘉陵江自北向南纵贯四川盆地中部，于重庆注入长江。王士禛自称山东济南人，他由远在齐鲁平原的家乡来到秦蜀之地，必然历经了漫长的客居生涯。当他一路面对"栈云"、"陇树"等异乡风物之时，自然勾起了对故乡山川草木的思念。诗人用一个"苦"字表达了漂泊异地的思乡感受。沿着前两句直抒乡思的铺垫，后两句诗人的审美视野从记忆中的秦蜀景观，转向现实环境中的千里嘉陵胜景，也点出了思乡的地点——嘉陵江上。诗人顺江而下，数千里行程，沿途虽总有春山春景可赏，但如此春色更易触动其思乡之情，于是作此诗以抒发身在异乡的诗人心底深深的怀乡羁旅之愁。

【注 释】

① 秦关：古代要塞之一，在今陕西洛川县秦关乡。
② 栈云：入蜀的古栈道上的云气。栈：古代在山的悬崖陡壁上凿孔，支架木桩，铺上木板而修成的窄道。
③ 陇树：陇山上的树。陇：指甘肃陇山一带。
④ 驿路：古代驿站之间的道路。驿站：供驿马中途休息的地方。

唐多令·感怀

清·徐灿

玉笛撇①清秋，红蕉露未收。晚香残、莫倚高楼。寒月多情怜远客，长伴我，滞幽州②。

小苑入边愁③，金戈满旧游④。问五湖⑤、那有扁舟？梦里江声和泪咽，频洒向，故园流。

【题解】

《唐多令》始见于宋刘过的《龙洲词》。又名《南楼令》、《篁筷曲》、《糖多令》。此作是明末清初女词人徐灿的代表词作。徐灿，字湘苹，江苏苏州人。嫁海宁陈之遴为妻。明亡入清后，徐灿遭遇丧夫，运命多舛，多凄婉悲苦之作。徐灿善属文，并精书画，填词得北宋风格。此词是徐灿滞留幽州时所作，表达了对苏州故园的深切思念以及对动荡局势下无法实现泛舟五湖之愿的惆怅。朱孝臧为徐灿的《拙政园诗馀》题词赞其"词是易安人道韫"，对徐灿其人其词的评价是公允的。

【注释】

① 擪（yè）：以指按物。
② 幽州：古地名，舜分冀州东北为幽州。
③ 此句化用杜甫《秋兴》诗："芙蓉小院入边愁。"
④ 金戈：即金戈铁马，指兵事。旧游：旧日游玩之地。
⑤ 五湖：指江苏太湖。

南柯子·淮西客舍接得陈敬止书有寄

清·毛奇龄

驿馆吹芦叶①，都亭舞柘枝②。相逢风雪满淮西③。记得去年残烛照征衣。

曲水^④东流浅，盘山^⑤北望迷。长安^⑥书远寄来稀。又是一年秋色到天涯。

【题解】

《南柯子》本为唐教坊曲名。又名《春宵曲》、《十爱词》、《南歌子》、《水晶帘》、《风蝶令》、《宴齐山》、《梧南柯》、《望秦川》、《碧窗梦》等。后用为词牌。毛奇龄，字大可，原名甡，又名初晴，一字于一。浙江萧山人。工诗词，其小令学"花间"，兼有南朝乐府风味，在清初词家中别具一格。此词是毛奇龄在淮西地区某家旅舍中收到好友陈敬止的来信，勾起词人对往昔京城生活的追忆有感而发，以词代书而作。此作表现了词人在客寓中对往昔旧游的思念与牵挂以及羁旅中的悲秋心绪，是清代羁旅词中的精品之作。

【注 释】

① 驿馆：驿站所设供行人休息的客舍。芦叶：即芦笳，番乐吹器，以芦叶为管，管口安哨簧。清代兵营巡哨多用此乐器。

② 都亭：城郭下行人所停集之处所。柘枝：舞曲名。

③ 淮西：淮河以西之地。

④ 曲水：形容流水曲折。此处当指流经淮西地区之河流。

⑤ 盘山：形容淮西客舍附近曲折蜿蜒之山势。或指河北蓟县的盘山，又名东五台。

⑥ 长安：借指京城（今北京市）。

【名句】

长安书远寄来稀。又是一年秋色到天涯。

点绛唇·夜宿临洺驿

清·陈维崧

晴髻离离①，太行山势如蝌蚪②。稗花盈亩，一寸霜皮厚③。
赵魏燕韩④，历历⑤堪回首？悲风吼，临洺驿⑥口，黄叶中原走。

【题解】

　　《点绛唇》初见于南唐冯延巳《阳春集》。《点绛唇》又名《十八春》、《沙头雨》、《南浦月》、《寻瑶草》、《万年春》、《点樱桃》等。陈维崧，字其年，号迦陵，江南宜兴（今属江苏）人。大半生过着"四十扬州，五十苏州"的漂泊生活。才情雄富，品性真率，交游遍南北。诗古文造诣皆深，而尤以词称雄一世，为清初"阳羡词派"的领军人物。此词作于康熙八年（1668），陈维崧结束了"如皋八载"投靠冒襄的避祸寄食生涯，首次入京谋职，失望南归。农历十月间，陈维崧途经临洺驿投宿，只见夜色苍凉，词人抚今追昔，感慨万端。羁旅漂泊之中最易勾起乡思，何况正值陷入人生低谷。"蝌蚪"、"稗花"皆为南方水乡常见之物，这些意象都流露出词人浓郁的怀乡之情。此作虽篇幅短小却情思激荡，满纸风霜，体现了陈词悲慨雄劲的风格特征。

【注释】

　①离离：排列状。此处形容月夜晴空下如女子发髻般的峰影状貌。
　②太行山：河北、山西交界处南北走向的山脉，由临洮向西眺望可见。
　　蝌蚪：青蛙幼体，游弋水中，动势不定。
　③稗花：即稗草，生长于南方稻田或沼泽中的一种杂草。霜皮：月光照着一片稗草的景象。
　④赵魏燕韩：战国时代位处晋、冀、豫地区的四个诸侯国。

⑤历历：形容往事分明。

⑥临洺驿：古代驿站名，在河北永年县西，为古代晋、冀、豫重要通道。

客发苕溪

清·叶燮

客心如水水如愁，容易归帆趁急流。

忽讶船窗送吴语^①，故山^②月已挂船头。

【题解】

这首七绝作于诗人叶燮归家途中。苕溪，位于浙江北部，流经湖州（今浙江吴兴）入太湖。叶燮是清初诗论家，江苏吴江人，晚年定居吴江横山，世称横山先生。有诗论专著《原诗》。湖州距离诗人的故乡吴江本不算远，但由于诗人久居异乡，归心似箭，当舟行水上耳边传来亲切的乡音之时，即刻回到家中的愿望愈发强烈。此诗便表现了诗人久客在外而一朝得以返乡，途中怀乡思归的急切心情。诗作的后两句将游子归乡途中迫不及待，忽然听到乡音、看到故乡山川时的激动心情表现得淋漓尽致。

【注释】

①吴语：指吴地的方言，又称吴方言、江南话、江浙话，以苏州话为代表语或标准音。主要通行于中国江苏南部、上海、浙江大部、安徽南部、江西东北部和福建西北部。

②故山：此处代指故乡。

长相思

清·纳兰性德

山一程，水一程。身向榆关①那畔行，夜深千帐灯。

风一更，雪一更，聒②碎乡心梦不成，故园③无此声。

【题解】

此词是清代小令中的杰作，体现出清初词人在营造意境方面的成功尝试。清康熙二十一年（1682）早春，纳兰性德以一等侍卫随扈东巡，此词作于前往山海关途中。其主旨是写词人于驻营夜宿中的见闻与感受，上片写词人因思乡而失眠以及夜宿见闻，下片写对故乡的深切思念。纳兰十分厌烦这种"扈从"公差，所以一路上闷闷不乐，故乡始终魂牵梦绕。词人通过强化沿途的视听感受而表露内心的焦虑、怨怼、幽恨以及愁苦，构成传统怀乡羁旅题材的又一类型，以其宏阔观感和绵长情思成为经典之作。

【注释】

①榆关：即山海关，古名榆关，明代改称山海关。

②聒：嘈杂扰人。柳永词《瓜茉莉》："残蝉噪晚，甚聒得人心欲碎。"

③故园：谓京师（今北京）。

【名句】

风一更，雪一更，聒碎乡心梦不成，故园无此声。

菩萨蛮

清·纳兰性德

白日惊飚①冬已半，解鞍正值昏鸦乱。冰合②大河流，茫茫一片愁。

烧痕空极望，鼓角③高城上。明日近长安④，客心愁未阑⑤。

【题解】

此词当作于康熙二十三年（1684）冬南巡返程中。十一月初九至十一日，自清河至宿迁，圣祖巡查河工，沿黄河行。十二日始折入山东境。词上片"冬已尽"、"大河流"皆属写实，"冰合"似为夸张，清初黄河自江苏入海，河工险段都在淮安府界，当不会大冷至此。此词描写了词人寒冬旅程沿途上的所见所感，表达了羁旅之思，以及"近乡情更怯"的微妙心态。词人用苍茫肃杀的冬景烘托思乡愁绪，达到了情与景水乳交融的程度，视野宏阔，意境苍凉，堪称清代羁旅词中的上乘之作。

【注释】

①惊飚：暴风。
②冰合：冰封。合：封住。
③鼓角：鼓角声。
④长安：这里借指京师（今北京）。
⑤阑：残尽。

晓 行

清·张问陶

人语梦频惊，辕铃^①动晓征。
飞沙沉露气，残月带鸡声。
客路逾^②千里，归心折五更。
回怜江上宅，星汉^③近平明。

【题解】

这首五律作于乾隆四十九年（1784），当时张问陶从汉阳进京。诗题"晓行"点明了此诗写的是诗人于拂晓之际出发，行于旅途上的见闻与感受。首联表现了日夜兼程的旅人细腻微妙的心理活动：由于旅途劳顿，睡思不稳，总记挂着早行出发，因此常常从梦境中惊醒。颔联写旅途所见所闻，"飞沙"、"露气"、"残月"、"鸡声"当属白描。接着诗人的笔触从现实情境转到内心矛盾复杂的感受：随着车马前行，离故乡越来越远，乡思越来越深，离开故乡不久却已生归乡之心。尾联回到写景，但是以情观景，诗人满怀依恋地回望出发之地，只见破晓前的满天繁星，既照应了归思心情，也是思乡心绪的延伸。此诗构思别致，用字精准，不同意象组合成灵动的画面，是一首出色的怀乡羁旅诗。

【注释】

①辕铃：车辕上的铃铛声。辕：指车辕子，车前驾牲口的直木。
②逾：超越。
③星汉：银河的古称。

琵琶仙

清·蒋春霖

五湖之志久矣！羁累江北，苦不得去。岁乙丑，偕婉君泛舟黄桥，望见烟水，益念乡土，谱白石自度曲一章，以空侯按之。婉君曾经丧乱，歌声甚哀。

天际归舟，悔轻与、故国梅花为约。归雁啼入空侯^①，沙洲共飘泊。寒未减，东风又急，问谁管、沈腰^②愁削？一舸青琴^③，乘涛载雪，聊共斟酌。

更休怨、伤别伤春，怕垂老心期渐非昨。弹指十年幽恨，损萧娘眉萼^④。今夜冷、篷窗倦倚，为月明、强起梳掠。怎奈银甲^⑤秋声，暗回清角^⑥！

【题 解】

《琵琶仙》为南宋姜夔自度曲。此词为同治四年（1865）蒋春霖因太平天国战乱而羁困江北未能回乡，携爱妾婉君一同泛舟黄桥，有感而作。当时的词人已在思乡之愁与战乱之苦中煎熬了十年有余，泛舟其上的运河，其实距离故乡江阴已经不远，却只可眺望而不可及，词人心中不免惆怅。所幸还有爱妾婉君患难相随，然而时光易逝，眼看佳人青春不再，容颜憔悴瘦损，词人亦生内疚之情。此作上片重点写景记游，下片集中抒发感慨，表达了战乱漂泊中的词人对故乡的思念、对伴侣的怜惜愧疚，以及对个人身世遭际的感伤，是怀乡羁旅词中抒发的情感较为丰富的佳作。

【注 释】

①空侯：即箜篌，七弦乐器，似瑟而小。此处既是写实，又是借琴曲《平

　沙落雁》喻心境。

② 沈腰：瘦损之腰。典出《梁书·沈约传》，沈约写信给友人徐勉说："百日数旬，革带常应移孔，以手握臂，率计月小半分。"后以"沈腰"指代相思愁苦而为之消瘦。

③ 舸：大船。青琴：原指古神女，此处指称蒋春霖妾婉君。

④ 萧娘眉萼：指喻婉君容颜。萧娘：美女。眉萼：眉色。

⑤ 银甲：弹奏乐器时套在指甲上的银壳。

⑥ 清角：音调悲伤凄婉的"角"调乐曲。"角"为宫、商、角、徵、羽五音之一。

图书在版编目（CIP）数据

古代怀乡诗词三百首 / 林静编著.— 北京：中国国际广播出版社，2014.9（2019.6 重印）

（中华好诗词主题阅读丛书）

ISBN 978-7-5078-3726-1

Ⅰ.①古… Ⅱ.①林… Ⅲ.①古典诗歌－诗集－中国 Ⅳ.①I222

中国版本图书馆CIP数据核字（2014）第088122号

古代怀乡诗词三百首

编　　著	林　静
责任编辑	廖小芳　张淑卫　张娟平
版式设计	国广设计室
责任校对	徐秀英

出版发行	中国国际广播出版社（83139469　83139489 [传真] ）
社　　址	北京市西城区天宁寺前街2号北院A座一层
	邮编：100055
网　　址	www.chirp.com.cn
经　　销	新华书店
印　　刷	香河利华文化发展有限公司

开　　本	640×940　1/16
字　　数	200千字
印　　张	23.25
版　　次	2014 年 9 月 北京第一版
印　　次	2019 年 6 月 第二次印刷
定　　价	45.00元

CRI 中国国际广播出版社　欢迎关注本社新浪官方微博　官方网站 www.chirp.cn

版权所有
盗版必究